日本大学法学部叢書 第31巻

ある危険な関係
―アニエスとデルマンシュ―

玉井　通和　著

駿河台出版社

目　　次

はじめに …………………………………………………………… 1

第1章　出会い，そしてその後

　1．ブランシュヴィク公爵家の舞踏会 ……………………………… 5
　2．ヨーク卿家の舞踏会とその後 …………………………………… 10
　3．それぞれの生活 …………………………………………………… 18

第2章　ベルガルド侯爵

　1．侯爵をめぐる"謀略（コンプロ）" …………………………………………… 29
　2．"謀略（コンプロ）"の行方 …………………………………………………… 44
　3．"第2の性"？ ……………………………………………………… 53
　4．それぞれの言い分 ………………………………………………… 62
　5．9月の海辺から …………………………………………………… 70
　6．転機に立つデルマンシュ ………………………………………… 79
　7．束の間の出会い，そして別れ …………………………………… 91
　8．もう一つの関係 …………………………………………………… 96

第3章　自立へ

　1．2人の花婿候補（エプズール） ……………………………………………… 101
　2．それぞれの問題 …………………………………………………… 108
　3．侯爵とのその後 …………………………………………………… 118

4．弟たち …………………………………………………… 130
　　5．《持参金なしで！》 …………………………………… 134
　　6．自立へ …………………………………………………… 141
　　7．もう一つの「イギリス書簡」………………………… 155
　　8．帰国後のアニエス ……………………………………… 162
　　9．デルマンシュの生活と意見 …………………………… 172
　　10．「結婚問題」の終わり ………………………………… 177

第4章　コルシカ戦争

　　1．コルシカをめぐって …………………………………… 181
　　2．戦場からの報告 ………………………………………… 188
　　3．コルシカ戦争の総括 …………………………………… 196
　　4．喪の冬 …………………………………………………… 204
　　5．コルシカ戦争のその後 ………………………………… 210
　　6．それぞれの生活，それぞれの問題 …………………… 216

第5章　結　婚

　　1．アニエスの手紙　―1770年4月13日，ユトレヒトから―　223
　　2．ヴィトゲンシュタイン，ウェイミス，そしてシャリエール … 229
　　3．結婚に向かって ………………………………………… 234
　　4．結婚，そして新しい生活 ……………………………… 239
　　5．スイスでの新生活 ……………………………………… 246
　　6．死の影，生の明かり …………………………………… 254

おわりに ……………………………………………………… 266

はじめに

　ヨーロッパの18世紀は手紙の世紀だった。特にこの時代のフランス文学は，書簡体という形式抜きには考えられない。『ペルシャ人の手紙』（モンテスキュー，1721）をはじめとして"何々人の手紙"と称する風刺的，感傷的作品群，『ダランベールへの手紙』（J.-J. ルソー，1758）など実在の人物名を冠し，思想的立場や政治的意見を表明したもの，『侯爵夫人の手紙』（クレビヨン・フィス，1732），『新エロイーズ』（J.-J. ルソー，1761），『危険な関係』（ラクロ，1782）といった世紀を代表する小説が書簡体で書かれた。

　たとえ私信という形であっても（後で一冊の本になるかどうかは別にして），手紙が公的な性格を帯び"作品"化することも珍しくなかった。ヴォルテールの手紙などは，宛先に届く前に開封され書きうつされ，その写稿が回覧されたり朗読されたりすることもよくあった。そうした事態を想定して手紙が書かれても不思議ではなかったのである。

　その背景には，社交と社交界の世紀でもある18世紀において，唯一手紙が目の前にいない相手との関係を取り結ぶ，今日の電話やメールの役割を果たしていたという事実がある。依頼や謀略や感謝の手紙，それより簡潔に感情や用件をメッセージにした手紙が──恋文も含め──，書簡詩の流行と時を同じくして盛んに社交界を飛び交った。

　尊厳を保ちながら人が人と付き合う二つの形，会話と手紙は，切り離しがたく18世紀の感受性と社交性を表現した。18世紀半ばに至っても，雄弁術としての手紙という中世からの伝統にこだわる学者[1]もいるが，現実はずっと進んでいた。手紙という現象は，書き言葉による身近な社交，ゆったり進行する会話として，相対的な豊かさを享受し始めた1730年以降の18世紀社交人の，日常の重要な道具となったのである。

＊

　シャリエール夫人（1740－1805）は，自分の元家庭教師プレヴォー嬢と盛んに手紙のやり取りをした十代後半から，若いバンジャマン・コンスタン相手に長い会話の後，同じ邸内で部屋から部屋にとめどなく手紙の交換をした晩年に至るまで，たくさんの手紙を書いた。絵を描く情熱は30数年後には作曲の情熱に変わっていたが，書くこと(エクリチュール)への執着は生涯変わらなかった。さまざまな形で文筆・創作活動を行なう一方で，それに飽き足らずおびただしい数の手紙を書き，日常の出来事に加えて文学，政治，軍事，芸術，友情，恋愛，結婚，モラルについて語った。手紙狂(エピストマニアック)の多い18世紀でも，そのマニアックぶりは際立っている。
　なかでもコンスタン・デルマンシュ（上記バンジャマン・コンスタンの伯父）との前後16年にわたる約250通の往復書簡は，その内容の多様さ，豊富さ，どんな告解にも負けない類いまれな率直さで我々を驚かせる。
　1771年の結婚の後，シャリエール夫人はデルマンシュに自分の手紙の返却を求めている。

　　　心に何かやましい所があったとは記憶していませんが，でも昔は思ったことを全部言ったし，軽率な，とりわけ口に出すと滑稽で馬鹿げたことをたくさん考えたというのは大体分かっています[2]。

結婚した後，少しでも《夫を傷つけそうなこと》[2]はとても重要になった，と彼女は続ける。しかし，デルマンシュはこの要請に応じなかった。
　シャリエール夫人の一族は彼女の死後，文芸批評家サント・ブーヴの手元にあった，その若いころの手紙数通は取り返した。だが2人の往復書簡の場合，そうはいかなかった。それはスイスとオランダで，奇跡的にほぼ完全な形で残されたのである。

1979年から1985年にかけて刊行されたOorschot版シャリエール夫人全集で，現在我々はそれを余すところなく読むことができる[3]。それは時代の証言であり，ヒューマンドキュメントであり，赤裸々な心情の吐露であり，そして遂に結ばれることのなかった，寄り添う２つの魂の記念碑である。

　本書では，私信と「作品」が限りなく近づいた時代の，この２人の"危険な関係"を，往復書簡を通して，その発端から追っていきたい。

注
(1) 修辞学者バトゥー（1713-80）。Batteux, "Cours de belle-lettres (1748)", in "Principes de la littérature", 1774, t.III, p.254.
(2) Isabelle de Charrière, "Oeuvres complètes", Amsterdam, G. Van Oorschot, 1979-85, 10vols., t.II, p.315.（以後，この全集からの引用はすべて，"II, 315"のように表記する。）
(3) シャリエール夫人の伝記的事実については，Ph.Godet, "Madame de Charrière et ses amis", Genève, Slatkine Reprints, 1973 (1906). を参照。シャリエール夫人とコンスタン・デルマンシュの往復書簡については，同じGodet編になる "Lettres de Belle de Zuylen (Madame de Charrière)", Paris, Plon / Genève, A.Julien, 1909, そしてOorschot版に基づき現代表記による "Isabelle de Charrière Une liaison dangereuse Correspondance avec Constant d'Hermanches 1760-1776 (éd. par I. et J.-L. Vissière)", la Différence, 1991." なお本書の表題はこの後者の表題に依拠している。

第1章　出会い，そしてその後

1．ブランシュヴィック公爵家の舞踏会

　はじまりはブランシュヴィック公爵家の舞踏会だった。1760年2月28日，ハーグ。ウィレム5世の姉，カロリーネ公女の結婚を祝って，その後見人のブランシュヴィック公爵の館で舞踏会が開かれた。各国外交官や将校，地元社交界のお歴々に交じって，若い金髪の女性の明るい目の色が輝やいていた。イザベラ＝アニエタ＝エリザベート・ヴァン・チュイル・ヴァン・セロースケルケン，後のシャリエール夫人である。彼女は当時19才，社交界にデビューして4年が過ぎていた。

　母親はアムステルダムの大ブルジョワの出，父親は12世紀からネーデルランド史に重要な役割を演じてきた，ユトレヒトの古い貴族の家柄である。ユトレヒト郊外ヴェヒト川右岸のその居城には，オランダ統領(シュタットハウダー)はじめ，デンマーク王やプロシャの王弟も訪れている。市内の運河沿いの邸宅の方で冬を過ごす習慣の一家は，ユトレヒトだけでなくアムステルダムやハーグの社交界にもよく顔を出した。社交界の言葉はフランス語だったが，チュイル家の場合，家族の間でもフランス語を話していた。教育熱心な父親は長女のベル（シャリエール夫人の愛称）を10才の頃スイスの寄宿学校に預けた。その結果フランス語に磨きがかかったが，オランダ語はほとんど《忘れてしまった》[1]。オランダ語は主として召使に話しかける言葉になったので，必要に迫られて遠い親戚にオランダ語で手紙を書くとなると四苦八苦した。

ベルは卵型の美しい顔ときれいな胸に恵まれていたが，何よりその生き生きした表情，活発な身のこなしで人目を引いた。先を急ぐあまり作法を忘れ，思わずスカートを持ちあげて小走りに進んでしまい，まわりの顰蹙を買ったこともあった。外見同様，その精神も活発だった。女性の嗜みである針仕事や音楽をよくはしたが，それに飽き足らず，自然学や歴史学，英語などの外国語，さらにデッサンにも強い関心を示した。夏の朝に早起きして市内に数学を学びに行ったこともあった。ラシーヌ，モリエールなどの古典主義作家，ルサージュ，アベ・プレヴォーなどの現代作家，モンテスキュー，ヴォルテールなどのフィロゾフの作品を読み，友人たちと演劇に興じた。詩や肖像［注：人物描写］（ポルトレ）を書き，この舞踏会の2年後にはヴォルテール流の短編小説『貴族』を出版することになる。
　知性と感性に恵まれているが，《いつも軽率で落ち着きのない》若い女性は，ブランシュヴィック公爵家の舞踏会でのコンスタン・デルマンシュとの最初の出会いを，後の手紙で次のように懐かしんでいる。

> 　4年前の公爵家でのことを覚えていますか？　あなたは私に気づいていなかったけれど，私の方はあなたに目を付けていました。最初に言葉をかけたのは私の方で，会話のきっかけをつかもうと思って『ムッシュー，お踊りにならないのですか』と聞いたのです。礼儀作法（エチケット）を気にしたことなど1度もなく，興味深いい顔付きを見かけるとついしゃべらせてみたくなるのです[2]。

　こういうベルの態度は，地位ある既婚女性ならまだしも，若い未婚女性のものとしてはスキャンダル以外の何物でもなかった。そこに居合わせた両親は，開明的で娘に理解があったが，さすがにこの時ばかりはいたたまれず，ただちにその場から退席せざるを得なかったという。
　デルマンシュの噂は，この出会い以前すでに耳にしていたかもしれない[3]。いずれにせよベルは，この《素晴らしい役者》と共通の情熱，演劇

についてまず話し合った。当時オランダ上流階級の結婚の宴は，舞踏会，コンサート，パレードと数日続くのが普通だったが，意気投合した2人はその間，演劇だけでなく音楽や文学についても話し続けた。だが普通ならこれっきりであろう。結婚はもとよりいかなる関係も不可能なのだから。しかし2人は強く惹かれあった。特に彼女は，静かなオランダ社交界で，そのアンニュイを癒してくれる存在，芸術や学問をエスプリ豊かに語れる人間をコンスタン・デルマンシュに見出したのである。

コンスタン・デルマンシュは，16世紀に北フランスからローザンヌに亡命したプロテスタントの家庭に生まれ，父や3人の弟と同じ軍人の道を歩み，この当時はネーデルランドに仕えるスイス連隊の一員としてハーグに滞在していた。妻は演劇を通して知り合った，7才年上の元ローザンヌ市長の娘だったが，病弱ということもあり2人の子供を連れてローザンヌの所有地に帰っていた[4]。

バンジャマン・コンスタンの伯父にあたるデルマンシュは当時38才，美男子の上に話し上手で，まじめなオランダ社交界ではドンファンとして恐れられていた。狩猟と賭けごとと美食，そして女性を好むエピキュリアンであり，文学に通じクラヴサンを弾き作曲し詩を作り演劇に興じる教養人でもあった。平和な時代の軍人として長い休暇にはローザンヌに帰って農園経営に精を出す一方で，ヴォルテールやドゥニ夫人，そしてコンスタン一家総出の（たとえばヴォルテール作『ザイール』の）芝居上演に加わった。ヴォルテールは演劇仲間であり，親しい文通相手でもあった。

当初デルマンシュの出現は芝居がかっていた。

> 私たちが知り合ったばかりの頃，あなたは魔法使いみたいで，舞踏会の出口や劇場の入口やイタリア座の階段のそばに，いつの間にかスッと現われました。あなたやあなたの手やあなたのヘアバンドのことを考えていると，どうでしょう，みんないっぺんに現われたのです[5]。

15年前のフォントノワの戦いで負傷して以来，彼は黒く細いヘアバンドをしていた。口さがない連中がペテン師とか海賊とか陰口をたたいた目立つ風貌が，好奇心と野心で一杯だがまだ世慣れない良家の子女には，まるで魔法使いのような強いインパクトを持ったのであろう。

　この舞踏会での最初の出会いから一カ月後，ベルからデルマンシュに宛てた（現存する）最初の手紙が書かれている。2人の文通は残念ながらあきらめざるをえないという内容である。

　　　危険が多すぎると思うし，この交際が発覚したらこちらではひどい顰蹙を買うでしょうから，文通はきっぱりあきらめました[6]。

両親や世間の人々は，この軽率な行動を知ったら決して自分を許さないだろうとも言う。だが，この手紙に返事は無用と言いながら，もしどうしても書きたいなら友人のヘールヴィンク夫人気付にしてほしい，自分を裏切らないと約束してほしいと付け加えるのも忘れていない。

　この手紙で指摘しておきたいのは，自分の名前をアニエス・イザベル・ド・T・ド・S［傍点玉井］とサインしていることである。若い頃のシャリエール夫人は，前述の通りずっと周囲からベルの愛称で呼ばれた。1763年には自らの肖像を『ゼリードの肖像』で描いたが，その夏交際の始まるジェームズ・ボズウェルにはゼリードと呼ばれた。デルマンシュだけが彼女をアニエスと呼んだ。彼はこの後ずっと手紙の中でアニエスと呼び続ける。彼女自身も彼に対してだけ《アニエスは，あなたのきれいな詩に感謝しています》[7]という風に書いた。（彼女の方は彼をずっとデルマンシュと呼ぶ。）

　40近い彼と20才前の彼女の組み合わせ，アニエスという名前ですぐ思い浮かぶのは，モリエールの『女房学校』である。40才になった主人公アルノルフが，無知で可愛い女に育て上げたはずのアニエスに見事に裏切られるというほろ苦いコメディーを，演劇好きで諧謔好みの2人が意識してい

てもおかしくない。確かに現実のアニエスはモリエールのアニエスのように「無知」ではないが，それでも年の差だけからいっても何かと教えを請う立場だったのは事実であろう。

付言すれば，『女房学校』はシャリエール夫人が少女の頃スイスの寄宿学校で上演に参加した懐かしい芝居の演目でもあった。

こうしてアニエスとデルマンシュの，文通による関係が始まったのである。

注
(1) III, 186（1790年2月19-20日付，J.-P.・ド・シャンブリエ・ドリール宛）
(2) I, 222
(3) もしかするとこれが本当の初対面でなく，2人はすでにどこかで顔を合わせていた可能性もある。(I, 546 の注参照)
(4) 後に，妻をおろそかにしていると非難したアニエスに対して，彼は，若気の至りで結婚したものの，どこといって取り柄のない女性で，何とか変えようとしたがいかんともしがたかった，と弁明している。(II, 223 本書 p.257以下参照)
(5) II, 87
(6) I, 118
(7) I, 122

２．ヨーク卿家の舞踏会とその後

　現存する最初の手紙が書かれてから２年以上経った1762年７月，ハーグ駐在のイギリス特命全権大使ヨーク卿の館で舞踏会が開かれた。そこでアニエスとデルマンシュは再会する。
　再会後のアニエスに事件が起きた。その経緯を彼女は次のように語っている。

>　例の手紙をメモ帳に挟んだまますっかり忘れていました。数日後ユトレヒトに帰り別の舞踏会に出た時，食事の席でメモ帳から何か取り出そうとしたはずみに手紙が落ちてしまいましたが，気づきませんでした。みんなが踊っている広間にもう戻っていたのですが，ある青年がそれを拾い上げました。それを見た母がすかさず渡してほしいと言ったのです。［…］言いようのない不安に襲われたけど出来るだけそれを隠し，ふざけた調子で手紙を返してほしいと頼みました。［…］でもダメでした。母は何か疑っているためか，ただ好奇心のためか，返してくれませんでした(1)。

翌日，両親と娘は話し合いを持つ。娘は後ろめたく思いながらも他の手紙のことには触れず，見つかった手紙についてのみ，たまたま思いついたものだと釈明する。相手の名前は言わなかったが，デルマンシュに関し父親とよく話していたので，相手が誰か分かっていると思う，とアニエスは続けている。
　両親はその説明に一応納得した。ただ両親にウソをつくのは辛いし，悲しみや不安の種を与えるのはやりきれない。《とても愛してくれているし，私も２人をとても愛しているから。》でも文通それ自体，どうしていけないのか？　デルマンシュが求め，自分も嬉しい，罪のないことが。礼儀作法〔ビヤンセアンス〕

にもとるとしても，礼儀作法自体、その時代の人々の意見次第で変わるのだから。美徳に背き秩序を揺るがさない限り，そんな礼儀作法は無視しても構わないと思う…，と彼女は2人の文通を擁護する。

とはいえ，この手紙自体は自分の行動を釈明するために許されるとしても，以後は書くのを控えるべきだろう。第一，——とアニエスは話のポイントをずらす——自分の手紙などヴォルテールやそのレベルの人たちの手紙に慣れた人には《あまり面白くないでしょう。》しかし，その舌の根も乾かない3日後には自作の詩を送りつけ，同時に《ハーグのご婦人方にメチャクチャな言われ方をしている》[2]とボヤいている。

これに対しデルマンシュは滞在中のロンドンから手紙を書き，"ハーグのご婦人方"が誰だか知らないが，自分はそんな噂は聞いたこともないと答え，そしてこう付け加える。

> 大げさでなく断言できますが，あなたはヴォルテールも含め私の知っている誰より良い文章を書いています[3]。

アニエスが自分にはエスプリがないとエスプリあふれる言い方をするさまは，まるで自分の雷鳴が十分に轟き渡らない嘆くジュピターのようである。彼女は詩に格別の才能があり，特にフランス語という言葉とその規則を自家薬籠中のものにしている。これまで会ったことのない驚くべき女性である。《なぜそんな女性が，普通の女性の世界に閉じ込められていなければいけないのでしょうか。》[4]

だがデルマンシュがアニエスに惹かれるのは，その才気以上にその善良さゆえだと彼は強調する。

> かわいいアニエス，私の人生には色々な不幸がありました。でもあなたはそれらを全部忘れさせてくれ，自分の人生や人間社会と和解させてくれました[5]。

このやや感傷的な言葉にアニエスは答える。不幸を忘れさせてくれる云々の箇所は心動かされたし、お役に立てるなら嬉しい。

> でも財産や健康や才能に、美徳と人間性と真の哲学が加われば、自分の不幸を忘れ、人生や人間たちを愛するのに私を必要とはしないでしょう[6]。

彼女は感受性豊かではあるが、簡単に感情に流されない理性も持ち合わせているのである。

　同じ手紙でアニエスは、その詩や文体への彼の称賛に謝意を表わし、さらに彼の手紙については、苦労して手に入れても走り読みしただけで本棚の隅に置きっぱなしにされる本に自分をなぞらえた彼に対し、《あなたの運命はそんなものではありません。あなたは私にとってぜひ手に入れて取っておきたいけれど、すぐ何かの役に立つ訳ではない貴重品の様です》[5]と応じる。

　しかしオランダ社交界で遊び人（リベルタン）として知られた人物は、いかにその会話や手紙が楽しくても、未経験な若い女性にはやはり警戒すべき存在ではないだろうか。彼自身そのことを意識して、《私は危険な関係ではありません［傍点玉井］》[4]と滞在中のロンドンから書いてきた。彼女は、《あなたに敬服している人ですら、あなたは危険な人だと言っているのをよく耳にします》[4]と応じる。デルマンシュはこれに反発する。

> でもお願いだから言ってほしいのですが、一体どういう意味で私が危険だというのですか？　そこには私への悪意が見え隠れしていて、とても残念です[7]。

この"危険な関係"、"危険な人"という言葉のやり取りの背景として、多少とも事実に基づく社交界の噂があったに違いないが、それ以上にデルマ

ンシュの示した行動があった。

　1762年8月，アニエスは両親とヴェイク・アーン・ゼー（アムステルダムの北）のハセラール夫人の別荘に滞在した。そこにロンドン帰りのデルマンシュが，手紙より先に訪ねてきた。不意の訪問は歓迎されず，気まずい空気が流れる。それを察した彼はホイストに加わらず，夕食も断わり早々に退散した。彼が勘ぐったのは，（そこに来ていると想定していなかった）両親が，自分の来訪をアニエスと"ハンサムなフルート奏者"（？）の仲を邪魔するためと考えたのではないかというのであった。しかし招かれざる客になったのには別の理由があった。彼の来訪は，しばらくの間アニエスへの手紙の表向きの宛先だった，美貌のヘールヴィンク夫人が目当てだ，とみんなは思ったのである。5年前から未亡人である夫人はハセラール夫人の従妹で，その場に居合わせていたのである。

　アニエスは，自分がデルマンシュにとって何者かであり続けたい，自分に関心を持ち続けてずっと友達でいてほしいと考えている。だが，ロンドン滞在を早々に切り上げて自分に会おうとしたり，熱烈な手紙をよこしたりするのは，《友達以上》[8]の態度を見せているとしか思えない。この彼女の危惧にデルマンシュは答える。自分の手紙が熱烈すぎるというが，自分のように男性でなく女性であってもやはりアニエスに夢中になるだろう。《友達以上》に見えるのは，友情の熱烈さが，対象の素晴らしさに比例しているからであって，平凡な人間はしょせん平凡な友人をもつのだというのである。

　　　真の友人（ami）と真の恋人（amant）は常に同一のこと，つまり
　　　愛すること（aimer）から発しているのであり，ただその時の事情
　　　や状況が違いを生むにすぎないと考えます[9]。

セヴィニェ夫人の娘に対する愛は，アベラールのエロイーズに対する愛と同じくらい強かったのではないだろうか。ギヨン夫人（1648-1717）の様

な神秘主義者でもない限り、この世に生きる我々には、我々に似ていて我々に答えてくれる存在が、その言葉を理解できる存在が欠かせない。

> 感情にとっての真の試金石とは、自分の置かれた境遇や持っている信条により与えられるものをすべて与えることが出来るかどうか、愛する人の幸せと安らぎのためすべてを犠牲に出来るかどうかということです。これが恋愛についても友情についても私の考えていることです(9)。

彼の熱烈な手紙に戸惑いながらも、アニエスは同じような熱烈さで自分の状況や問題を、堰を切ったように語り始める。

> 大方の女性が知る以上のことを知りたがるのは良くないと人に言われますが、でも、暗いメランコリーにとらわれた私が元気になり、いわば生命を回復するには、絶え間ない精神の活動による他ないのです。学問をしたからといって、女性が尊敬すべき人間になるとは思えませんが、私は学ばずにはいられないのです。それは私の受けた教育と私の生き方がもたらした一つの必然です。［…］虚栄心一杯でなく、自分の務めもおろそかにしないとしたら、一体何を非難されなければいけないのでしょうか？　もしかしたら学問と女性の務めは両立しないということが明らかにされるかもしれません。その場合には謝りますが…(10)

彼女はここで、18世紀の優れて知的な女性が自己実現しようとする際ぶつかる困難を語っているのであり、いわば言葉以前の「フェミニズム」宣言になっていると言えるかもしれない。そしてそういう宣言は、ヴォルテールの取り巻きの一人でもある知的な異性の友人に向けた手紙の中でのみ可能だったと考えるべきであろう。

正論すぎるこの主張にタジタジとなったデルマンシュは、《女性一般になじまない精神の活動》への執着を、彼女が見事に擁護していると評価するが、その一方、どんな瑣末なことにもそれぞれ価値はあるから、エスプリを日常の倦怠を退けたり、周囲と協調したりするにも使うべきだという、年長者らしい忠告も忘れていない。

1762年9月、アニエスはずっと、「もう文通は止める」と書き続ける。9月9日の手紙では、今手紙を書いているのは、ハセラール邸での気まずい出来ごとの釈明をして、自分を再評価してほしいためであり、もう手紙は書かないようにしたい、書く楽しみはあきらめ慎重に振る舞いたいと言う。相手が「危険」だと噂の男性だからというより、手紙を書くこと自体、いくら動機が罪のないものでもやはり許されないのだから…

その少し後の手紙では次のように訴える。

> あなたが自分でおっしゃっている通りに高潔で犠牲をいとわない友人なら、文句を言わずこの文通をあきらめてください。[…] 私たちの間で定期的に手紙のやり取りがなされているという噂が、数日前から社交界に流れているようです。[…] 後生ですから私の手紙は焼いてしまってください。そしてもうこれ以上私の手紙を求めないでください[11]。

月末にも同じことを繰り返す。

> もう1度お願いします。多少辛くても私の手紙を焼いてください。私の心の平安のために必要な犠牲を払ってもらっても良いかと思います[11]。

クレーヴの奥方のようにヒロイックなこの決意に対して、デルマンシュは、そんなに言うなら焼いても良いが、ただ彼女の才能を示す箇所は書き

写し，人間精神の誉れともいうべき断片は紙ばさみにそっとしまっておくと答える。

> あなたは良い結婚ができないと恐れるひどい状況にはありません。あなたの才知，家柄，お顔立ち，財産，すべてが輝かしい運命を請け合っています[12]。

だからまた手紙を書いて，打ち明けたいことが出てきたり，興味深い人物に会ったらぜひ知らせてほしい。《宛先はただ，スイス，ローザンヌ，で届きますから。》[12]

10月，彼はスイスに帰って行った。しかし，さすがにアニエスは彼の妻子のいるスイスに向けて手紙を書いたりはしない。ただ，1762年の秋から冬にかけて長い手紙を何通も，いわば日記のように長いモノローグのように書きためておいて，翌年6月彼がオランダに戻る頃合いを見計らっていっぺんに送りつけるのである。

それにしても2人の文通の噂を社交界に流したのは誰だったのか？　文通の仲立ち役で妹の婚約者ペルポンシェ？　彼女の友人アントワーヌ？　しかし，もしかしてデルマンシュ本人だったら⁉　新しい女性の心を征服した遊び人(リベルタン)ならやりかねないだろう。9月頃，彼女があれほど熱望していた文通をいったんあきらめかけたのは，実はそういうデルマンシュへの抜きがたい不信があったからである。真相は不明だが，彼が釈明し彼女がそれを受け入れ，疑いについて謝る形でこの件は落ち着いた。

注

(1)　I, 120-122
(2)　I, 123-124
(3)　I, 124
(4)　I, 125

(5) I, 126
(6) I, 130
(7) I, 132
(8) I, 128
(9) I, 131
(10) I, 129
(11) I, 134
(12) I, 136

3．それぞれの生活

　1762年10月，デルマンシュがハーグを発ちローザンヌに向かった後も，アニエスは手紙を書き続けた。いつ彼の手元に届くか分からなかったが…（結局この冬の間書きためた手紙の束が届けられたのは，8ヵ月後の1763年6月末だった。）

　ある時など，きれいな紙をさがしにいくのが面倒で，自室のクシャクシャの紙に，頭に浮かぶ由無し事を筆の赴くまま書きつけたと白状している[1]。こういう手紙は，とりあえず相手の反応を期待しないという意味で日記に近いモノローグだろうが，しかし，あくまで相手の姿とその反応を想像して束の間（想像上の）会話を楽しむのだから，相手と時間を共有したという幻想自体が，会話の内容以上に重要になりがちである。こうした，誰も現実には傷つけない楽しみ，広い古城の中の孤独な人間を癒す楽しみの，何が責められるべきなのか？[1]

　妹ミティーの結婚準備とそのためらい，彼女の婚約者ペルポンシェ，その婚約者にいつまた文通の仲立ちを頼めるかということ，さらに叔父の死で中断された，従兄弟たちサロン演劇仲間との『うぬぼれ屋』[2]上演計画といった話…いつか2人で舞台に立てたらどんなに楽しいだろう。演劇は2年前初めて会った時盛り上がった話題だし，彼の名優ぶりの噂は以前から聞いていた。自分も悲劇を演じる才能があると人に言われたことがある…

　パテール夫人[3]を称賛したデルマンシュの詩に言及した箇所は，ことに興味深い。批評を求められていたアニエスは，この詩が彼の散文ほど良くないという。それは何も，詩が他の女性賛美に使われ，散文が自分に向けられているからではないと皮肉を言ってから，次の様に説明する。

　　生き生きしていて，印象的で，少し変わっていて，時に常軌を逸し

かねない思いつきは，あなたのお話やお手紙［つまり散文］ではうまくいっているのに，詩の色々な制約とは折り合いがつかず，窮屈そうです。熱い才気のほとばしりが半分冷めてしまうのは，1つの行を前の行に無理やり合わせて韻を踏まなければならないからです[4]。

　しかし2人の文通を世間に出して恥ずかしくないものにする，散文の世紀らしいせっかくのこの見解を，ただの建前論，1つの口実にしてしまいかねない勢いで，アニエスは，パテール夫人賛辞の《高貴な魂，善良さ，才知，そしてけがれなき貞節》[5]のくだりに喰ってかかる。何という褒め言葉だろう，かつてハセラール夫人は素晴らしい，それに比べておかしな人だとパテール夫人をけなしていたのに，何という変わりようだろう，でもすべてが急変するのではなく，せめて私はあなたの中で変わらぬ地位を占めていてほしいものだ，などと言い募るのである。
　アニエスより若く才色兼備の社交界の華に寄せた詩を見せびらかせて，彼は嫉妬心を煽ろうとしたのか？　それは何とも言えない。ただ，交際の始まった頃から，2人はお互いの書いたものをすべて見せあい，批評しあってきた…とにかくアニエスの仕掛けた《戦争》に彼は釈明する。
　これはある貴族の館に滞在中につまらない詩が次々読まれるのを聞かされ，自尊心をくすぐられてつい韻を踏んだもので，その詩的な，つまり大げさな表現は必ずしもパテール夫人への自分の真情を表わしていない…つまり詩による表現に限界があるというアニエスの見解にすり寄って，彼は巧みに自己弁護するのである。─ただし，パテール夫人自身は長所も欠点もあろうが，離婚という危機を乗り越えた健気な女性であり，ひどい連中に取り巻かれている割には，操正しい人だと付け加えるのも忘れていない[6]。

*

　アニエスはあまり幸せだと言えない。1763年始め，処女作『貴族』が単行本の形で出版されたが，明らかにゾイレン城をモデルにして貴族を風刺したこの作品は，スキャンダルを恐れるチュイル家［父親？］の画策により，刊行と同時にほぼすべて買い取られ処分されたのである[7]。

　4月にはついに16才の妹が，22才の姉より先に結婚する。アニエスに縁談がなかった訳ではない。まず，彼女に恋してプロポーズした従弟がいる[8]。彼に宛てた手紙（1763年12月）でアニエスは，もうこんな秘密の手紙——秘密の文通はデルマンシュとだけではなかった——のやり取りは続けられない，気を引いたように見えたら謝ると言い，《私なしでは"幸せになれない"というのは，他の多くの人も経験した幻想》[9]だと諭し，でも結婚はありえないとはっきり言い渡す。そして実の弟に対する様に親身になって，将来を考えれば今ドイツ語を勉強しているのは良いことだが，さらに数学や歴史にも関心を持つべきだと言う。あなたを傷つけたかもしれないが，こういう忠告を聞いてもらえればこんなに嬉しいことはない…

　花婿候補も2人いた。1人はプロシャのアンハルト伯爵（エプズール）である。チュイル家の元家庭教師カットは，フリードリッヒ2世との偶然の出会いからその宮廷に職を得てベルリンに赴いたが[10]，そこでアンハルト伯爵に見せたアニエスの肖像画と彼女への賛辞が，すっかり伯爵の心をとらえたのである。2人を会わせる計画が何度か持ち上がるものの遠距離ということもあって実現せず，結局このロマネスクな計画は立ち消えになった。

　もう1人のブリュムセン男爵の話はより現実的だった。後にリューベック市長になる美男子の男爵と彼女は面識があったのである。ただ彼は2才年下で学問も旅もせねばならず，結婚は時期尚早だった。——1764年5月，アニエスは最終的にこの話を断ることになる。

＊

　デルマンシュは1762年いっぱい，そしてその翌年も５月までローザンヌ近郊の父が手に入れた所有地にとどまり，軍人であることを忘れたかのように農業経営に精を出し，狩猟に興じる。

　　この土地でフィロゾフとして農民として幸せに暮らしていけると思います[11]。

アニエスと遠く離れているのは辛いが，しかし，オランダに戻っても自由に会える訳ではない。将来大きな連隊が持てる見通しでもない限り，オランダでの軍人生活は出費がかさむ一方で希望が持てない。社交人として特にハーグの連中に愛されている訳でもない。
　いつか２人が接近してアニエスのそばで生涯を終えられるかもしれない。ヴォルテールとハラーとルソーのこの国，自由を愛する人々と愉快な仲間がいるこのスイスにアニエスが住むことになるかもしれない。デルマンシュの願望に現実的根拠はなかったかもしれない。彼女が少女時代の１年近くをジュネーヴの寄宿学校で過ごしたことと，最近２人ともヴォルテールやルソーをよく読んでいることを除けば。デルマンシュの話には，当時人気上昇中の，レマン湖を舞台にしたルソーの新作小説『新エロイーズ』における田園生活賛美や，とりわけフェルネー村（ジュネーヴ近郊）に落ち着きフィロゾフとして《自らの畑を耕し》ている，より身近なヴォルテールの実践の影響がみられるかもしれない[12]。

＊

　1763年６月末，アニエスは書きためた手紙をデルマンシュに送りつけた。

だが送るのをためらって焼いた手紙があったり，もっと早く送れたのにこの時期まで延ばしたという事実は，強い力に動かされながら，それを制御する力も働いていたことを物語ると思われる。後ろめたさがぬぐい去れないままだったのである。《友情と信頼のたまもの》(13)のこの文通が罪だとしたら，それは残念なことである…

そうするうちに，1年前と似た場面が生じた。母親がデルマンシュの手紙と義弟ペルポンシェ宛になっている封筒を手に，いきなり部屋に入ってきたのである。アニエスは動揺したが，手紙の主の名前を知られまいとし，こんな手紙はどうでもよいと示そうともして，制止を振り切り台所に降りて火にくべてしまう。《大きな炎がアッという間にたくさんの素晴らしいものを呑みこんでしまいました。》(14)

母親には文通相手の名前は伏せたままだが，燃やした手紙が自分宛だったことは率直に認めて多少信用を回復し，さらにブリュムセン男爵との結婚話まで持ち出して気持ちをやわらげようとした。善意の義弟の立場を悪くするのが何より怖くて，文通の仲介はたまたまでこれが初めてだったと釈明した。

義弟には口裏を合わせるよう伝え，デルマンシュには，今後義弟でなく，ユトレヒト市内の屋敷付き女中宛に手紙を出してほしいと知らせる。―1年前と違って，文通を止める気がないばかりか，何があっても続けていくという強い意志がうかがえる所である。

焼いた手紙の内容に触れられなかったのは残念だと言うアニエスに，彼は応じる。むしろ母上に読んで頂きたかった。人の義務や偏見，友情や情熱，病気や死について書いたものである。読まれていたらこうおっしゃっていただろう。娘よ，この方のお考えはとても立派で真実味にあふれています。あなたをとても愛し，称賛し，愛着を感じているけれど，あなたの心を堕落させたり気を変にしたりする所はありません。もう顔を合わせることもないでしょう。だから続けなさい。危ない手だてを弄するのを止め，直接手紙を書いてもらいなさい。もう手紙の包みを開けたりしませんから

デルマンシュのこの予定調和的な自画自賛は，しかし，柔軟性をなくし偏見に固まった社会への一撃，感情の陶酔とないまぜの道徳的高揚がもたらす，新しい雄弁ではないだろうか。リチャードソンやルソーの小説の中で，健気な主人公たちが吐く，楽観主義的な長台詞に聞こえるのである。

　1764年は，2人が自分たちの文通のいわば「正しさ」を確認し合いながら始まった。彼が想像した母親の言葉について，年頭の手紙でアニエスはコメントする。あれは立派な演説だったが実際とは異なる。たとえその内容が高潔なストア派のカトーのものでも，母親の立場からは文通そのものに反対せざるをえないのだから。

　彼の身の振り方については，自立した生活が大事だと一般的なことは言えるが，ハーグやローザンヌでの生活ぶり，それより何より彼自身のことを良く知らないまま，軍人で社交人の現在が良いのか，フィロゾフで農民になるのが良いのかは判断しかねると答える。

　自分自身については，今遠いドイツに花婿候補(エプズール)が2人いる，もっと良い相手が今後現われるかもしれないがそれは難しいかもしれない，でも現在の生活には満足していると言う。

> 　結婚していたら今ほどクラヴサンにも数学にも時間を割けないでしょう。それは辛いことです。ぜひニュートンを理解したいし，あなたと同じ程度には楽器を弾きたいのです。物を書き針仕事をし，両親に愛されています[15]。

　2週間滞在したハーグは楽しかったが，ある女性にけんかを売られた。でもそれはその人を滑稽にしただけである。多くの女性に歓迎されたし，男性たちとはすべてうまくいっている。『貴族』は私が書いたのかと聞かれたが，曖昧に答えた。自分もこういうのが書きたかったという人には，それは分かるがこれは少し奔放すぎないかと応じた。どちらにしても『貴族』

を読んでほしい。

　２月初めデルマンシュは答える。残念ながら『貴族』はまだ読んでいない。色々手を尽くしたが入手不可能である。親友として，スキュデリー嬢やセヴィニェ夫人やシャトレ夫人が足元にも及ばないほどの才女の作品が読めないのは，実に悔しい。ただそういう女性が，その才能を数学にも向けているのはどうかと思う…自分は音楽に励んでいる。ハーグが嫌になったのは友人がいないからではない，親しくしている人が何人もいる…

　1763年から64年にかけて２人の文通は，試行錯誤を重ね，いくつかの障害を乗り越えて，次第に日常的，規則的になっていく。1764年春先の話題は，家族の近況やルソーのこと，ヴォルテールとカラース事件のことなどを除けば，デルマンシュの方は，自分がこれから進むべき道についてであり，アニエスの方は，唯一自立のきっかけというべき結婚の問題と自分の知的・芸術的活動についてであった。

　人間らしい感情を損なわないかと，その数学への関心を疑問視したデルマンシュに対し，彼女はまず，数学の先生は『新エロイーズ』のサン＝プルーとは似ても似つかぬ老人だと彼のやきもちを笑ってから，答える。１，２時間数学を学べば精神がくつろいで自由になり，心が晴れやかになる。

　　　明白で非の打ちどころのない真理に接した後，私は良く眠れるし，
　　　食もすすむように思われます[16]。

宗教や形而上学のように曖昧で分かりにくいものでなく，《この世に何か確実なものがあるのは嬉しい》し，《神が宇宙に置きたもうた秩序はとても美しいから》，ザディーグ[17]のようにそれを知ろうとせずにはいられない，現在の自然学・物理学を理解したい，そのため数学が必要なのである。いい加減な，生半可な知識は好きではない[18]。さらに，

　　　他人がどうかが問題ではなく，私がどうか，どうありうるか，どう

あるべきかが問題なのです⁽¹⁹⁾。

　学問と読書と創作と文通を大きな支えにして，この23才の女性は，同世代の女性たちが着実に結婚し出産し家庭を築きつつあるのを見ながら，家族の期待や社会の重圧に負けず，特権的に自らの信念を固め，自己を形成し，精神的に自立しつつあったのである。

　だが初夏のゾイレン城で，アニエスは余り幸せとはいえない。スイスからハーグに戻ったデルマンシュが，殊勝な決意など忘れたかのように社交生活を再開し，女性たちと浮名を流している時[20]，彼女はひとり雨に濡れながら，城の近くのヴェヒト川沿いのぬかるんだ道を散歩し，狂犬病の犬におびえたりしているのである。

　パリの『文芸年鑑』（アネ・リテレール）に送った『貴族』につぐ第2作の中編小説は，パリに行った弟を通して働きかけもしたが，結局掲載されないままになる。『文芸年鑑』（アネ・リテレール）はヴォルテールの仇敵フレロン[21]編集の雑誌であり，《偏見を揺さぶっている》ヴォルテールもどきの若い女流作家が受け入れられなくても不思議ではないだろうが，しかし，真相は分からない。作品はまず著者自身が気に入ることが何より大事だとか，詩の場合，その制作の動機ではなく，詩として優れているかどうかが重要だといった見解を通して，こういった経験で味わったほろ苦い失望感が透けて見えるように思われる。

＊

　1年近くアニエスと特に知的な面で友情をはぐくんだジェームズ・ボズウェル[22]は，グランド・ツアーを続けるため，1763年6月，ユトレヒトを離れる。華やかな社交人デルマンシュと対照的に，主としてモラルと宗教と友情についてしか語らないスコットランド人青年は，ユトレヒト大学に留学中チュイル家に招かれて以来，同い年の彼女と意気投合し，何度も熱心な会話を重ねていた。デルマンシュにアニエスと呼ばれたように，ボ

ズウェルにはゼリードと呼ばれる。

　その出発前後，ボズウェルは英語で，彼女はフランス語で手紙を交換する。宗教や思想やコスモポリタニズムが話題になるが，特に彼女の大胆な考え方にスコットランド人青年は怖れをなして忠告する。

> そんな考え方は決してお認めにならないよう願います。人類に敬意を払ってください，社会の制度に敬意を払ってください。想像力のもたらす楽しい気まぐれを味わうのも良いでしょう。でも理性には従ってください[23]。

テーマは貞節において男女で違いがあるかということだったようである。ボズウェルは，男がどんなに浮気しようと，女がその真似をして良い訳がない，《身持ちの悪い女というのは恐ろしい》と言う。これに対し彼女は，デルマンシュに対してと同様率直に意見を述べる。

> 夫をとても愛し，夫も愛してくれたら，他の人を愛さないかもしれませんが，そんなに愛し合っていなければ，きっと他の人を愛するでしょう。私の心は激しい感情のためにあり，それはどうしようもないのです[24]。

こういう女性とは，《たとえオランダ7州を持参金に提げてきても》結婚したくない，とボズウェルは応じる。こんな物言いは大いに彼女の気に入る。考え方の隔たりは明らかだが，お互いの立場を理解しながら活発に議論できるのだから。

　しかし，ボズウェルは姿を消す。『新エロイーズ』のジュリーのように90人の農民に囲まれて身分の隔てのない楽しい食事をしても[25]，16才の末弟の教育のためヴォルテールの歴史書をいっしょに読んでも，詩を作りクラヴサンを弾いても，完全に気持ちが晴れることはない。デルマンシュ

に切実な調子で訴える。

> 親友がそばにいないのを時々さみしく思います。あなたを忘れるどころかあなたの存在を望んでいるのです。大勢の中に姿を求めても見つからないので悲嘆にくれています[26]。

明るく活発なかつての少女の姿はすっかり影を潜め，ふさぎの虫に取りつかれた，知的で感性の鋭い若い女性がここにいるのである。

注

(1) I, 47
(2) "Le Glorieux" は Dutouches（1680-1754）作の教訓劇（1732年初演）。サロン演劇については，拙論 "『貴族』を巡って：ある女流作家の出発（II）"，in 『桜文論叢』（日大法学部），vol.30，1991，p.58参照。
(3) Madame Pater（1743-1805）は4年の結婚生活の後，1764年に離婚。その後パリに出て Choiseul 公の取り巻きの一人になり，ルイ15世始め多くの貴族を魅了した。1779年，24才年上の侯爵と再婚。フランスに亡命したオランダ愛国党員(パトリオート)を援助したことで知られる。
(4) I, 148
(5) I, 149
(6) I, 159-60
(7) 拙論，"『貴族』を巡って：ある女流作家の出発（III）"，『桜文論叢』vol.32，1991，p.41参照。
(8) アニエスと特に親しかった従妹 Annebetje の兄 Frits。この後，アニエスの末弟 Vincent とともに彼らの叔父 Hendrick の連隊に入る。
(9) I, 161
(10) Henri-Alexandre de Catt（1725-95）。ユトレヒト大学に学び，アニエスの弟たちの家庭教師になる。1755年，お忍びでオランダ旅行中のフリードリッヒ2世と偶然知り合い，それが縁でその宮廷に招かれた。
(11) I, 161
(12) ルソーの『新エロイーズ』は，1761年刊行の書簡体小説で，当時のベストセラー。2人ともこの小説をいちはやく読み終えていた。ヴォルテールは

Ferney村で，1759年から1778年，死の直前にパリに凱旋帰国するまでの20年近くを過ごした。全ヨーロッパの知的エリートや王侯貴族の訪問を受け，演劇に興じ，哲学的小説や政治的パンフレットを書き，カラース事件他にコミットし，長老として村人に接した。その哲学的小説 "Candide"（1759）最終章の，《Il faut cultiver notre jardin》という言葉は特に有名である。デルマンシュはその演劇仲間として，また文通相手として友人の1人だった。

(13)　I, 153
(14)　I, 154
(15)　I, 163
(16)　I, 170
(17)　Voltaire, "Zadig ou la desitinée"（1747）の中の《彼［ザディーグ］の魂は，無限へと翔けのぼり，日常の感覚から解き放たれて，宇宙の確固たる秩序を凝視していた…》というくだりを示唆しているものと思われる。（Voltaire, "Romans et Contes", Paris, Garnier, 1953, p.23参照）。なお，後年アニエスは，この短編小説をもとにオペラを創ることになる。
(18)　I, 170
(19)　I, 175
(20)　1764年6月4日付の手紙で，デルマンシュは，ヨーク卿邸のパーティーに出て，2年前のアニエスとの出会いを懐かしんだと言う。また Mme Pater や Mme de Bouffers その他の女性との交際は，色々な形で彼女の所に伝わってきている。
(21)　Elie Fréron（1718-76）はジャーナリスト，文芸評論家。1754年『文芸年鑑』(アネ・リテレール) を創刊して，外国人作家を積極的に紹介し，最新の科学技術に関心を示した。ただ反フィロゾフの砦となったため，ヴォルテールの寸鉄詩(エピグラム)の格好の餌食になった話は有名である。
(22)　James Boswell（1740-95）。この後1769年，コルシカ独立運動の闘士 Pascal Paoli との会見をもとに『コルシカ報告』を発表して一躍有名になった。『サミュエル・ジョンソン伝』（1791-93）で，伝記文学というジャンルを確立したことで知られる。
(23)　I, 201
(24)　I, 191
(25)　I, 101
(26)　I, 207

第2章　ベルガルド侯爵

1．侯爵をめぐる"謀略^{コンプロ}"

　1764年7月デルマンシュは，アニエスにユトレヒトの縁日^{ケルメス}で会おうと申し出る。ハーグの生活は単調だから彼女に会うのが楽しみだ，ただ人目もあるから縁日^{ケルメス}見物にかこつけて同居人の親友ベルガルド侯爵を連れていく…

　　ベルガルドという男は，誠実な性格や気高い感情から類い稀な人間です。フィロゾフでエスプリがあり，陽気で音楽好きです。ヴァイオリンの名手の召使を加えた我々3人は，昼も夜も議論したり笑ったり楽器を演奏したりしています[1]。

アニエスはこの提案に飛びつく。デルマンシュに会いに来てほしかったが，両親に気兼ねして言い出せなかった。ついては，と言って段取りを指示する。まず7月19日（木）の朝，ヘールヴィンク夫人[2]を訪ねて自分の所在を確かめてほしい。ユトレヒト市内でなければゾイレン城にいるが，ただその場合，直接城に来るのはまずいからゾイレンの村の叔父の家を訪ねてほしい…そして最後にこう付け加える。

　　ベルガルド氏に結婚の予定はないのでしょうが，感じ好さそうなだけに残念です。ついでに私を奥さんにしてくれれば良いのに。親が

かりの生活がよく嫌になります。自由になれば私の価値はもっと上がるのですが(3)。

当時の，特に上流階級の女性にとっては，結婚こそ—持参金をもとにした年金などで—経済的に自立し，社会的にも肩書を得て敬意を払われる，つまりより自由になり最大限自己実現できる，おそらく唯一の道であった。(その様子はたとえばゴンクールの『18世紀の女性』(4)に詳しい。)

しかし彼女の段取り通りに事は運ばず，約束の木曜日，2人は会えずじまいになる。土曜の夜，寝付けないまま彼女は恨みの手紙を書く。ハーグの生活もそんなに単調じゃないのでしょう…だがデルマンシュによれば，これは単なる行き違いだった。彼と侯爵は確かに当日ユトレヒトに出かけたが，縁日(ケルメス)ではアニエスの家族の誰とも会えなかった。金曜日，市内のチュイル家の屋敷でゾイレン城に伺いたいと伝えるが，不在のためお招きできないと即答されたというのである。

この後受け取った"おかしな手紙(エトランジュ・ビエ)"（紛失）に答え，彼女はベルガルドを紹介してくれたことを感謝し，《才知ある社交人，旅行好きで，生まれが良く財産のある紳士(オネ・トム)》との結婚に乗り気な所を見せる。とにかく馬鹿な男は遠慮したいし，やきもち焼きはこちらがよほど気に入らなければ嫌だ。

侯爵はかなり年上ですが，みんなで夜更かししましょう，3人で楽器をやりましょう(5)。

次の手紙はこの浮ついた調子をやめて，まじめな調子になっている。侯爵との結婚話に乗り気なのは，他に何人かの花婿候補(エプズール)がいるが，何もかも忘れて夢中になるほどの人はいないし，プロテスタントのオランダ人に同じ条件の人がいないからである。ただ，1）その持参金にベルガルドが納得すること，2）両親の同意が得られること，3）幾つかの事柄で2人の考

えが一致すること，が必要である。持参金は妹と同額として10万フロリン，それに母親の遺産8万フロリンが見込まれるという[6]。

　デルマンシュは答える。1）10万フロリンの持参金は，侯爵の農園経営に投資して殖やせばよい。2）両親の説得は，性格的にベルガルドには無理だから，彼女自身が行うべきである。──そして侯爵の資産については，トノンの領地，マルシュの城，シャンベリーの館，オランダの連隊を挙げ，さらに，パリ，ドレスデン，ニースなどヨーロッパ各地に名声嚇々たる親族が散らばっていることを強調する。ただし，パリやハーグといった町に居を構えるほどの財力はないので，サヴォワの領主夫妻として堅実に暮らし，時に旅行できれば満足すべきだ，と付け加える。

＊

　7月最後の週，アニエスは毎日手紙を書く。中でも7月25日の手紙が興味深い。そこでまずあらためてデルマンシュに感謝してから，彼が遊び人(リベルタン)だという噂に触れる。仮にそうだとしても，省みてこの文通にやましい所はない，むしろ彼の関心を人としての義務に向けたと自負しているくらいである。

　従って強い信頼のもと，《あなたの心を私に，そのすべての襞において開いて見せてください》という，彼の──おそらく例の"おかしな手紙"(エトランジュ・ピエ)の中の──求めに応じて，自らの姿をさらけ出そうとする。

> 私の感覚は心や精神と同じく快楽を求め，極めて強くデリケートな印象をとらえます。目の前に現れるどんな物もどんな音も，快楽，そうでなければ苦痛の感覚を呼び起こします。かすかな匂いも気持ち良いか不快かのどちらかであり，吸う空気は，やや暖かいとか少し微妙だとかによって，そのすべての違いとともに私に影響します。このことから他のことも判断してください，私の欲望や嫌悪感も判

断してください。父や母がいなければニノン⁽⁷⁾になっていたかもしれません。でも私はもっと繊細だし，あんなに移り気ではないから，恋人をあんなに作ったりしないし，第一最初の恋人がとても魅力的なら，心変わりしないかもしれません。[…] でも父や母には辛い思いをさせたくないし，生活をめちゃくちゃにしたくもないので，ニノンにはなりません。紳士の妻，貞淑な操正しい妻になりたいのです。ただしそのためには愛し愛されることが必要です⁽⁸⁾。

半年前に書いた『ゼリードの肖像』でも，自分がやや《享楽的》で，《強く激しい感覚》に悩んでいると言っていた。

感覚がこんなに鋭くなければ，ゼリードは偉大な男の魂を持っていただろうし，精神や理性がたいしたものでなければ，ただの弱い女になっていただろう⁽⁹⁾。

手紙では続けて，自分は意地は悪くないし気難しくもないが，《落ち着いた》性格とは言えないと打ち明ける。

この敏感な器官，強い感覚，沸き立つ血潮のせいで，精神と肉体に他の誰にも見られない大きなおかしな変化が現れます。しっかり同一人物と確認しないと，1日のうちに別の2人の人間，時には6人の人間に変化したと思われるでしょう。すべてが私に影響し，人生のどの瞬間も私に無縁ではなく，すべての時が幸せか不幸せかのどちらかで，すべてが何ものかなのです⁽¹⁰⁾。

音楽を嗜み，幾何学を学び，詩を書き，冷静なフィロゾフになれば，軽薄な，あるいは情熱的な女にもなる。しかし，と彼女は付け加える，こうした多様性にもかかわらず，自分の心の底は変わらない。苛立つことはまれ

で長く続かないし，怒ることもめったにない。体調が悪くても我慢強く，泣くことはあっても愚痴はこぼさない。

　アニエスは自分の"心の襞"を率直に開く。だがそれは，花婿候補に自分を知ってもらうためというより，孤独な存在が文通相手デルマンシュ(エブズール)に理解されたい，愛されたい欲求のほとばしりのように見える。事実翌日26日の手紙では，すっかり告解を済ませたかのようにすがすがしく，たとえこの結婚話が駄目になっても，《心から私に献身的な人》[11]に自分をさらけ出したことを何も悔んでいない，と言い切るのである。

　7月26日の手紙は，25日の手紙を出してすぐ書きはじめられた。その途中でデルマンシュの釈明の手紙（24日付）を受け取ると，縁日(ケルメス)での行き違いについて，自分の不当な非難（mes injustices）への謝罪を付け加える。

　この26日の手紙でまず，カトリックの軍人がプロテスタントの女性と結婚できるのかという疑念を彼女は提示している。（実はこれは正確には，オランダのプロテスタントの軍人や官吏は，カトリックの女性と結婚できない──オランダ3部会決議，1738-9年─，というものだった。）

　次に2人の年令差の問題を出す。

　　　　侯爵がもっと老人でそれほど感じ良くなければ，この結婚は隠遁ではないかと思ったでしょう。人生の春と夏が過ぎて冬を迎え，余り暖かくない火のそばで暖を取ろうと女性を求める，年配の求婚者，そういうのは嫌なのです[12]。

ベルガルドの44才という年令は，当時の特に軍人としては引退を考えてもおかしくない年令，公職を退き領地に引きこもっても良い年令であった。だから，これは冗談であってまじめな話ではない，ベルガルドは思ったより若々しく，自分以上に引退する感じでない，といくら彼女が強調しても，完全には冗談にならない。3日前の"夜更かし"の件[13]といい，この箇所といい，軽い冗談の向こうに，年令差についての一抹の不安・危惧が見

える。
　この活発な若い女性は，サヴォワの草深い田舎の城に埋もれるのを恐れたのに違いない。せめてシャンベリーで町の生活を楽しんだり旅行に出かけたりしたいという。また風刺小説『貴族』の著者でもある彼女は，ベルガルドの綴りの不正確[14]は，大貴族の出の証拠だとか，自分の家系は16代遡れるほど由緒正しくないとか，ヴォルテール流の諧謔を弄する。そうかと思えば真摯なルソー流に，大貴族の伝統に反しても《私の子供たち》は自分の手で育てる，《愚かで迷信深い坊さん》に委ねるのだけは避けたいと述べる。

＊

　結婚話を進める上で最大のポイントは，父親の同意をいかにして得るかということである[15]。父親は利害では動かない，この上なく《まっすぐで無欲》[16]な人だから，家柄や財産の話ではなく，ベルガルドその人の，人となりがいかに娘にふさわしいか強調する必要がある。ついては自分ほど《人の心を操る》[17]のに長けた適任者はいないと思うが，自分が直接父親に話をする訳にはいかない。
　そこで，と７月26日の手紙で彼女が申し出たのは，父親あての彼の手紙を自分が下書きするということである。その手紙の中で，手紙を受け取ったら娘にみせるよう頼んでおく，それで父親に手紙を見せられたら，自分はあらかじめ考えておいた返事をする…
　デルマンシュも何か提案したようだが，それはまずい，と27－８日の手紙で反対している。両親は勘が良いから，話に裏があると察するかもしれない，そして藪蛇になって２人の文通が発覚したら元も子もない，そうなったらそうなったで仕方ないけれど…（ただこの最後の但し書きは本意ではなかったと，後で訂正している。）
　もっと穏やかな方法がある。デルマンシュから彼女への手紙を，父親へ

の手紙に付して渡すという方法である。ただその場合，その手紙の下書きを事前に見せておいてほしい…

デルマンシュが直接父親に会って話す方が簡単に思えるが，そうでもない。12年前両親はスパ（現ベルギーの温泉保養地）でベルガルドに会っているが，印象は良くなかった。体をこわしたこのサヴォワの貴族は，とても40前に見えないほど老けこんでいたのである。そういう印象を，会って話してすぐ払拭するのは難しいだろう…

　こういう話の後アニエスは，デルマンシュが才女気取りや抽象論を憎むのは理解する，と続ける。

（紛失した手紙で彼は自分の提案のほか，彼女のやや気負った真情吐露，"告解"への，ベルガルドや彼自身の感想も述べたらしい。）しかし彼女にしてみれば，ずっと若い頃からあれこれ思い悩んだ末たどりついたこの穏やかな懐疑論的境地に嘘はないし，もう10代の頃のように何が何でもエスプリを見せたいという野心がないのも分かってほしい。ただし，

　　　　たとえ王位のためでも自分の部屋で熱中していることをあきらめる
　　　　訳にはいきません。もう何も学べないとなれば，快楽と栄光の真っ
　　　　ただ中でも絶望して死んでしまうでしょう[18]。

　デルマンシュは，親友との結婚話に彼女が提起した問題を意外に思うと答える。7月29日の手紙で彼はまず宗教問題に触れ，それが結婚の障害になるとは思えないと言う。オランダ3部会決議が，ベルガルドのようなカトリックの軍人と彼女のようなプロテスタントの女性の場合を想定していないのは明らかである[19]。ベルガルド家はカトリックだが，侯爵も妹も狂信家でなく，アニエスに近い考え方をしているから，違いは儀礼的・形式的な面だけで，たとえば子供の教育に頑迷固陋な坊さんがかかわるなどあり得ない。彼女自身についてもベルガルド家の人々が，その読書や執筆活動を尊重して自分たちの"宝"と考えるのははっきりしている，アニエ

それにしても，と彼は続ける，父親の説得がこんなに大変だとは思わなかった。自分の場合，ある女性[20]を夢中になって愛し，相手も同じなら両親に話して同意を得てほしいと思った。自分の方はもう親の同意を得ていた。財産の話など1度もしなかった。父親がこの結婚を望まないなら，それは娘を愛していないということではないか，あるいは，アニエス自身そんなに乗り気でないということではないか，と彼は勘ぐる。

　同じ29日にアニエスは長い手紙を書きはじめている。（父親への手紙の下書きが完成する8月3日に，この手紙も書き終えることになる。）29日朝に書いた部分は，遊び人論（リベルタン）である。もし自分が遊び人（リベルタン）になるなら，デルマンシュのような遊び人（リベルタン）でなく，ベルガルドのような遊び人（リベルタン）になるだろう。つまり，女性にもてることではなく，快楽そのものを追求するだろう。ただベルガルドのような感激屋ぶりは真似できない，いくら好きになっても恋人が実際以上に素晴らしくは思えないだろう。デルマンシュの言うように，女性の心を征服しながら何もせず，男たちから守ってやる意図しかない，そういうこともあるかもしれないが，遅かれ早かれそんな意図など忘れ，ミイラ取りがミイラになるだろう。第一それこそ女性を守る一番確実で，しかも快いやり方ではないか。女性を堕落から守り続け，自分の手を離れた時に以前より良い女になっている，それが彼の誇りだという。そうかもしれないし，それは分かる。

　　女性に悪徳を望ませておいて，その後美徳に連れ戻す，そこにはたしかに2重の名誉があるのでしょう[21]。

＊

　デルマンシュが父親に出すべき手紙を，アニエスは宗教の話から始める。宗教に帰依しながらも人間性と哲学を持ち，《カルヴァン派という以上に

キリスト教徒》であるお方に,カトリックの花婿候補(エプズール)を紹介したい。自分の親友であるその候補者とご令嬢は,ともに人としての高潔さと人間性を備え,ともに芸術や才能を愛している。ご令嬢の才女ぶりは,普通の男なら怖気づくかもしれないが,わが友はその妻の才能や知識を誇りにするだろう。彼の素晴らしい肩書や立派な親族の名前を挙げなくても,ただ由緒ある名家の出だとだけ言っておけば十分であろう。大資産家とは言えないが,安楽な生活をするに足る財力があり,サヴォワからオランダへの里帰りに支障がないのは言うまでもない。性格は温厚でムラがない。この話が進めば,ありがちな若気の至りの過ちも忘れ,ご令嬢一筋になるだろう。

宗派の違いは,偏見にとっては障害だが,理性にとってはそうでない。嫁ぎ先に狂信者はいない。2人の子供はカトリックになるが,プロテスタントの母親から離される訳ではない。2つの宗派間で名目上,儀礼上,そしておそらく難解な教義上の違いはあるだろうが,基本的な教義や戒律は同じである。

> トゥールーズでカトリックの父親とプロテスタントの母親が,ともに力を合わせて子供を育てるなら,その子供がおぞましい祝祭を挙げたりせず,また罪もない老人が車責めにされて非業の死を遂げたりしないでしょう[22]。

どうかこの手紙はご令嬢にのみお示しの上,乗り気でなければ,誰にも知られずなかったことにして頂きたい。平凡な縁組は非凡な女性にそぐわない。

> 場合によっては臆病に不都合な点をあげつらうより,大胆に好ましい点をとらえるべきでしょう[23]。

この手紙は次の点で興味深い。

1）アニエスが信仰と寛容の精神をあわせ持つ父親に訴え、戦略的に話を進めようとしていること。
2）自分を《ばかばかしいほど称賛》[24]するのは辛いとボヤキながら、『ゼリードの肖像』などの内面的な自画像ではなく、社会的に受け入れられる、結婚するのにふさわしい女性像を、おそらく面白がって描いていること。
3）こうしたことを、デルマンシュのものと見なされるべき文体で、格調高く書いていること。

＊

　しかし、デルマンシュ用の彼女の"作文"は、良心の呵責を呼び覚ます。7月29日に書きはじめたままになっていた手紙の余白を使って、8月3日、つまり"作文"をした日、いたたまれないように書きつけている。

　　時々、私たちの選んだ回り道、"謀略"(コンブロ)の様相を憎んでいます。父に悪いことをしている、騙しているように思うのです[25]。

"作文"が見事であればある程、こんなに巧みにウソがつけるのは信用ならない、と未来の夫に思われでもすれば心外である。また、これだけでなく2人の文通もベルガルドには秘密にしておこう、とデルマンシュは言うが、まさにそれは、この文通の後ろめたさを証明していないだろうか。女性というものや世間の女性への評価を良く知っている彼に、《自分の決疑論者(カジュイスト)になって》[26]、行動の指針を与えてほしいと頼む。彼しか精神的に頼る人がいない。いずれにしてもデルマンシュが鍵を握っている。

　　ポケットにいつも強い毒を隠し持っている人は、どんなに紳士(オネ・トム)という評判でも、少し危うく見えるでしょう[27]。

だから，これまでの自分の手紙はどう処理しても良いが，自分に対しては良心的でいてほしいと彼女は願う。

こういう精神状態の中，日付が変わってもなお，コーヒーを飲みながら手紙を書き続ける。

富は，喜びの中で自分には一番無用なものである。どんな人間が金持ちか見れば，それはすぐわかる。宝物のそばの吝嗇，金箔のそばの悪趣味，この上なく美しいダイヤで飾った，この上なく醜い女…でも，時に気まぐれを実現出来るくらいの豊かさは自分にもほしい。たとえばパリに旅するくらいの余裕である。《歩いて，または馬車で，色々な芸術作品や職人仕事を見て回り，人々の話に聞き入り，クレロン嬢の台詞回しに聞きほれ，多くの知り合いを作り，ラモーのレッスンを受け》，《出発の１週間前には美容師や社交界の人々とも近づきになりたい。》[28]

家政について，自分は駄目だと言われてきたが，母親付きの女中だけはかばってくれた。出費がかさむことがあるが，少なくて済むこともあるというのである。その通り，自分が家計をあずかれば，他のことと同様，高くなったり低くなったりの波があるだろう[29]。結婚しても当面，家政は侯爵の妹など他の人に任せるのが良いだろう，人の指示に従うのは別に何とも思わないから…

この長い手紙を出した翌日の８月４日にはもう，彼女は次の手紙を書く。デルマンシュと妻の出会いから結婚の経緯については，なるほど問題がなかったかもしれないが[30]，それは，お互いの家の事情が分かりあっている近くの知り合い同士で，しかも同じ宗派なのだから当然であり，自分たちの場合の参考にはなりにくいと感想を述べる。

それから，手筈通り父親が例の手紙を読み，それを彼女に見せて始まる父娘の場面を空想する。まず，手紙で伏せられていた相手の名前を告げるだろう。この話はオペラ座の出口でデルマンシュに聞いたと言うだろう…その時，母親が部屋に入ってきて，テーブルのむこうで本を読み始めた。その性格からしてこの母親を動かすのは難しくない。手紙が着く前，すべ

て打ち明けても良いくらいである。問題は父親である。冷静で慎重な父親を動かし説得するのは容易ではない…

　更に話題は，デルマンシュの敗訴した裁判に移る。彼の憤激はもっともだが，バカな人たちに対して怒っても損するだけ，軽蔑してやれば良い，裁判にはむしろ笑いの種でも探せば良い。ただいくら裁判に負けたからといって，彼のオランダに対する見方は厳しすぎる。オランダにも良い所はある。確かに，ハーグ（の社交界）はとても意地悪かもしれないが…

　最後に例の手紙に戻る。サヴォワの嫁ぎ先では，自分が《完全に何をしても自由》[31]としたが，それは言いすぎだから削除してほしい。ベルガルドの女性関係のくだりが不正確，或いは偽善的すぎるなら，これも削除してほしい。

　デルマンシュの方は８月５日の手紙で，いよいよ明日の月曜日に父親宛ての手紙を出すと予告する。それは，アニエスにもベルガルドにも大事なものになるだろう。それにしてもベルガルドは実にうらやむべき男である，こんなに人に気にかけられ，しかもその肉体の遊び（リベルティナージュ）が，自分の精神の遊び（リベルティナージュ）よりアニエスの気に入られるなんて，と彼は言う。

　８月６日の朝，アニエスはその手紙をこう始める。

　　昨日床に就く前にあなたの手紙を受け取り，殆ど眠れませんでした。あなたには心から敬服しています。なさっていることは立派で崇高で困難なことだと思います。愛することがどういうことか知らない人なら，どうせ自分のものにならないのだから，友達に譲っても犠牲を払うことにならないと言うでしょうが，私はまったく違った考えです。自分の手で，古い別れに新しい別れを付け加えること，自分の気持ちに乗り越えられない永遠の障害を設けること，それには勇気ある気高い高潔さが必要です。恋人を第一の親友と結婚させるのは，どうでもいい男との結婚を黙認するのとは訳が違います[32]。

そして更に続ける。

> あなたの心の中で私が今占めている場所を，他の女性がこれから占めることは決してない，そううぬぼれるのを，デルマンシュ，どうか許してください。でも恋愛について言えば，私よりきれいな人に会って，私のそばでおとなしくしていられるようなものを機会あり次第手に入れるでしょうし，多くのもっときれいな女性に会ったら，その魅力に多少の分別も加わって，私に対しては自制出来るでしょう。知り合いになってから，あなたはずっと私に敬意を払いながら好意を示してきました。でも何度も私が好きになったのではありませんか？　私の姿が気持ちを高ぶらせたら，その後は心穏やかでしたか？　そしてこれからは，親友の妻を手の届かないものと見なすのに慣れ，ほしがるのは馬鹿げている，手に入れるのは不可能だ，だからもう思ってもみない，ということになるのではないでしょうか？(33)

自作自演の父親との場面を数日後に控え，高揚感と緊張の中，アニエスはベルガルドとの結婚を真剣に考えれば考えるほど，"心の襞"の奥まで見せた人と自分の，来し方行く末を想い，ロマネスクな想像に心乱しつつ，彼の心理と行動を彼女としてできるだけ冷静に見据えようとしているのである。

注
(1) I, 206
(2) Madame Geelvinck は2才年上のアニエスの親友。7年前夫を亡くした，この才色兼備の女性は，"未亡人"（ラ・ヴーヴ）と呼ばれてアニエスの手紙にしばしば登場する。オランダ滞在中のジェームズ・ボズウェルのあこがれの人でもあった。なお，アニエスによる『ヘールヴィンク夫人の肖像』（X, 41–44）参照。

(3) I, 209
(4) Goncourt, "La femme au XVIII ème siècle", Flammarion-Champs, 1982 (1862) [邦訳『18世紀の女性』, 平凡社, 1994] 参照。
(5) I, 210-11 デルマンシュはアニエスより18才年上だが, ベルガルドは彼よりさらに2才年上だった。
(6) I, 214
(7) Ninon de Lanclos (1620-1705) 数多くの恋愛遍歴で知られた, 17世紀フランスの宮廷の才女。
(8) I, 217
(9) X, 37
(10) I, 218
(11) I, 220
(12) I, 219
(13) 本書 p.30参照
(14) Ph. Godet, "Madame de Charrière et ses amis", Genève, Slatkine Reprints, 1973 (1906), p.97 (ベルガルド直筆の手紙の引用) 参照。
(15) 父親より17才年下の母親は, 重要な事柄では常に夫に従ってきたので問題はないだろう, と別の所でアニエスは言っている。
(16) I, 221
(17) I, 223
(18) I, 225
(19) 本書 p.33参照
(20) 後の手紙 (1770年10月24日付, II, 213) で彼は, この結婚が若気の至りで失敗だったと言っている。
(21) I, 228
(22) I, 233-4 もちろん当時話題のカラース事件に, ここでは言及している。
(23) I, 234
(24) I, 235
(25) I, 228
(26) I, 228
(27) I, 229
(28) I, 230
(29) I, 230
(30) 本書 p.36参照
(31) I, 237
(32) I, 238

(33) I, 238

2. "謀略(コンプロ)"の行方

　父親に宛てた"謀略(コンプロ)"の手紙，つまりアニエスが書き，デルマンシュが彼女らしすぎる箇所を削り，彼の《日焼けした皮膚で覆った》[1]手紙は，1764年8月6日（月）遂に出された。親友を結婚相手として紹介するという内容を書き写しながら，彼は心中穏やかでなかったかもしれない。だが翌日彼女に宛てた手紙では，この犠牲的行為は，彼女のそばにいられる幸せで報われると言う。

　　　　この世の幸せ，それは私たち3人がいっしょに暮らして，どんな詩
　　　　人も思いつかなかった，完璧に親密なトリオを形成することです[2]。

　2人はルソーの熱心な読者だから，3年前発表されオランダでも反響を呼んだ『新エロイーズ』が，この時彼の念頭にあっても不思議ではない。デルマンシュはサン＝プルー，アニエスはジュリー，ベルガルドはヴォルマール男爵，マルシュの城はクラランスの館ということになり，秘すべき"危険な関係"は，サヴォワの自然を背景にした，ロマンティックで，しかも人倫をわきまえた交際のうちに解消するのである。
　しかしながら，愛する女性と何故結ばれないのか，その理由は異なる。サン＝プルーの場合，何より平民の家庭教師と貴族令嬢の教え子という身分差が障害になったが（6年後にはアニエス自身，弟たちの元家庭教師の小貴族と結婚してスイスに住むことになる），デルマンシュの主張する彼女と結婚できない理由は，彼が既婚者だということ以外では，次のようなことである。

　　　　もしあなたの夫になったら，平静さを失って官能の陶酔の合間に十
　　　　分幸せに出来ないのではと疑ったり，自分の不機嫌な所や矛盾した

言動を見せる不安が頭をよぎったりするでしょう[(3)]。

　色々な面でアニエスの水準に達していないと思い，それならいっそ《親密なトリオ》になった方が楽だと考えたのであろうか。
　親友と愛する女性の結婚話を進める一方，彼の"心の 遊 び"（リベルティナージュ）より，ベルガルドのただ体の快楽を求める 遊 び（リベルティナージュ）の方が好ましいという彼女の意見に対し，2日前の手紙に続けて再度反論する。あの男は女なら誰でも良い，たとえ友人の妻でも妹でも娘でも母でも誰でも相手にしかねない，友情のためそうしないだけだ，そんな 遊 び（リベルティナージュ）が本当に好ましいだろうか，というのである。こういう発言は失意，恨み，嫉妬といった，当時の彼のやむにやまれぬ傷ついた心情をあらわしているのではないだろうか。
　同じ日に書いた手紙で彼女は，ベルガルドの 遊 び（リベルティナージュ）の方が好ましいと言った覚えはない，謝ってほしいと開き直り，話題を変えて，世間に軽蔑されるより，裏切りや不実によって自分を軽蔑する方が重大に思えるという話を始めている。

*

　アニエスは，例の手紙が届いてからの経緯を逐一デルマンシュに報告する。それは8月7日（火）朝，父親の所に届いた。彼女は思ったより冷静だった。昼前に父親は手紙を読んだ。午後ずっと父親は機嫌が良かった。昼食のデザートの時，宗教やユダヤ人やモラルが話題になった。母親は手紙の内容を知らされた様子である。だがアニエスにその話はなかった。夜も何もなかった。親しい従妹（アンヌベーチェ？）が夜更けまで部屋にいたが，朝5時半にはもうまた部屋に来ていた。
　8日（水）の朝，両親とユトレヒト市内に向かう馬車の中で，アニエスを称賛する手紙を父宛に書いてきたボズウェルの話が出た。彼が何故自分と結婚できないと言っているかといった話や，もっと思慮深く慎重で控え

めになれば，スコットランドの親友を紹介しても良いと言っているといった話を，彼女は冗談まじりにした。

　ユトレヒトの館で母親と2人きりになると，アニエスはベルガルドとの結婚話を自分から打ち明けた。生まれてくる子供はカトリックになるが，アニエスから引き離されることはない…それを何故父親に言わないのかと聞かれると，そうすればデルマンシュとの文通が発覚するから，と答える。すると母親は，父親も自分も文通のことはもう知っていると言った[4]。

　ゾイレンに戻って雨の城内を歩きながら，この年の離れた姉のような母親―年令差16才，両親間の年令差が17才だから，父親を前にすると2人は姉妹に見えたかもしれない―は，それにしても50人も恋人がいた後で，急にあなたが好きになるなんて信じられない，と世間知らずの娘を気遣った。でも，それが本当なら女にとって名誉かもしれない，と16になるかならないかで嫁いできた，同じくらい世間知らずの彼女は付け加えた。散歩の後，母親は父親と2人きりで長く話し込んだ。

　その後，父親がゾイレン城の2階の廊下でアニエスに話しかける。

>　「まずお前の考えを言うか，それとも私たちの考えを聞くか」，と父は切り出しました。「まだ取り返しのつかない決定というのでなく，とりあえずお話だけなのだから，どちらでも良いです」，と私は答えました。[…] 宗派の違いについて，同じであるに越したことはないけれど，でも感じの良いカトリックの夫の方が，不愉快なプロテスタントの夫より良いです，と言いました[5]。

　我々に払いきれない負債を抱えているのでは，と父親。たいしてお金持ちでない上に浪費家なのは確かだけど，年とともに思慮深くなるし，家庭を持てば男は変わるとアニエス。性格が良く分からないが？　―それは調べれば分かる。身持ちはどうか，浮気性ではないか？　―魅力的な可愛い妻は夫をまじめにできる，etc.

そして話題は再び宗教と教育の問題に戻る。子供は決して司祭や修道女にはしない、少なくとも親権が及ぶ25才までは。カトリックでも良識ある人は修道院制度に反対している、と彼女は（ディドロ作『修道女』の中で）マヌリ弁護士が行なう修道院制度告発[6]を連想させる熱弁をふるった。この小説を読んでいなくても、定期刊行物などを通して60年代初めのパリの思想界の動向やフィロゾフの言動に通じていたのは確かである。

デルマンシュに次のように訴えかけている。

> 多くの人の場合、理屈と実際の行動が余り一致せず、反修道院論を声高に唱えていても、長男の財産保全のためなら娘たちを修道院に入れかねないのを知っています。でも私は違います。理屈をこねるのはまれで、不動の原則は少なく、理論は全くありません。でも一つの理屈が正しく明白で議論の余地なく思えたら、ただちにそれは決して変わることのない私の指針となります。声は穏やかでも、私の決意は固いのです[7]。

子供に修道院の教育は受けさせないという娘に父親は、ベルガルドもそのつもりでも、まわりから圧力を受けたら長い習慣を変えられるのかと疑問を呈する。彼が請け合ってくれたことを信じるしかないとアニエス。まわりの連中が子供に、あなたの母親は呪われているなどと吹き込んだら残念だと父親。召使や親族の話を一時的には聞くかもしれないが、母親の愛撫、母親の愛情に包まれて、すぐそんな話は忘れるだろうとアニエス…

> 修道院を出る時、行儀が悪く背だけ伸びて、頭はこういう所の汚い話で汚され、母親の私を認めず、私の過ちに身を震わせ、信心深げに苦しげに私の回心を聖母マリアに求める、そんな所だけは見ずにすませます。愛情や気遣いの甲斐もなく、信心に凝り固まって頭がおかしくなったら、25才になりどうしても（修道院に）閉じこもり

たくなったら，それは娘たちの勝手です(8)。

　旧態依然たる修道院教育，公教育へのこの不信，そしてもう一方で母親による教育への信頼，その根拠としての母性愛への深い信頼は，彼女のルソー的な信条告白と言っていいだろう。（しかも，その関心は女子教育に集中している。）

　幸せな家族像を熱っぽく語る娘に冷静沈着な父親は，この結婚が実現可能と分かるまでどのくらいの時間が必要かと嘆息し，他に可能性はないのかと尋ねる。ずっと未婚のまま過ごしたくはないが，花婿候補(エプズール)はいても有利な条件を求めていたり，こちらがその気になれなかったりだし，アンハルト伯やボズウェルについては可能性が少ない…

　良く考えればベルガルドについても夢中で恋している訳ではない。これはデルマンシュとアニエスの文通の熱から生まれた話であり，その熱の強さを示すものに他ならないと両親の目に映ってもおかしくないだろう。両親がこの話に終始懐疑的だったのは，宗派問題やベルガルドの経済問題以上に，もっと基本的な問題の存在を感じ取っていたからかもしれない。

　父親とのやりとりの後は，皆でコメット（カードゲームの一種）をした。結局父親からデルマンシュに会うといった具体的な話はなく，アニエスがそれを切り出すこともなかった。夕食後はまた宗教や教育が話題になった。

　デルマンシュにたえず現在の状況をリアル・タイムで報告し（《今夕食を告げる鐘が鳴っています》，《おやすみなさい，もうダメです，眠ります》(9)），宗教や教育について議論しながら，もうすぐ24才になるこの女性は，最近の２人の話題，遊び(リベルティナージュ)（自由思想＝放蕩）について一言付け加えている。

　　　好ましい遊び(リベルティナージュ)などありませんが，どんな遊び(リベルティナージュ)を憎んでいるか知りたいですか？　それはあれこれ理屈をつける遊び(リベルティナージュ)です。[…]悪徳の力を拡げふしだらの理論を作る，そういうのには

我慢できません。好きになって我を忘れる，そういうのならまだ許せます[10]。

　この話がまとまってほしい。他の人と結婚することになれば，この文通自体不可能になる。そして，デルマンシュ自身が彼女と結婚できないということについては，その方が幸せなのは分かるし，ベルガルドがうらやましくないのももっともだが，ただ彼に同情するならそれは行き過ぎだと皮肉っぽく語り，8月9日（木）から10日（金）にかけての手紙を終えている。

＊

　8月11日（土）のアニエスの手紙は，前日の午後ゾイレン城の庭で父親と話し合った2時間を活写している。
　彼女が昼食後に庭を一人で歩いていると，父親が追いかけてきて，活発なやり取りが2人の間でなされた。彼は娘がベルガルドを手放しで称賛しているのを，慎みに欠けると批判した。これには真っ向から反論して，恥ずかしくない感情を隠そうとは思わない，感じの良い人は皆感じが良い，そんな人が20人いれば20人皆気に入ったと伝えるが，それが愛だとは誰も誤解しないだろうし，そういうのが駄目な人は夫としては遠慮したい，etc. と言った。
　父親は，カトリックへの強制的な改宗を恐れている。サヴォワに異端審問はない，ベルガルドもその家族も狂信には程遠く，自分の自由は最大限尊重される，と娘は答える。だができるだけ説明に努めたものの，完全には説得できなかったと彼女は感じる。宗教問題がある限り，他の問題—ベルガルドの経済状態の調査など—は後回しだと父親はきっぱりと言う。口答えするつもりはないが，と彼女は答える，ただいつも口にしている寛容ということを思い出してほしい。彼は，デルマンシュも同じことを手紙で

言っていたと指摘する。やがて会話は少し穏やかな調子になった。明後日返事を書くから，言いたいことがあればそれまでに知らせるように，と父親は最後に言い残した。

　アニエスは母親の所に行き，暑いので着替えをする。誰かが入ってきたので，自分の部屋に引き上げる。すると心配した父親がやってきて，慰めの言葉をかけた。横になったまま娘は，サヴォワの人たちの善良なこと，せっかくの話が駄目になったら残念なこと，現実味のある話であることなどを話す。これからも粘り強く説得を続ける，とデルマンシュに対して宣言する。いっそデルマンシュの自分宛ての手紙を父親に見せたらうまく行くかもしれないと想像したりもする。

＊

　こういう矢継ぎ早の中身の濃い手紙に，デルマンシュは反応しないでいられない。彼女の手紙は小説以上に面白い。文体は魅力があるし，考察は真実味がある。現在自分の一番の楽しみと言っていいくらい夢中になっている。その上，チュイル家の《調子と性格》[11]が手に取るように分かって興味深い。

　自分としては，ベルガルドはアンハルト伯やボズウェルの友人よりずっと父親の気に入ると思っていた。確かに宗派が違うが，ベルガルドもその妹も，ラテン語でなくフランス語で祈る人間——つまりプロテスタント——が異端だと思ったりしないし，ジュネーヴの人たちとも仲良くしている。寛容という点で申し分ない人たちである。

　遊び（リベルティナージュ）については，あれこれ理屈をつける確信犯的（ドグマティゾール）遊び人（リベルタン）が嫌いなのは自分も同じだ，とアニエスに歩み寄る。そして，話を女性の貞淑ということに移す。女性は，

　　　純潔を守れないなら少なくとも慎み深くあるように，貞淑でないな

ら謙虚であるように，名誉を守れないならせめて誠実であるように[12]。

遊び人デルマンシュ（リベルタン）は，彼女と一緒にオランダ社会や女性をフィロゾフ的に批判するが，いったん彼女自身に女性として「尖鋭化」の兆しが見えると，ボズウェル同様それを止めようとするのである。

公正さ（エキテ）について論じた後，彼は友人トゥイケル[13]の話をする。この友人は，結婚相手に自分より頭の良い女性は遠慮したい，またその候補であるアニエスの従妹（アンヌベーチェ）は１日にビールを２杯飲むのが頂けないと言ったという。

この最後の話に，８月13日（月）－14日（火）の手紙で彼女は反論する。トゥイケル氏は，（手の届かない）あのブドウは酸っぱいと言ったラ・フォンテーヌのキツネそっくりである[14]。従妹は良く食べ良く飲むが，１日にビール２杯ということはない。精神の働きのため，睡眠を減らし朗読するよう勧めたら素直に聞き入れてくれて嬉しく思った。従妹の父親が反対していることこそが，トゥイケル氏の悪口の本当の理由である。それに自分より劣る女性が希望なら従妹はだめだろう，頭は彼に劣らず，性格はしっかりしていて，教養というより判断力があるから etc.

アニエスの誇り高い同族意識は，もっと近い親族，両親について更に強く現われる。デルマンシュが結婚話に消極的な両親をなじるような手紙を送ってきた時，彼女はその不公正な内容が《［自分の］死後に》[15]残るのを恐れて破り捨てた。こういうことは初めてである。それを知ってあわてて事態収拾の手紙を書いてきた彼に，《あなたが父に敬服するのは当然です》[16]と昂然と言い放ち，父親は公正で穏健，気分にムラがなく控えめであり，母親も公正で高潔だが父親より活発，口が固く貞淑でウソがない etc. と続けるのである。

注

(1) I, 240
(2) I, 239
(3) I, 239
(4) しかし後になって，父はこの文通のことは何も知らない，とアニエスは訂正している。(I, 246)。―真偽のほどは不明だが，あらゆる面に配慮を怠らない父親が，全く気付いていなかったとは考えにくい。
(5) I, 243
(6) Diderot, "La religieuse", in Diderot, "Oeuvres romanesques", Garnier, 1962, pp.309-311参照。
(7) I, 245
(8) I, 245
(9) I, 246
(10) I, 247
(11) I, 251
(12) I, 252
(13) Twikel (1732-1800) フラネケラデール地方長官，ウイーン駐在ネーデルランド大使などを歴任した。ハーグのフランス座を後援したことでも知られている。
(14) Mais, comme il (= renard) n'y pouvait atteindre：《Ils sont trop verts, dit-il, et bons pour des goujats.》(La Fontaine, "Fables"III, 11 ; in La Fontaine, "Fables, Contes et Nouvelles", 〈Pléiade〉, 1954, p.83.
(15) I, 254
(16) I, 252

3. "第2の性"?

　1764年8月15日（水）から16日（木）にかけての手紙は，Oorschot版で8ページに及んでいる[1]。彼女は憔悴しきっていた。こういう結婚は一般的でない，慎重な両親を非難するのは筋違いである…デルマンシュに裏切られた気もする…もちろん結婚話が暗礁に乗り上げたことが，憔悴の最大の原因である。1時間前には何も聞こえず何も考えられず茫然自失の体だったが，少し回復した。すべて終わった気もするが，そうではないと気を取り直して話を続ける。

　11日（土）の朝はデルマンシュに手紙を書き，部屋から一歩も出なかった。食卓では口数少なく，食後は母親と無言の散歩をした。夕方父親がやってきて，デルマンシュへの返事の相談をした。娘は違う意見らしいが，父親としては宗派の違いだけでこの結婚は難しいと思う，ただ1年ちょっとで25才になれば，親の同意はいらない…　それは分かっているが，できるなら祝福されて結婚したい。同意がなくても持参金の額は変わらないと父親は言う。だが娘は，もう1度良く考えてほしい，25才で意志を通したら，相続権など奪っておくべきだったと両親が非難されかねないと応じた。

　12日（日）には家族そろって教会に行くが，結婚の話は一切ない。牧師の説教は意味不明な信仰論に終始した。13日（月）も何もない。カトリック教徒の教会への全面的帰依，司祭への全幅の信頼をうらやましく思う。盲目的帰依，ある意味で無知が，逆説的だが救いになる。漠然とした不安に襲われ，宗教の不明な点に悩むと[2]そう感じるのである。だが14日（火）に父親と話した時には，もっと懐疑的になってどの宗派も同じに見えるようになっても，個人的な利害からプロテスタンティズムを捨てたりしないと断言した。

　14日（火）の夕食後，父親に手紙の下書きを見せられた時，宗派問題や

子供の教育問題は障害にならない，今許してもらうか25才まで待つかのどちらかだと主張する。散歩に誘われたが断わった。父親に言われて考えをまとめた手紙（現存せず）を母親に手渡す。心が揺れている。常軌を逸した考えが心に浮かんでは消える。もし文箱からデルマンシュが現われればその話ができるのだが，《とても危険な客》[3]が現われるはずもない。

　強い調子の娘の手紙がこたえたのか，15日（水）の朝父親はすっかり落ち込んでいた。しかしとにかく，彼は娘の要望を多少加味して返事を出した。デルマンシュの手紙が届いてから1週間後である。その内容は，寛容の重要さは認めるが娘の姻戚関係に関わる問題となれば話は別で，宗派問題が障害になること，ただし25才になればあらためてベルガルド氏の状況を教えてほしいこと，その際本人の意思が第一に斟酌されることであった[4]。

　アニエスは，まだ良く分からないのだから内容を曖昧にすべきだと言ったが，父親は宗派の違いが決定的だと譲らなかった。

　　　父に何か非難すべき所があるとすれば，それは優れた規則に従って行動しながらも，正しい例外というものを無視している所だ，と昨日父に言いました[5]。

2人の議論が平行線のまま，父親はその見解をほぼそのまま手紙にした。アニエスとデルマンシュの謀略(コンプロ)はあえなくついえた。かつてないほど精神が動揺し，何をしているのかさえ良く分からないようになった。

　翌16日（木）の朝，父親に拒絶されたアニエスは，デルマンシュにすがる。

　　　おそらくあなたにも両親同様に尊重すべき権利があります。それは友情と色々なご助力から生まれたもので，やむを得ない場合以外，この強いきずなを断つことは決してありません[6]。

その一方で，父親に拒絶されながらもまだあきらめていないことを，ベルガルドが結婚を止める「8つの条件」という形で示す。その条件とは，

1) どうしても25才でなく，23才の娘と結婚したい。[注：つまり2年も待てない]
2) 妻やその親に一点の翳りもない喜びを見たい。[注：つまりチュイル家がこの結婚に完全には満足できないことを覚悟すべきである]
3) もっと気立ての良い女性が気に入る。[注：つまり自分はそれほど気立てが良くないと思っている（？）]
4) 自分の気持より色々な都合を優先させ，もっと金持の女性が良くなる。[注：つまりこの浪費家の結婚の目的の一つが，持参金を借金返済に充てることだというのは分かっている]
5) アニエスを忘れる。
6) 彼女の不都合な点に気づく。[注：つまりデルマンシュとの秘密の文通を指している（？）]
7) 自分の妹にカトリックの嫁を勧められる。[注：つまり未来の小姑の存在はずっと気になっている]
8) 結婚する気がなくなる。

以上である。アニエスは宣言する。

　　私と結婚するなら，自分を幸せ者と思い何も後悔せず，そしてなにより私を好きになってほしいのです。他に望みは何もありません[7]。

　　　　　　　　　　　　＊

彼女がこれほど結婚問題で悩むと想像していなかったデルマンシュは，父娘の葛藤の影の証人，アニエスの秘密の後見人として忠告する。

　　死んだ侯爵夫人より生きた殉教者でいる方がましです[8]。

アニエスはすぐ反応する。

 あなたは"処女のまま生きる方がまし"といったん書いてから"処女"を消し"殉教者"にしています。この２つの言葉が同義語（sinonimes［sic］）であるかのように。［…］そう，処女あるいは殉教者として静かに生きる方が余計な混乱を繰り返すよりましでしょう[9]。

この箇所についてボーヴォワールはその『第２の性』で，《"処女と殉教者"は重複語法（pléonasme）だとシャリエール夫人は言っていた》[10]と指摘している。しかし正確には，上述のようにこの言葉はもともと彼女でなくデルマンシュのものであり，彼女はただ，彼の（訂正から生じた）表現のコントラストを「面白がった」だけである。

 ジョフレー・スコット著『ゼリードの肖像』（仏語版1932年刊[11]，アンドレ・モーロワ序文）に拠って（と思われるが），ボーヴォワールの『第２の性』はそのフェミニスト的視点から，シャリエール夫人を父母の家での犠牲者，18世紀の結婚制度の犠牲者として描く。感受性の強い女性が，善人だが鈍重な小貴族との不釣り合いな結婚(メザリアンス)に追い込まれる悲劇，といった具合にである。

 ところで何故デルマンシュが"処女"を"殉教者"に書き換えたかといえば，それは何よりまず言葉の遊び(ジュー・ド・モー)だと主張したい。つまり，その詩的感性の中で，vierge en vie（生きた処女）でなく martir［sic］en vie（生きた殉教者）にして marquise morte と「頭韻」を踏むという「遊び」である。しかも「処女」を「殉教者」に換えた所をアニエスに見せて，内容の面でも（辛口の）エスプリをきかせたのではないだろうか。─啓蒙の世紀は想像する以上に「イデオロギー」より（ロココ的な）言葉の遊び(ジュー・ド・モー)の時代だったと思われる[12]。

*

　デルマンシュは苛立っている。結婚仲介の労を取っているのは，親友の経済状態を立て直すためでなく，アニエスの役に立って喜ばれたいからである。両親に恨みはないが抽象的な議論(メタフィジック)が多すぎるのではないか。実生活でそれは百害あって一利なしである。娘婿がカトリックでも共通点は多く共存できるのだから，この時間稼ぎは花婿候補(エブズール)アンハルト伯の出方を待っているのか，または単に娘をそれほど愛してないということなのか，などと勘繰りたくなる。特にベルリンやスコットランドといった遠方に娘を嫁がせるのは理解できない。アニエスも両親のきずなからもっと自由になるべきである。彼女の様に才能ある女性が書くのを止めるなどあり得ない。ベルガルドも，こんなに心配しているのに人ごとのようにのんびりしていていい気なものだ…いわば八つ当たりである。

*

　ひとまず結論を得たアニエスの方は，悲しくも落ち着いた気分である。母親の部屋付き女中に，健康のため夜11時半には床に就くよう言われる。こういう階層の人に慕われるのはうれしいが，ボズウェルによればそれは良くない，誰にでも気安くしてはいけない，美徳は重々しい外観を伴うべきだとなる。オブダム（トゥイケルの兄）は反対の意見である…
　言いたいことはたくさんある。まだ独立せず親がかりの生活の辛さをデルマンシュが理解してくれないこと。ベルガルドとの結婚を（成人する）15カ月後まで待ってほしいというのは，アンハルト伯の話とは無関係であること―ロマネスクな偶然で[13]このベルリンの宮廷人がアニエスに関心を寄せているという噂が届いたが，進展はなかった。第一，父親は共和派で宮廷嫌い，母親は娘を遠くに嫁がせたくないのである。抽象的な議論(メタフィジック)の

しすぎというのも一方的な判断である。アニエスや両親には現実的な問題であり，子供を修道女や司祭にしたくなければ当然の議論である。

母親にとって自分は王様のお気に入りといった所であり，愛想づかしをして暇を出してもまた呼び戻す。結婚したいのは本心だが，1年延びて幸せな時間が与えられればそれはそれで嬉しい。両親のことだけなら，ベルガルドの話など止めてそっとしておいてほしいくらいである。

> 優れた才能は―それが存在するとしての話ですが―両親の家ではだいたいいつも正体を隠したままです。だいいち私は傲慢に見られがちで，普通の人の謙虚さを求められます。もっともです。一体誰が優れた才能を備えた才女などになるよう頼んだというのでしょう。そんな必要などない上，私自身何の得にもなりません。心配の種が増えるだけです。私は社会的な常識に欠け，名声に焦れ，快楽を好んでいると見られています…皆が心配してくれています[14]。

ここには結婚前の才能ある女性の，才能ゆえの"第2の性"的な問題が示されているのではないだろうか。両親の家にとどまる限り，男の兄弟たちと異なり才能を行政や軍事といった面では生かせない，せめて文学や芸術の面で自己実現しようとすれば，世間から疎まれたり白眼視されたりする。その状況は結婚したからといって大きく変わらないだろうが，少なくとも持参金を持って家を出るのがとりあえず打開策に思えるのである。むしろ凡庸に見えるベルガルドとの結婚の話に飛びつき，敬愛する父親を"謀略"（コンプロ）に巻き込んでまで話を急いだのは，まさにそう思えた時期だったからではないだろうか。

ベルガルドには15カ月後あらためて求婚してほしいが，と彼女は手紙を続ける，でもそのうち，大した貴族の家柄でなく財産もそれほどでない自分が嫌いになるかもしれない。

デルマンシュには父親の説得を続けてほしいが，もう自分はそれに

("謀略"（コンプロ）のような形で）加担したくない。その際，プロテスタントの女性と結婚したベルガルドの親族のケース（注：これは残念ながら事実誤認だった）について，その周りの反応を話すのはどうだろうか…父親が1週間アンヘルム[15]に出張するので自由に手紙が書ける…そして，19日の手紙はこう結ばれる。

> さよなら，さよなら，（キスされる）手を差し出したいのですが，愛する人が恋人（amant）でなく，ただ古い友達（ami）でもない場合，何と呼びかけたらいいのでしょう[16]。

このくだりは，2年前秘密の文通が始まってまもなくに彼が述べた，《真の友人（ami）と真の恋人（amant）は常に同一のこと，つまり愛すること（aimer）から発しているのであり，ただその時の事情や状況が違いを生むにすぎないと思います》[17]に呼応していて，あきらめの心境の中，試練を超えて心で結ばれた2人のきずなの確認の欲求の現われではないだろうか。

デルマンシュの手紙が届いたので，一度終わらせた手紙を翌朝再開する。運命など信じない，目的のため最善を尽くしたい，抽象的（メタフィジック）な議論でせっかくの話をダメにしたくない，両親は狂信者ではない，アンハルト伯の話は完全に終わった etc.

この手紙の自由さを知ったら，あのフランス大使夫人は何と言うだろう，話しながら目を伏せなかっただけで《いいお宅のお嬢さんが！》[18]と叫んだ大使夫人は？ ──アニエスの自己主張，両親や社会から解放されるべきだという彼に対する，精一杯の自己主張がここに見られる。

更に，こういうデルマンシュに対してのいわば「見栄」以上に重要な，その精神の自由闊達を次のように形で存分に表現する。

> 世間で言われるように，女性にとって［貞淑という］評判が一番大

事な財産なら，愛情薄い女性は幸いなるかな！　官能に恵まれない女性は更に幸いなるかな！　苦労せず財産を手に入れる，たいして取り柄がないのに貞淑という評判を手に入れるのですから。愛情深く官能豊かな女性はどうしようもありません。まなざし一つで気持ちが分かり，抵抗する力がないのが明らかです。さよなら，何も疚しくないのに，今度会ったら赤くなりそうです。軽蔑しないでください。グリーンランドに生まれたから，イタリアに生まれたより貞淑だと言えるでしょうか？[19]

　女性の貞淑については，デルマンシュが諭した通り，それが無理ならせめて《慎み》《謙虚》《誠実》といった徳目でカバーすべきかもしれない[20]。ただ生まれつき感性豊かなアニエスのような女性は，そうでない女性に比べてハンディーを抱えている。だがそのどこに引け目を感じなければいけないのか。こうした主張で彼女は，ヴォルテールの友人，デルマンシュでも怖れをなしてすがろうとする道徳上の保守主義，男の，そして年長者の保守主義を否定している。

　アニエスのように議論のセンスのある者は，男女を問わずそう多くない。文通を通してそれを独占しているデルマンシュの心酔ぶりは，単なる社交辞令ではないと思われる。モンテスキュー流の相対主義—グリーンランド，イタリアといった風土の影響で生じる気質の差異 etc.—がもちろん背景にあるだろうが，その論理は彼女のものであり，それを通して愛情と官能にあふれる女性の率直な主張になっている。ただし最後には，1年後今ほどムラのないやさしい人間になっていたいと殊勝なことも言って手紙を締めくくるのである。

注

(1)　I, 253-262

第 2 章　ベルガルド侯爵　61

(2)　拙稿 "『貴族』を巡って：ある女流作家の出発 (II)", in "桜文論叢"（日大法学部), vol.30, 1991, p.49参照。
(3)　I, 258
(4)　この手紙は全文現存する。(I, 576)
(5)　I, 259
(6)　I, 259
(7)　I, 261
(8)　I, 262
(9)　I, 266
(10)　Simone de Beauvoir, "Le deuxième sexe", 〈folio〉, 1986（Gallimard 1949/76）2vols., t.2, pp.318‐321.［邦訳『第 2 の性』(生島遼一訳) 新潮文庫, 1959, 5vols., t.2, pp.124‐127］
(11)　拙稿 "『貴族を巡って… (1), in" 桜文論叢" vol.29, 1990, p.117/p.131注(10)参照。
(12)　libertinage という言葉の意味は, 17世紀から18世紀にかけて「自由思想・無信仰」から「放蕩・遊び」に変わるが, さらに「精神の自由な活動」へと転用した例として, ディドロ『ラモーの甥』冒頭の 1 節がある。《わたしは政治, 恋愛, 趣味, さては哲学に関し自分自身と問答する。わたしは自分の心をしたい放題にさせておく（= J'abandonne mon esprit à tout son *libertinage*.)。(Denis Diderot, "LeNeveu de Rameau", éd.cr. par J.Fabre, Droz, 1963, p.3.［邦訳：『ディドロ著作集』第 4 巻, 文学, 八雲書店, 1948,（本田喜代治訳), p.12］
(13)　弟たちの家庭教師だった, カットというユトレヒト大学在学中のスイス人学生が, お忍びでオランダ旅行中のフリードリッヒ 2 世と, アムステルダム−ユトレヒト間の船中でたまたま知り合い意気投合した。その後, ベルリンの宮廷に召し抱えられたカットがアンハルト伯にアニエスのメダイヨン（肖像画入りロケット）を見せ, この話は始まった。
(14)　I, 269
(15)　ドイツ国境に近いライン河沿いのオランダの町。
(16)　I, 270
(17)　I, 131　本書 p.13参照
(18)　《Une demoiselle! cela une demoiselle!》(I, 271)
(19)　I, 271
(20)　本書 pp.50‐51参照

4．それぞれの言い分

　1764年8月，デルマンシュとの文通はアニエスの生活のすべてだった。親友ヘールヴィンク夫人の所に彼の手紙が届いていなければ，催促の手紙を出したりもする。ボズウェルや従妹や女友達への手紙をおろそかにして彼との文通に賭けているのだから，彼の方も《利害を離れて》[1]書いてほしい。この関係は何があっても，彼本人の意思に反しても壊れない，傷つけられてもずっと愛し続ける。

　こういう短いが激しい手紙が書かれた8月21日（火），彼の方はアニエスを賛美する手紙を書いていた。宗教をめぐる父親や彼女の"抽象的な議論"に苛立ったが[2]，反論されてすぐ撤回する。自分の経験に基づく意見など，彼女の"抽象的な議論"の足元にも及ばない。だから，

> いつかあなたの手紙から，際立っていて真実味にあふれ，しかも新しい箇所をすべて抜粋したいのですが，それは貴重な文集，確かなあなたの肖像画になるでしょう[3]。

アニエスの気持ちは当然やわらぐ。

> あなたに対してのように手紙が書ける相手は他にいないし，こんなに自然に気分通りに書けることもありません。いつも理解してくれていると分かっています。とても愛してくれていて，私が何を言ってもバカにしません。頭の働きや心の動きをすっかり委ねる喜びがありますが，さらにそこに誠実さを私は見ます[4]。

誠実さ，偽りのなさは大事である。ありのままの自分をデルマンシュにもベルガルドにもぶつけたい。その結果，気分のムラ，性格の激しさ，感性

の極端な強さといった欠点が目について，結婚相手としてふさわしくないと判断されても仕方がない。

余り賛美されすぎるのは落ち着かない。英雄や殉教者は賛美されて当然だが，ずっとそういう立場に置かれるのもどうだろうか。

> 高く持ち上げられるのに飽きてしまい，素晴らしいけれど守るのが辛い美徳が嫌になり，拍手喝采された後そういうものを捨て去ってすっきりする，そういうのが怖いのです[5]。

何事も無理すべきではない。美徳でがんじがらめになるのは行き過ぎだろう。中庸のモラルは，誇り高い24才の女性の自戒かもしれない。

> 哲学者もどきの車引きが自らの情念を抑えようと考え，何とか自分に打ち勝って酒場の前を通り過ぎたけれど，10歩も進まないうちに引き返して来て，この努力は1杯やる値打ちがある，と言ったそうです。オランダの小話です[6]。

欲望を抑える難しさ，厳格すぎるモラルへの懐疑，現実に実践可能なモラルの勧め，人間性の洞察による寛容，こういう考え方は2人の共通認識であったと思われる。

教育は彼女の手紙の重要なテーマである。デルマンシュの息子に関して，息子が（ベルガルドの）マルシュの城に来て自分が教育に当たれたら嬉しい。デルマンシュの役に立てるならなんでもするが，特にホラティウスやタキトゥスを息子と一緒に読んで，自分もラテン語の勉強ができたらなお嬉しい。

それにつけてもマルシュ城主のベルガルドの呑気さに歯がゆい思いがする。8月26日には結婚の条件を再び要約している。中心は未来の子供の教育問題である。

子供たちはカトリックになるでしょう。それが必要だし私もそれで
　　構いません。敬意をこめてカトリック教について話すという私の約
　　束を信じてほしいと思います。子供の面倒を見させてもらえなかっ
　　たり信用してもらえなかったら、ひどく悲しいでしょう。第一の希
　　望は、息子たちを自分の手で教育することです。教えたいことや知
　　るべきことをすべて、まず私自身が勉強しそれから教えます。家庭
　　教師は雇いたくありません。その代わりをさせてもらえるでしょう
　　か？　彼らを幸せな人間、社会に役立つ市民にするについて任せて
　　もらえるでしょうか？　他の人が彼らをよきカトリック教徒にする
　　のを邪魔しないのは言うまでもありませんが、私自身、頼まれれば
　　カトリックの教義を教え、そのモラルを説くつもりです[7]。

修道院での教育だけでなく、家庭教師による教育も拒否しているのである。
　自分自身については、結婚後も物語や詩や手紙を書きたい、出来るだけ
欠点は改めるが、この性格はそっとしておいてほしい、などと言う。
　これからベルガルドに会う方法も示す。ベンティンク（従妹の夫）[8]に
カモ猟を提案して、デルマンシュとベルガルドがベンティンク家に滞在す
れば、ゾイレンは近いから食事に来ても不自然でないというのである。チ
ュイル家の人間はシンプルだから、ベルガルドが敬遠するのは見当違いだ
とも言う。これをきっかけに交際が進めば、《寛容と結婚の使徒》[9]デルマ
ンシュには、彼女がベルガルド家の中で教会以上の力を持つことや、異宗
派婚をしたあのベルガルドの伯母の話を、父親に対してしてほしい…

　　　　　　　　　　　　＊

　アニエスの長い手紙に触発されたかのように、デルマンシュも長い手紙
を書く。まず、彼女の様な鋭い精神と厚い友情を兼ね備えた女性に恵まれ
たことを天に感謝し、かつて隠さずなんでも話しあった幼馴染の遠縁の女

性の思い出を語る。その人はやさしく寛大で，自分を愛していたかもしれない。だが知性においてアニエス以上の女性はいない。自分を怖れたり非難する者は多いし，弁護してくれる者もいるが，率直に欠点を指摘してくれるのは彼女だけである。

　それから続けて，食事や狩猟でも，音楽や読書でも中途半端が嫌いで，徹底した快楽，完璧な喜びを求めると言う。現世を肯定し，人間の唯一の義務は現世で幸せになることだとした18世紀人らしく，このヴォルテールの友人は，女性の貞潔への義務など感じないし，それを評価もしないという。女性への態度は獲物を前にした猟犬と同じで目の前に現われたら突進していく。だが，誘惑した女性が以前より賢明な素晴らしい女性になったら，それは良いことではないか。たとえ処女でも同じである。処女といわれる存在ほど陰気で気の利かないものはない。純潔というが，それは言葉にすぎない。娼婦の方が修道女より純潔で，より多くの義務を果たしている場合がある[10]。彼の考える美徳とは男女を問わず，

　　　自らの使命を果たし社会の秩序を乱さないこと（そうですここにこそ越えてはいけない本当の壁があります）であり，本当の名誉とは軽蔑されない人間になることです[11]。

デルマンシュによれば，軽蔑されるというのは，男なら棒でぶたれたり無礼なことを言われたりすることであり，女なら慎みのない淫らな言葉を掛けられることである。

　この手紙をまだ受け取っていなかったアニエスは，またしても手紙がほしいという短い手紙を書いていた。そして，その催促のついでに，父親からデルマンシュへの返事で，25才になったら娘は自由だとか，その際ベルガルドの状況（負債額など？）を教えてほしいと述べた箇所は自分が付け加えさせたと白状する。

　今弟とユトレヒトの屋敷にいる。面倒なパーティーを断わり，食事をと

りよせてほろ酔い気分である。いっしょに食事ができたらどんなに楽しかっただろう。言いたいことを言って気ままにすごせたのに。愛するというのがどういうことか，自分にも彼にもそして他の誰にも良く分からないだろうが，でも少なくともこういう瞬間に誰かを愛していると感じないなら，おそらく人は一生愛することなどないかもしれない。こういう風にアニエスは書いている。─この上なく気分が高揚していたのである。

＊

　2日後《恋する男》[12]は《神のごときアニエス》[12]に，凡庸な連中との義理の付き合いに明け暮れる生活を嘆いてみせる。ペテン師呼ばわりする輩もいて，その通りならアニエスの助けを借りてぜひ改めたい所だが，知識や才能や機智から見て自分はそんな連中よりずっとましだと思うと言う[13]。─現代にペテンが存在するのは認めざるをえない。肩書を利用したペテンは，最近の"サン＝ジェルマン伯爵"[14]の例に明らかなように，人間の弱点を突く。自分の場合，ヘアバンドが胡散臭く見られ，時にペテン師の印とさえ見なされるが，これはただ戦争後遺症の頭痛を和らげるためのものである。

　人情の機微は人間的な弱さが出やすい艶話に現われる，これこそ人の心の試金石だと言ってデルマンシュは，自分とアニエスの叔父がかかわったエピソードを紹介する。数年前外国人の娘が彼に面会を求めた。（？）放蕩の道に進みそうに思って説教を始めたら泣き出した。慰めながら事情を聴くと，家出して男に誘惑されて捨てられ，無一文で国境を越えオランダに着いたという。今ある女の所にいるというから，すぐそこから連れ出してやると言った。アニエスの叔父に事情を話し，娘を連れ出すよう頼んだ。外で2時間待っていたが出てこないのでドアをたたいた。3階の窓が開いて叔父が顔を出し「悪く思うな，今晩はここに残る！」と叫んだ。大きなナイトキャップをかぶっていた。翌日白状した。口説くのは簡単で良い夜

を過ごしたが，もうこんなことはしない…（ではナイトキャップは？　前もって準備していたのではないのか…？）

　デルマンシュの意図は明白だろう。自分のお人好しぶりを強調して，怪しげなペテン師，酷薄な遊び人(リベルタン)のイメージを弱め，同時にアニエスの親族を巻き込みその好色ぶりを明らかにして，誇り高いアニエスに毒のある笑いを提供するのである。しかも，自己弁護したり，謹厳とされる一族を揶揄したり，（彼自身言うように）人の心の真実を示したりするのと同時に，またはそれ以前に，こういう話をすること自体の快楽があり，それととともに，自分を愛している，知性と感性に恵まれた若い女性に，その反応を想像しながら物語る余裕の快楽も存在するに違いない。つまりある種の口説きの手法である。

　同じ日アニエスは，デルマンシュの「男＝猟犬説」「処女・純潔論」[15]に反応して，手紙を書いている。ウサギを追う猟犬の快楽は理解するが，その本能は気に入らない。また食べられたいウサギを食べてやらないほど残酷なことはない。ここで恋愛は権力の問題，支配／被支配の問題，力を誇示する主人と主人に従う奴隷の問題になるだろう。ウサギは憐れむべきだろうが，では猟犬は？　…猟犬は親しい友人だから何とも言えない，とはぐらかす。
だがこんなうきうきした言葉は長く続かない。真剣さを取り戻した彼女は，２人の個別的な関係に焦点を絞る。

> 今あなたは私に何か求めているのかもしれません。私のほしいものを与える喜びがある，そんなことはありません。そういう色恋沙汰は月並みです。その辺の女と違うことを分かってください。でもそうするとお互いに少し辛くなるかもしれません。いずれにせよ自分のことは自分で決めてください。でもあなたの方が私の思い通りになる，かよわい獣だということだけは忘れないでください。［傍点玉井］[16]

名うての遊び人(リベルタン)への，誇り高い若い女性の反撃の手紙は，8月31日（日）からヴェイク・アーン・ゼー（アムステルダムの北）のハセラール夫人の別荘で過ごすが，夫人は20もの理由で今回もデルマンシュを呼べないと告げて終わる。

*

　この時期のデルマンシュはことのほか多弁である。アニエスの叔父の話を紹介した同じ日に，もう1通手紙を書いて，ベルガルドとの結婚について説明する。ベルガルドの資産と収入は，1）年金（1500フロリン），2）マルシュの城，3）シャンベリーの館（馬車その他を含む）4）森林・畑　5）国からの年金（4000フロリン）　6）彼女の持参金からの年金（1200フロリン）である。

　持参金はまず借金の返済に充て，余裕があれば衣服購入などにまわせばいい。いずれにしてもオランダの妹や従妹より快適にサヴォワで暮らせるだろう。敬愛される名流婦人として里帰りするだろう。彼の浪費癖は治まるだろう。侯爵夫人の地位を狙う金持ちの女性がサヴォワに多くいることも忘れないでほしい…

　翌31日（金）にも手紙を書く。猟犬と獲物について誤解があったというのである。猟犬が立ち止った獲物をしとめるのは当然で，食べられたがっているのを捕まえないのは，バカか冷酷無情かのどちらかである。ただし立ち止った獲物より逃げる獲物を捕まえる方が面白い。また，もちろん本能はあるがいつも猪突猛進ではなく，後先を考えて自分を抑えることもあるし，王位は纂奪するより望まれて就く方が良いに決まっている。

　そして女優ラ・マルタンの話が続く。かつて親密だったフランス座（ハーグ）の女優ラ・マルタンが，同僚の俳優と婚約した。長い不在の後帰ってきて再会したら，まだ彼のことが忘れられない様子だった。それを知った婚約者は絶望して頭を壁に打ちつけた。デルマンシュは身を引いた。こ

の話を聞いたベルガルドは，女にそんなに冷たくするのはどうかしている
と言ったというのである。

注
(1) I, 271
(2) 本書 p.51参照
(3) I, 272
(4) I, 273
(5) I, 275
(6) I, 275
(7) I, 278
(8) Antoine Bentinck（1734-68）ポートランド公爵，ライン地方堤防管理官，ヴォールデン地方総督。4年前アニエスの従妹のマリア＝カタリナ（アンヌ＝ベーチェの姉）と結婚した。
(9) I, 281
(10) ディドロの『修道女』（1760執筆）の中で，一部の修道女のものとされた言動はこの一つの例であり，啓蒙思想にとって彼の考え方は珍しいものではなかった。
(11) I, 281
(12) I, 283
(13) こういう観察は，デルマンシュの甥，バンジャマン・コンスタンの『アドルフ』（1806年執筆）における，主人公の社交界での孤立を彷彿とさせる。
(14) フランス警察に追われた自称"サンジェルマン伯爵"は，1760年代初めオランダに現われた。フランス大使がオランダ3部会に逮捕引き渡しを要請した時，この稀代の詐欺師はすでにロンドンに逃亡した後だった。（P.Chacornac, "Le Comte de Saint-Germain", Chacornac Frères, 1947参照）
(15) 本書 p.65参照
(16) I, 287

5. 9月の海辺から

1764年9月2日（日），予定より2日遅れてアニエスは家族とともにヴェイク（アムステルダムの北）のハセラール家の別荘に着き，25日（火）まで滞在することになる。

デルマンシュが語ったエピソードについてコメントする気になれないのは，妹の不機嫌が気になっているからだという。部屋で彼の手紙を読んでいると，姉のために作ったものを持って入ってきたが，ベッドの上に置いて黙って立ち去った。そんな態度や昼間の言葉のきつい調子を不審に思い問いただしても，なんでもないと言うばかりだった。やっと分かったのは，前日妹の夫の目の前で着替えをしたのが妹を傷つけたということである。納得がいかない。義弟ペルポンシェも家族の一員だから弟の前と同じことをしたまでである。慎みや羞恥心は恣意的だと思う。前年17才で結婚した妹ミティはぎくしゃくした雰囲気のまま先にヴェイクを去る。

デルマンシュの書いた悲劇『スタティラ』[1]については，テーマは素晴らしいし良い詩句もあるか，仰々しい修飾語で効果が損われた箇所があると短くコメントする。それも妹の件で動揺していて気が乗らないからである。数日後には落ち着いてきたが，夜はよく眠れない。

ハセラール夫人がデルマンシュについて冗談を言ったことはない，とアニエスは夫人擁護を始める，夫人は不実でも軽率でもなく，彼を招かなかったのはおもにアニエスの母親への配慮からである。彼は魅力的だから気をつけるように，とアニエスに忠告したくらいである。

レンドルフ，ホッガー夫人，ブーランジュの子供たち，ボストといった人たちとふれあう。ハセラール夫人やモークレルク嬢と一対一で過ごしたり，ハセラール夫人，ボストと3人で深夜まで議論したりした。昼間ボストと駆けっこをして，足の速いところを見せた。彼はややうぬぼれが強いがエスプリ豊かな好青年で（当時32才），自分のせっかちなところに慣れ

てくれればもっと気が合うだろう…（実はこの17年後ボストは，夫を亡くして1年経った当家の女主人，ハセラール夫人と結ばれることになる。）

　デルマンシュの　遊　び〔リベルティナージュ〕についての考え方に反論したいが，こういう議論を進めれば心と感覚を乱して危険である。理由が分からなければ分からないほど信仰心が強まる，とある牧師が言った。自分の不機嫌の理由をいちいち分析したりしない妹は，貞淑でいられる。何事も突き詰めていけばその基盤は怪しげになる。それにデルマンシュその人を追求するのはどうかと思うというのである。

　　　　愛する人の外面的な欠点は，とても不愉快な，いっぺんで嫌になる
　　　　ものでなければ，直したいと思いません。それはその人に特有のも
　　　　のだと思います。あなたのことを考えるとその姿や声がすぐ頭に浮
　　　　かんで，そういうものを憎からず思うのです(2)。

彼の話を一般的な話として聞くのは構わない。だが，猟犬と獲物の話から，たくさんの獲物のウサギを連想し，自分が女優のラ・マルタンや他の似たような女たちの間におさまるのは想像したくない。他の普通の女たちと違っていてほしい。この前落ち込んだのは妹の件もさることながら，こういう屈辱的なイメージが頭に浮かんだからだ，と正直に打ち明ける。

　ただし，ラ・マルタンについて《公平な観察者として》(3)見れば，ベルガルドに同感である。彼女の結婚は身を引く理由にならない。真剣に愛している彼女のフィアンセに同情するのは分かるが，でもラ・マルタンの真剣な愛はどうなるのか，それに真剣に答えるべきではなかったのか。

　デルマンシュは9月7日（金）－8日（土）の返事で，ラ・マルタンの話をしたのは，世間の評判以上に心が広く良識ある人間だと示したかったからだと素直に認める。ただ率直に言って，官能の喜びに熱中する年を過ぎ（当時44才），そういう喜びが消えてはいないが，より気難しく洗練を求めるようになったのも事実である。女性については嫌悪感を抱くか欲望

を感じるかのどちらかで，無関心はありえない。ただ自他への敬意，誠実，あるいは単に振られるのが怖いという自尊心から，2人きりでも自制することはある。もちろん条件さえ整えばどうなるか分からない，2倍の理性が必要だろう。(これほど明快に語られた男の本音はないのではないだろうか。)

　妹の話については，アニエスには責任がなく，義弟への思わせぶりでないのは明らかである。自分の場合，弟の嫁は親しくなってからは着替えの際に退出を求めず，ベッドに入ってからも部屋にとどめてくれた…

　不機嫌でもなんでも見せてくれるのは嬉しい。良いことも悪いことも見せ合うのが，儀礼以上の親しい付き合いの証拠，真の友情のあかしだ，と彼は断言する。

　ほぼ同じことをほぼ同じ時，つまり彼の手紙がまだ着かない8日（土）深夜に，彼女も書いていた。嫌いになるなんてありえない，長い手紙を交換して秘密を打ち明け，感動や憤りに満ちている限り，それは愛している証拠である。逆に手紙が短く礼儀正しくなれば，それはもう愛していない証拠である。

　それにしても自分たちの文通は危険ではないのか，と彼女はもう1度冷静に距離を置いて見ようとする。

> もし（ベルガルド）侯爵がいなければ，あなたのやり方はとても巧妙だと思うところです。彼がいなければ，こういう手紙のやり取りをして少し前から続いている激しさで打ち明け合うとなれば，あなたの掌に乗せられていると思うところです。2人の間にわたしが越えられない大海を置かなければ（誘惑に負ける）弱い女になるかどうか，それはあなた次第です[4]。[傍点玉井]

しかしそれはあり得ない。そもそもベルガルドがいなければ，こんな大胆な真情の吐露はなかっただろうし，もっと慎重な言動に終始していたはず

だと彼女は想像する。

　ラ・マルタンに対する彼の態度が褒められなかったのは，不機嫌，はっきり言えば嫉妬のためで，《心が広く良識ある人間》[5]という彼の自己評価は正しかったと認めざるを得ない。

　デルマンシュは『スタティラ』の続きを送ってきていた。それはより熱っぽいと評価するが，スタティラがエフェストンについて話す話し方に不満がある。ラシーヌなら，フェードルの情熱の激しさが最初の一言から感じられ，表現のスピードと力強さがそれを更に強調する。

　　　わたしはその人を見た，その目の前で
　　　頬を赤らめ，色を失った
　　　惑い果てた心に不安が広がり
　　　もう何も見えず，何も言うことが出来ない[6]。

デルマンシュの場合，内容は大体同じでも詩句の作り方の違いから全体として穏やかに推移し，初めて周りの世界が見えた盲人の強い驚き，心の動揺が伝わってこない。

*

　9月12日（水）の彼の手紙は，スタティラの情熱の表現法についての彼女の指摘が的確でラシーヌの才能が自分にないと認めるほかは，ハセラール夫人とベルガルドへのむき出しの感情の表明に終始する。ハセラール夫人は友情に厚く心が広いかもしれないが，自分のことは良く思っていない。それはかつてフランス式，というか軍隊式の冗談を夫人に言ったせいであって，それがなければ今頃アニエスと同じ館の同じ階で行き来していたのにと恨めしい気持だという。

アニエスはベルガルドの手紙に感謝し，感謝が愛情に変わるのは運命次第と言って，礼状をデルマンシュに託した。それにも彼は恨みごとを漏らす。彼女の手紙は格調高かったが，ベルガルドは恋の悩みで死ぬような繊細な男ではないから心配などしなくて良いという。ベルガルドという男を分からせるためだろう，彼の手紙を（不適当な箇所は塗りつぶして）同封してきたのである。
　アニエスにも八つ当たり気味である。海辺のヴェイクに行ってから少しおかしい。ハセラール夫人が関係しているのか，手紙の調子が浮ついていると指摘する…

＊

　13日（木）にこの手紙を受け取った彼女はすぐ返事を書く。同封されていたベルガルドの手紙を返却するが，彼の手紙そのものも返却したいくらいだと不快感を露わにする。
　ハセラール夫人と親密すぎるという根拠のない嫉妬を見ると，2ヵ月前から数を増し加熱する一方の手紙だが，お互いが冷静になるため少し減らした方が良いと思う，処女のままかどうか侯爵夫人になるかどうかは別にして，これからつまらない議論で無駄な時間を過ごすつもりはないというのである。
　更にベルガルドが恋焦がれて死んだりしないのは当たり前で，自分と結婚できなくても元気に生きていくだろう。せいぜい一度夕食を抜くか一晩寝つきが悪くなる程度だろう。
　自分が死んでもたいした変化があると思えない，と話は飛躍する。

> 　請け合ってもいいですが私が明日死んでも，あなたも他の皆も生き続けるでしょうし，世の中は変わりなく進み続けるでしょう。悲しむ人がいるとしたら，それはこの世に生を受けてからともに笑いと

もに泣いてくれた，私を良く知る人たちでしょう。でもそんな人たちもしばらくはさびしく思い，空虚な気持を味わい，私の姿を求めるでしょうが，やがてそれも止めてたくさんの他のことを見つけるでしょう。[…] 諦めるというのが何につけてもいかに簡単か分かってあなたは驚くでしょう[7]。

　デルマンシュが，ベルガルドというのは彼女を失ったくらいで恋焦がれて死ぬような男ではないと言ったのは，自分の方がずっと彼女を愛しているという自負，もっとはっきり言えば嫉妬に駆られた不用意な，だが抑えられない感情のほとばしりだったかもしれない。
　しかしそういうことに気づくことはなく，彼女の自尊心は傷つき，彼への恨みばかりか自分という存在のむなしさにまで話が発展するのである。憤りに駆られる余りこの手紙は３日間中断した後で再開し，18日（火）にやっと書き終える。その後半部分の書き出しで，ベルガルドは心配しなくてもめったなことでは死なないというのにひどくプライドを傷つけられ，手紙を続けられなかったと正直に白状するのである。
　それにしても，ヴェイク到着後彼女が興奮しているとデルマンシュは言うが，何に興奮しなければならないのか，まさかハセラール夫人のせいではないだろう。興奮などしていない，ゾイレンでもヴェイクでも同じように食べ同じように眠っている。ただひとりになる時間，静かに読書する時間がなければ，いらいらする。この２ヵ月は数学やハープや友人をおろそかにして，デルマンシュとの文通にかかりっきりだった。だから，

　　　怖いのはあなたが私の心に入りすぎ，あなたに夢中になってずっと付きまとう癖がつくことです。そうなってほしくありません。そうなれば結末はどうでしょう，おそらくは熱愛，そうなければけんか別れでしょう[8]。

激しく感情を動揺させながら，同時にその一方で理性を働かせて自分の置かれた状況を冷静に見て，結婚話が一段落した後2人の文通がいっそう盛り上がっているのに危険を感じるのである。

結婚話については，1年後ベルガルドにその意思が残っているかどうか疑わしい上，両親が世間に抗って同意するかどうか疑問だとすれば，自分の幸せだけのために両親を犠牲にはできない…と悲観的である。

それより関心は自分とデルマンシュの関係にある。

> 一生手紙を書くだけで一度も会わなくて平気ですか？ それで良いのかもしれません。［…］でも生き生きした甘くやさしく激しい手紙をやり取りしていれば，デルマンシュ，会いたくなり，けんか別れでもしない限りお互いを求めあうでしょう。そうしたら強い恋心，嫉妬，本能，陶酔，執着を警戒しなければいけません。あなたの親友のものにならず，ずっとあなたとこういう付き合いをしていれば，いつかあなたの恋人になるでしょう。2人がよほど離れて暮らすとか，私を好きでなくなるとかの場合を除いて(9)。

だが，とりあえずもっと勉強して進歩したい，この文通を恥ずかしくないものにしたい。無気力な状態，心に隙間のできた状態を警戒している。文通は控えめにし，結婚は時機を待ちたい。

自分たち家族の予定の話をした後，「けんか別れ」と言ったがそれはあり得ないし，「私を好きでなくなる」こともないと思うと付け加え，手紙の数を減らすと言ったが，明日また書きたいと言う。アニエスは書かずにいられない。書くことがその生活であり，そのすべてである。

これに答えてデルマンシュは，文通が楽しいなら続けるべきで，この《心と精神の放蕩三昧(デボーシュ)》(10)は他の悪（＝病気）よりましなのだから，また，もう彼女に学ぶことなどないのだから，愚かな人たちの間でもできるだけ人生を楽しむべきだ，といわば余裕のアドバイスをしている。

ベルガルドという男は彼なりに首尾一貫していてある意味フィロゾフだから，彼女が変わらなければ２人は結ばれるだろう。ここのところ情熱と非難と憤りの手紙しか受け取っていない，有益な長い手紙がほしい，アニエスと話がしたいと彼は訴える。

> 　私はお世辞を言わず，お言葉に逆らい，お話が良く理解できず，気の利かない話をして，しかも白髪交じりです。ダメですアニエス，あなたの恋人にふさわしく思えないでしょう。あなたのことが，あなた以上に分かっています。[…] あなたの崇拝者，熱愛者と認めてください，事実そうなのですから。何の危険もありません，ずっと友達として文通を続けましょう。困ったことや嬉しいことなどなんでも書いてきて下さい[11]。

　９月25日（火），彼女は海辺のヴェイクを離れた。できれば今度の日曜に彼に会いたいが，両親の反応が気になる。その際，ハーグの人たちには息子をナミュールに連れていく途中ユトレヒトを通り，そこでアニエスに会うと公言してほしい，隠すとかえって怪しまれるから。会えたら皆の前では文通のこと以外はなんでも率直に話し合いたい…
　自分は世間を知らないからつまらない男に騙されるかもしれない，と誰かに言われた。

> 　どうしてか分かりませんが，洞察力があるのに騙されやすいのです。頭は見抜く力を持っているのに，心は頭の働きを考慮に入れないのです。それぞれが別々に歩んでいるみたいです[12]。

　この時も会えずじまいになった。12月になって彼がオランダを最終的に引き払う直前，数回顔を合わせることになるが，それはむしろ失望に近い出会いだった…

いずれにしてもこの1764年の8月から9月にかけてほど，2人の手紙が頻繁に熱烈に行きかったことはないし，この時ほど会うことなくお互いを近くに感じ，親密だったことはないと言えるだろう。

注
(1) Statira はダリウス3世の娘で，紀元前329年，アレクサンダー大王の2番目の妃になった女性である。
(2) I, 293
(3) I, 294
(4) I, 300
(5) 本書 p.68参照
(6) I, 303 ラシーヌ『フェードル』第1幕，第3場（二宮フサ訳），筑摩世界文学大系 18〈古典劇集〉，1975参照。
(7) I, 306
(8) I, 307
(9) I, 308
(10) I, 309
(11) I, 311
(12) I, 314

6．転機に立つデルマンシュ

　文通が始まった4年前，演劇は2人を近づけた共通の情熱だった。アニエスは10代の頃から友人や弟たちといわゆる"サロン演劇"に熱中していたし[1]，デルマンシュは，ある時はスイスでヴォルテールや親族と，またある時はハーグで演劇仲間と，アマチュア俳優として活躍した。ハーグのイタリア座やフランス座は，ヘアバンドの軍人と若い貴族令嬢の格好の出会いの場になった。そして，それぞれに書いた戯曲を送って批評し合った。激しくも真摯な，愛と結婚そして2人の関係をめぐる手紙が盛んに交換された夏が過ぎ，秋が深まって，やり取りは少し落ち着くものの，一層親密で率直な調子を帯びるようになる。

　デルマンシュは自作の悲劇『スタティラ』について再び批評を求めた[2]。アニエスは遠慮していない。

　　　率直にいいましょう。独白は感心しませんでした。熱気に欠けていて詩句が弱いのです。言葉がとぎれとぎれでも，思考のつながりが分かるようにすべきです。話し手の感情が高ぶり言葉のつながりがおろそかになっても，観客にそれが分かるようにすべきです。そうでないと独白はうわごとにすぎません。椅子に座ってモジモジしている人物も，独白する人物と同じくらい考えを伝えます[3]。

ただこの批評に続けて次のようにも言う。

　　　悲劇や叙事詩に取り組むには，信じられないような勇気がいると思います。誰の目にも明らかなくらい成功するのは人間技ではないと思います。素晴らしい台詞を言わせ続け，韻を踏み，リズムをつけ，耳を楽しませ，理性を満足させ，心を打つ，ラシーヌやヴォルテー

ルに負けない見事な台詞を言わせ，しかも同じ言い方をさせない，
　　　多くの規則を守り多くの障害を避ける，そういうのは実際魔術で
　　　す(3)。

この先では前言を修正する。

　　　［彼の］思考に欠けているのはつながりというよりその中身，力強
　　　さです(4)。

これは以前ラシーヌの『フェードル』と彼の『スタティラ』の別の箇所を
比較した時と同じく，劇詩の根幹にかかわる批評である。
　しかしこういう流れの中で，彼女は話を変える。

　　　一人の時どんな喋り方をするか［つまり独白］はたいして重要では
　　　ありません。2人いっしょの時，素敵な話し方をしてもらえば良い
　　　のですから(5)。

重要なのは2人の関係であり，デルマンシュがその愛にふさわしいかど
うかということである。欠点が見えたら嫌になるという理由で，すべてを知
らずにいたいとは思わない。相手を知れば知るほど，それがどうであれよ
り好きになる。恋は盲目というが，見ること，そして知ることがそのすべ
てだというのは啓蒙思想的と言っても良い恋愛観であろう。
　更に彼女は，遠くから見て全体が美しいからといって，その細部が美し
いとは限らない，と続ける。

　　　出来れば近づきます。そしてじっと見つめると，美しい所とそうで
　　　ないと所が分かってきて，感心したりけなしたりします。美しい所
　　　が欠点に勝っていれば，うっとりしてもっと好きになります。これ

が，デルマンシュ，あなたへの私の接し方です[4]。

　以前，デルマンシュのことを，なくてもよいがあったらうれしいぜいたくな貴重品にたとえたが[5]，ここでは長所も欠点もある絵にたとえている。本当の姿を知ったらがっかりするだろうという，ペテン師風な容貌の40男に，若い才女は，長所だけでなく欠点も含めて愛するのが本当の愛だと応じるのである。
　デルマンシュは彼女の『スタティラ』評を受け入れ，もっと力強く生き生きしているべきだと認めるが，もうその心は書き終わった戯曲にはない。これからどう生きていくか迷っているのである。時の流れるまま過ごしているハーグの生活は自由で気ままだが，半年前から音楽をしていないし旅もしていない。ただ本を読み，たまに人に会ってつまらない話を聞いている。隠退をどう思うかとアニエスに訊ねる。
　その無気力ぶりに彼女は反応し，自分はこの3カ月一度も休む暇がなかったと述懐する。

　　　毎日元気いっぱいで張り切っていました。歩いたり話したり聞いたりがまどろこしくて，走りながら考えていました[6]。

　これはいかにもアニエスらしいが，それにしても彼の隠退は早すぎる。俗世間にいると修道院にあこがれたりするが，いったんそこに入ってしまうと外の世界を懐かしむ。ハーグでスイスの家や家族を想うからといって，過大評価してはいけない。祖国スイスに帰って祖国を呪うより，外国であるオランダにとどまってその外国を呪う方がまだましではないか。ハーグを離れることにでもなれば，ハーグに寛容になるだろう。遠く離れるにつれ人も場所も美化されるのである。
　完全な自由や無為徒食が良い訳がない。仕事をし義務を果たして初めて，人は不幸を免れる。勤勉なプロテスタントを父に持つアニエスはそう考え

る。完全な自由など危険な落とし穴である。次のようにも言う。

> 自分のしていることが昼食や夕食で中断されると，不愉快な気分になります。でも中断されなかったら幸せでしょうか？ ちょっとオランダが混じらなかったら，ずっとスイスを愛せますか？[7]

デルマンシュは同意する。スイスに隠退して悠々自適するつもりはない。ウイーンに行くか，ショワズール公の手紙をもらったのでパリに行くか，ハーグにとどまるかである。パリでもどこでも楽しく暮らす自信があるし，ハーグには慣れたので，もう遠いローザンヌを懐かしむこともない…

同じ10月20日の手紙で彼は親友と彼女の結婚について，《冷静な仲介者》[8]としてハーグに来るアニエスの父親を説得するつもりだと言いつつ，次のように漏らす。

> 侯爵は私ほどあなたを愛さないし，私ほどあなたの真価を感じないでしょうが，でも私みたいにあなたを評価している男のものになるより，あなたは幸せになるでしょう[8]。

これはどういうことなのか？ 何故アニエスと結ばれることを避けるのか？ 確かにすでに1ヵ月前その理由を説明している。より親密になっていろんな意味で失望されたくない，2人の年令差やレベルの差を感じるから，この稀有な異性の親友，崇拝者にとどまりたい[9]，というのである。

さらにもっと現実的に言えば，彼にはローザンヌに妻子がいる以上その離婚・再婚には，自由なベルガルドとは別の多くの障害が予想される。だからといって未婚のまま，つまり社会的地位を得ないままの女性を愛人にするのは，由緒ある貴族の令嬢だけに，ラ・マルタンのような女優を愛人にするのと違って，よほどの覚悟がいるだろう。それはいわば社会的に葬り去るに等しいからである[10]。ただ，一途なアニエスの愛を受け止めな

い遊び人デルマンシュの屈折ぶりの真意は結局のところ本人にしか分からない。

彼は，順調な息子の教育や，ブランシュヴィック公爵家のパーティーの思い出や，彼女が一度いっしょに会食したいと言った元愛人ラ・マルタンの話を続けている。

彼女も周囲の人間や親族の話をする。母親とケンカした件では，威圧的で辛辣な物の言い方に非を認めながら，同時にケンカの効用を説く。

> アンフェアな態度を見せてお互いそれを感じさせ合うのは，友情や信頼には意外に良いことです[11]。

妹やチュイル一族について次のように言う。

> 妹は判断力やセンスのせいで気難しいです。内気で誇り高く，率直で気高く，下品なものを嫌う，こうしたことから敬意を抱かれています。自慢したいのですが，私の知る限りチュイル一族にケチや偽善者，卑怯者や身持ちの悪い女，打算で卑しくふるまう者はいませんし，気前の良い親切な行動ができない者もいません[12]。

同じ手紙で，誰かと2人きりだと退屈しないが，大勢の中では自分の無益さをよく感じると言う。

> 人々の集まりの中ではあなたと違います。一座がうっとうしければ退屈な上に自分が無用な存在だという思いでいっぱいになります。私がいなくても私の椅子が役割を果たすように思うのです。私は何の為にも生きていない，私は生きていない…そしていらだたしい気持になります[13]。

10月末，ハーグのデルマンシュは彼女の妹や従妹の家に招かれた。ラ・サラス，オブダムといった面々も招かれたので，それはさながら《遊び人の招集》リベルタン》だった。彼はそこでチュイル家の人々が暗くて付き合い下手だと再確認する。

> このオランダ人女性たちはいったいどうしたというのでしょう？赤ワインを７，８杯あおらないとろくに口もきけないなんて。しかもチュイル家の人々はあまり飲めないのですから。アニエス，あなたはどんなミルクを呑んで育ったのですか？ あなたはこの国の人々の魂をすべて吸いつくす吸血鬼です。神がかりの火に煽られています。弟さんも元気がありません。でもみなさんが好きです，その気高さゆえに，そして私の偶像であるあなたへの愛ゆえに[14]。

また彼女が感じるという自分の無益さに触発され，人の一生を考える。アウグストゥス，フリードリッヒ２世，ヴォルテールといった歴史に名を残す傑出した人物はどうだろう。たいてい無知蒙昧の輩に批判されバカにされている。無名の幸せをかみしめよう。ただ，炉端やベッドで一人になると，つまらないことに過ごした日々を悔いる気持ちがあふれてくる。自分が存在する理由は何なのか…

偉大な人物は，その日暮らしの快楽に生きる人間ほど生前は報われないが，その死後には尊敬されて人の模範になり，家や国の誉れとして人類全体にとってかけがえのない存在になる，つまり十分報われたことになるだろう。後世忘れられる人間，善行も悪行も必然的な循環の中で忘れられ土に帰るだけの人間は，結局そのことで罰を受けるのである。

後世の評価を重視する彼の考え方をめぐるやり取りが良い例だが，この文通は，かつて教会や決疑論者(カジュイスト)が果たした役割を果たし，その《古くならない》[15]手紙は生きる指針の模索と示唆に満ちていると言えよう。ある意味で「危険な」関係でなく「必要な」関係であり，２つの魂の拠り所にな

っているのである。

> アニエス，あなたは私よりずっとすぐれています！　あなたの幸せと生まれつきの優秀さを感じてください。でもある年令になると，不安の種がふえるかもしれません。あまり有名にならないよう願っています。「これがあの『貴族』を書いた人ですか」などと言われなければ良いと何度か思いましたが，あれほどの才気，あれほどの崇高な性格が注目されない訳はないのです[16]。

11月1日，彼はこの手紙と入れ違いにアニエスの10月29日付の手紙を受け取る。彼女の方はむしろデルマンシュその人に強い関心を寄せている。友人として信頼しているが手紙を悪用しないようあらためて念を押した後で，その女性関係を聞くのである。恋人や特定の女性はいるのだろうか。結婚話がひとまず遠のいた今，ぜひ会いたい。我々は友情だけで十分なのだろうか…だがこれは頭に浮かんだことをそのまま書いたのだから気にしないでほしい，返事は特にいらないとも付け加えている。

妻の犬をいじめたという話について次のように言う。

> 妻以外の女性を好きになるのは非難すべきというより困ったことであり，義務のために情念をあきらめるのは難しいことです。でも妻の犬をぶたないようにするのは簡単です。［…］一般的に言って，大きな苦痛を与えるより小さな苦痛を与える方に，より強い悪意が見えます[17]。

これはもちろん犬の話だが，見逃せないのはその前に滑り込ませた，結婚外の異性関係に関する寛容なモラルではないだろうか？　2人の文通という空間を教会になぞらえると，そこで自分への彼の愛に免罪符(アンデュルジャンス)を出そうとしているように見えるのである―ちょうどベルガルドとの結婚には

ローマ法王庁の特免(ディスパンス)が出されるべきであるように。

　ただ愛人を持つのが《万全の男らしさ》，いわば男の甲斐性だった当時のフランス社会[18]を共通の認識基盤に持つ2人にとっては，(より厳しいとしても) オランダの世評といちいち折り合いをつけなくても良かったかもしれない。

　デルマンシュは，妻の犬をせめたのは人さまの迷惑になっていたからで，自分が悪者になることで妻が笑われるのを避けたまでだと弁解する。女性関係については，浮いた話はたくさんあるが今特定の女性はいないと言う。

　ハーグでも有数の美人の訪問を受けたことがあった。途中で泣き出して立ち去ろうとしたので，引きとめて訳を聞くと，以前から彼が好きで彼によって純潔を捨てたいと打ち明けた。結局何とか諭してそのまま帰らせた…話の真偽は別にしてメッセージは明らかである。外国人の娘やラ・マルタンの話[19]と同工異曲，つまり自分が酷薄な遊び人(リベルタン)でなく，遊び人(リベルタン)だとしても人間的で善良だというメッセージである。

　確かに10年ほど前，3年つきあって子供を設けた女性がいる[20]。今では恨みの手紙を受け取るばかりであるが…結局，返事を当てにしないというアニエスの問いかけには，その通り答えないままである。

＊

　オランダ人女性とワインの話は面白かった，と11月初めの長い手紙をアニエスは始める。オランダ人が陰気で鈍重であり，フランス人の陳腐な表現が《オランダ人の口から出ると百倍も陳腐になる》[21]と認めるが，チュイル一族の誇りは捨てられない。特に父親に対して長女アニエスは強い思いを示す。父親は理性の人，物事の激しい面，嵐や火あぶりや最後の審判を知らない人である。

　　　穏健で賢明で優しい性格のもたらす効果は絶大です。並はずれた才

能と知識が家族全員に及ぼす影響は興味深いものです。［…］それ（＝家族の辞書＝父親）は慎ましさ，美徳の誠実さ，まじめで冷静な礼儀正しさからできています。感嘆詞や激しい表現や便 器（＝猥雑な表現？）はありません。誇張した表現ができるのは母親です(22)。

それに比べてアニエスは，

> 怒ったり感動したりすると，声がどれくらい小さくて聞こえにくいか知ってほしいです。実際私がオランダ人でチュイルと名乗っているのが不思議なくらいです(22)。［傍点玉井］

後世の報い，無名でいることについては異議を唱える。土に帰るのみの無名の人々は報われないのか？　そんなことはない。名もない農夫は，

> 改良した土地からの収穫や育てた子供の幸せや労働や美徳に思いをはせてほしいと思います。孫たちが勇敢な兵士になり豊かな農婦になるのを見てほしいと思います。こういう人々には不滅などどうでもよく，その名は栄光のためではありません(23)。

忘却が地獄の苦しみなのは三文文士の場合だろう。本が図書室の片隅に追いやられ，売りたたかれ，たばこの巻紙になり，やがて紙くずになる。最悪であろう。

　デルマンシュの進路については，隠退してスイスに帰るのを別にして選択肢は３つあった。
　１）ウイーンに行って侍従として仕える。
　２）フランスで自分の連隊を持つことを目指す。
　３）このままハーグにとどまる。

フランスはスイスに近いし[24],パリの生活という楽しみがある。だが仕事は忙しくなり,報酬が増えても出費がかさむだろう。ハーグにとどまれば暇は多く2年後の参謀長への昇進が約束されている。(フランスなら10年でも無理。)ただたいした変化は見込めず,倦怠に耐えていかなければならない。白髪まじりの老兵士の運命を,自分より《ずっとすぐれている》[25]若い女性の"神託"で決めてほしいと彼は願う。

アニエスは真摯に答える。

> 外国の軍隊に仕えるのは感心しません。あなたはあなたの国に生まれました。ここで国というのは,その法が守ってくれる社会,その生産物が養ってくれる土地,親族や友人が住んでいる場所のことです。自分の利害や感謝の念から,守るべきはそういう国です。何も害のない国と対峙して,何もしてくれないもう一つの国のために働く,それも慣習で認められてはいますが,英知には承認しがたいことです[26]。

スイス人の彼にはオランダは外国である。だが,20年前そのオランダ軍に仕えて戦い負傷した人間が,当時の敵国フランスに鞍替えできるのか？わだかまりがないなら父祖の国フランス[27]に行くのも良いだろう。ただ,オーストリアの宮廷に侍従として出仕するのには反対する。軍人の経歴を尊重すべきだからである。オランダもフランスも彼女の祖国愛の観点からは適当でないが,世間の慣習では認められているので,どちらかといえば活躍の場がありそうで友人も多いフランスを勧めることになる。参謀長の肩書などつまらない。10年たって嫌になればスイスに隠退して自らの畑を耕せば良い。―アニエスの忠告は以上のようなものだった。

デルマンシュはフランス行きを決意する。

注

(1) 拙稿"『貴族』をめぐって：ある女流作家の出発 (II)", in『桜文論叢』vol.30, 1991, p.58, および本書 p.18参照
(2) 9月初め『スタティラ』はすでに2人の話題であり，彼女は厳しく批評していた。(本書 p.70, p.73参照)
(3) I, 315
(4) I, 317
(5) 本書 p.12参照
(6) I, 319
(7) I, 322
(8) I, 323
(9) 本書 p.77参照
(10) 結婚外の男女関係が社会の約束事だったフランスでも，そこに財産保全が絡むと，両親，時には義兄弟までが動いて封印状(レットル・ド・カシェ)が出され，たとえば娘が地方の修道院送りされたりした。(Olivier Blanc, "Les libertines Plaisir et liberté au temps des Lumières", Perrin, 1997, p.14以下参照)
(11) I, 332
(12) I, 333
(13) I, 334
(14) I, 337
(15) I, 302
(16) I, 338
(17) I, 336
(18) Guy Breton, "Histoire d'amours de l'Histoire de France", 10vols., Ed. Noir et Blanc, 1964, t.V.［邦訳『フランスの歴史をつくった女たち』(全10巻)，中央公論社，1994，第5巻，p.34 以下参照。］
(19) 本書 p.68, p.71参照
(20) 子供は女の子で当時10歳になっていた。
(21) I, 316
(22) I, 342
(23) L, 343
(24) もちろん1年後彼女がサヴォワに嫁いだら，サヴォワからも近い。しかし，デルマンシュはそのことには触れていない。
(25) 本書 p.85参照
(26) I, 348

(27) デルマンシュの一族は，もともと北フランス，アルトワ地方の出身である。

7．束の間の出会い，そして別れ

　1764年12月，デルマンシュがパリに向けて発つ前に，2人はハーグで数回会うことになるが，その1ヵ月前にはや，「ロマネスク」な彼女はこの出会いについてあれこれ思いめぐらせている。そして，感じやすい女だから顔を合わせたら官能に火をつけないで（！）まじめな友人のままでいてほしい，と訴えるのである。

　　快楽好みの遊び人(リベルタン)の定評があり，危険と怖れられている男性が，相手の心の秘密や全幅の信頼を手にし，しかも強い愛情を感じている，一方その相手たるや裏切られたり軽蔑されたりの心配はなし，こんなまたとない機会にどうなってしまうのか，私は責任持てません[1]。

自分で言うとおり，危惧を打ち明け，不安や良心の咎めを払拭して置きたかったかもしれない。何でも話す，素直に心の中を見せるのは，（特に彼女の）習慣になっていたかもしれない。

　　良心の咎めを感じない女性は，過ちを犯してもそれは感受性が強すぎたからとか，愛想よくしすぎたからとか言います。ウソだと思いますが本当ならたいしたものです。［…］私が手を出したりしたら，ご自分の手を引っ込めてください[1]。

会うだいぶ前からずいぶん想像をたくましくし，そればかりか，それを素直にすべて打ち明ける若い女性に食傷気味でもおかしくないと思うが，ともかく彼は冷静に諭す。

　　火がついたのはあなたの想像力であって，官能は関係ないでしょう。

会ったら分かります。廊下で手にそっとキスしたり，ダンスの時手を強く握り締めたりしたら，そんな私を憐れむでしょう。素晴らしい手紙からはたいてい醒めた出会いが生まれ，甘い逢瀬にはそっけない手紙が続くものです(2)。

心から信頼し合っている同士が会うのだから怖れることは何もない，と経験豊かな遊び人(リベルタン)は余裕を見せて，才知と教養があっても所詮世間知らずな令嬢に向かって説くのである。
（おそらく彼の関心は正直に言えば彼女よりも別の所，つまり自分の差し迫った転機の方にあったと思われる。）
彼女は自分の不安のあれこれを率直に打ち明け，彼の進路について真剣に考えて話しているのに返事が貰えず疑心暗鬼になる。9月のハセラール邸のことを，誰かが悪意を持って伝えているとしたら？…
　いずれにせよ正直に打ち明けずにいられない。2人の花婿候補のうちパラントは宗教の問題もなく，世間や両親の同意を得やすいが，ベルガルド(エプズール)と一緒になった方がずっと自由で幸せになるだろう，と彼女は言う。そしてベルガルドについて話を続ける。

47才(3)と聞いた時，年の差がありすぎると思いました…どうおっしゃってもダメです，デルマンシュ，私には官能があり，欲望はごまかせません。10年後それはもっと強くなるかもしれません。[…] あなた（方）は自分でまだ若いとおっしゃっているようですが，その点で疑念が残れば，それは簡単に晴らせると思います(4)。

　この箇所で注目すべきは，その驚くべき率直さである。女性が，しかも未婚の若い女性が，自らの性的欲望を男性に向かって明確に口にするのは，フェミニズムの時代である現代でもそれほど多くないかもしれないが，まして猫かぶりと自己検閲と偏見のアンシャン・レジーム下では，たとえ秘

密の文通ということを考慮しても極めてまれであり，啓蒙思想のフィロゾフと言われる人にしてもまず是認しなかっただろう。

　後半は（おそらく意識的に）あいまいにしているのではないだろうか。vous はもちろん第一義的にはデルマンシュだが，（話題の中心が彼だから）ベルガルドも含むかもしれない。《疑念を晴らす》というのも曖昧だが大胆で思わせぶりな表現である。

　現実的でもっともな危惧にも言及している。他の誰にも聞けず，もうすぐいなくなる身近な彼に聞くしかないことだが，ベルガルドが現在小康状態とはいえ性病にかかっているという噂をどこかで聞いたが，それはどうなのかということである。この病気は本人ばかりか妻子までも不幸にする。たとえば父親から感染したユトレヒトの女性の例や，夫からうつされて亡くなった別の女性の例がある…

＊

　12月25日（火），ハーグを離れるに際し，デルマンシュは短い手紙を書いている。

> これから出発します。今朝会えませんでしたが，その方が良かったくらいです。あなたのはしゃぎぶり，不安なことの数々，色々なおしゃべりで日曜日はぐったりしてしまったのです[5]。

これは彼女にとっていかにも急だった。その時の自分をラシーヌのヒロインのように描く。

> デルマンシュ氏は30分前出発しましたと告げられた時，一瞬凍りつき，思いがけない苦痛で呆然と立ち尽くしました[6]。

出発前日の月曜日は時間があったはずなのに，なぜ会いに来てくれなかったのか？　日曜日が結局最後になってしまった。あの時ふざけたり冗談を言ったりするばかりだったのは，確かに良くなかったかもしれない。でもなぜ出発の日時くらいはっきり教えてくれなかったのか？

　不満はまだある。なぜ《ぐったりした（= m'ont tué)》などと言うのか？　もう会えないと分かっているのに，あんなに陽気にふるまわれて傷ついたのだろうか？　だが彼に無関心だった訳でも辛くなかった訳でもない。少しでも他の女性に目を向けていたら，やきもちを焼きカッとなってケンカしていただろう…

　その日曜日の最後の出会いがどこでどういう風に行なわれ，何が話されたか，具体的には分からない。彼女の気持の高揚とそれをもてあまし気味の彼の困惑が，こうしたやりとりを通して窺われるのみである。

　すべて終わった。

　　　　想像の中であなたの姿を追い求め，あなたを思う存分愛撫しました。
　　　　さよならデルマンシュ，これからベッドに入ります。夢の中でもあ
　　　　なたを懐かしむでしょう[6]。

　デルマンシュのいないハーグはむなしい。ある従妹の死も重なっていっそう憂鬱になりながら，アニエスは考える。

　　　　［友情と愛情の］もたらす効果は似ていて，その現われ方はずいぶ
　　　　ん近いです。五感に訴える愛撫を通して，友情と愛情の区別はつか
　　　　なくなるでしょう。私たちの関係，文通に対する私のまじめな態度
　　　　は表向きです。いつも純粋無垢とは限りません。［…］繰り返しま
　　　　すが，色々な愛し方は最後には似て来ます。強い友情で結ばれた
　　　　［異性の］親友は，よほど見かけが悪いとか百才になっているとか
　　　　でなければ危険です[7]。

土曜日の夜はキスくらいしてほしかった，と単刀直入に彼女は付け加えている。

　これからしばらく手紙は書かない。パリに行けば，新しい仕事や色々な女性との付き合いで忙しくなるだろうから，自分のことは少し忘れても良い。ハーグを離れるのが辛いのは自分のせいだというのは傲慢だろう。火曜日の朝，神父のつまらない説教を聞きに行って会えなかったのが悔やまれる。しかし，

> あなたは私にずっと愛され大事にされるでしょうが，この愛着ぶりを軽蔑しないでください。ある時はおかしくある時はまともなベル・ド・ゾイレンが，ずっと親友だということを肝に銘じておいてください[8]。

注

(1) I, 345
(2) I, 347
(3) 実際には当時44才。デルマンシュは42才，アニエスは24才であった。
(4) I, 358
(5) I, 362 《不安なことの数々》は，経済状況や性病など花婿候補としてのベルガルドをめぐるものだったと想像される。
(6) I, 364
(7) I, 365
(8) I, 366

8．もう一つの関係

　デルマンシュに進路のアドバイスをし，彼との（最後の）出会いに心ときめかすのと並行して，もう一人の文通相手，もう一つの関係があった。後のドースブルグ市長，パラント男爵である。7才年上の男爵に初めて会ったのは，1764年9月，海辺のハセラール家の別荘に1ヵ月近く滞在した時だった。これはまわりがセットしたらしい。なぜデルマンシュがそこに招かれなかったか，彼自身はハセラール夫人に敬遠されたからと考えたようだが[1]，それはこの"お見合い"を進めたいまわりの，特に母親の意向だったようである。

　アニエスとデルマンシュの文通が"謀略"コンプロをめぐって盛り上がった1764年8月，自分の花婿候補エプズールを列挙したことがあった。オランダ国内の2人の候補のうち1人はその気がなく［ジャコブ・オブダム：ライン川流域堤防監察官，16才年長で，独身のままこの15年後55才で死去］，もう一人は《私にない幾つかの利点を求めている》[2]男性である。この後者こそパラント男爵であった。

　男爵に評価されたい，本当の自分を知ってほしいという気持ちが，10月20日から23日に書かれた手紙にあふれている。誤解を招いた自作の『寓話』全文を同封して，そこで《何もしない》男として描いたパラントらしき人物は，実際には将来を嘱望された有能な人間だと認め，自らの不公正を謝罪するのである。

　冗談好きが我慢できないのは分かるが，一方，自分が野心家でなく計算高くなくやきもち焼きでなく執念深くないのは認めてほしい。傲慢を非難されるのはとりわけ心外で，自分では控えめな性格だと思っている。人並みの虚栄心はあるから，何かがうまくいけば嬉しいが…

　　こんなことを全部書くのも，いちいち取捨選択するのが面倒だから

ですし，第一私は書かずにいられないのです[3]。

　本領発揮というべきその書記中毒（グラフォマニー）ぶりは（相手は選ぶものの）彼女なりの誠実さの表わし方であり，またおそらく抑圧されて行き場のないエネルギーの発散の場でもあった。その相手はデルマンシュ一人では足りなかったのかもしれない。
　ハセラール邸で知り合ったボストとパラントという2人の青年が，自分を《軽率でうぬぼれ屋で騙されやすい》人間だと言いふらしたのは残念である。だがパラントには信頼を寄せ，自分の極めて個人的な宗教観の遍歴まで打ち明けている。

> 12才の時，異教徒の地獄落ちの話に泣きました。13の時考えをまとめ，14で論争に挑みました。15になるとすべて理解して許そうと思い，世界を救うつもりでした。18の時は暗く不安でいっぱいになり，あらゆるメランコリックな疑いに悩みました。変化のない生活，恵まれない健康，たくましい想像力，激越な説教のせいだと思います。今では疑いはそれほどでなく，かなりおさまっています。宗教は重要だと思うので，いつか理解できるようになりたいと願っています[4]。

そして，この手紙はまじめなハセラール夫人やボスト，ペルポンシェ（義弟）には内密にしてほしい，と結ぶ。
　1ヵ月後の11月23日からのパラントあての一連の手紙は，激しく揺れ動く感情を伝える。2人の文通を人（ハセラール夫人？）に暴露したと怒り，2人きりで会いたいという申し出には，手紙だけならまだしも，それは自分を愛してくれる人にも許したことがないと憤慨し，ハセラール邸での出来事をハセラール夫人ばかりかスパーン夫人（？）にまで事実をゆがめて話した，と腹を立てる。

だが翌日の手紙では，2人きりで会うならユトレヒトの音楽の先生の所が良いと自分から提案し，デルマンシュの友人と1年後に結婚すると明かした上で，良い友人になってほしいと希望する。しかし，次の日にはまたこの密会をためらう。どちらも嫌な思いをするだけかもしれないのになぜ会うのか？　これ以上お互いを知らなくても別に不幸ではないし，忘れるのも難しくない…

それにしてもハセラール邸でのことを，2人きりで夜を過ごし深夜2時に部屋を出たと言いふらすなんて，とまた怒る。自分を愛している訳でもないまじめな男性が相手だから，それが何時でも問題ないと思っていたというのである。

> それ自体なんでもないこの状況を，私に嫌な思いをさせないで話せたはずです。2時だか3時だかに2人だけで部屋にいたのは本当だけど，ハセラール夫人はまだ起きていたし，召使たちも出入り自由な部屋だったと私なら言うでしょう。言い方や言う状況によって単純な話がスキャンダラスになり，退屈していたり妬み深かったり悪意があったりする人の手で大げさにされるのです[5]。

これに関してボストのとった態度（？）には怒りでなく軽蔑の気持ちしか起きない。この話はデルマンシュやベルガルドには伝えない。自分の行動は少し軽率だったかもしれないが，まじめな友人と時計を気にせず話し込んだのだから後ろめたいことは何もない。

パラントに自分を傷つけるつもりはなかったと思いたいが，《わが心は愚か》[6]であり，今まで間違ったことをしてこなかったか怪しくなってきた。2人きりで会うのを怖れるゆえんであり，恋人でなくただの友人に会うだけなのにとも思うが，今後慎重にしたい…でも約束は守りたい，土曜日（12月1日）に例の音楽教師宅で会いたい。ボストよりパラントに甘いのは彼の方が好きだから，と正直である。

12月9日深夜帰宅した彼女は彼からの手紙を見つけて［彼の手紙は1通も現存していない］すぐ返事をする。誠実さを示したつもりだったのに，そんなに心を《動揺させるもと》になるなら，いっそ手紙をすべて返してほしい。アムステルダムの社交界での評判を気にするパラントに対し，彼女はデルマンシュにどう思われるか気遣い，偽善という非難を怖れると応じる。パラントが冷静なだけになおさら憤りがおさまらない。不正に扱われたと思い，会うのも手紙のやり取りをするのも止めると言いだす。

　　　いわゆる愛をあなたは感じていません。愛こそ将来も私の心を動かせる唯一の感情です[7]。

しかしこう何もかもあけすけに言ってしまうとさすがのアニエスも気が引けたようで，2日後にはあの手紙の調子は激しすぎたと認める。しかし，

　　　心の乱れやいろんな矛盾が，かえって良く真実を言い当てることがあります[8]。

　パラントへの手紙が興味深いのは，年長の（軍人にして）文人，デルマンシュとの思想や感情の，文学的表現を含んだやり取り——これが彼女の重要な一面であることに間違いはないが——とは異なり，同世代の青年にまともに感情をぶつけ（同時にそれに距離を置いて考えることもできながら），より日常的な，素顔に近い面を見せている点である。
　才能も美徳も備えたこの青年をめぐる心の葛藤と愛憎のドラマ，もう一つの関係は後しばらく，翌年（1765年）の春先まで続くことになる。

注
(1)　本書 p.73参照

(2) I, 245　参照
(3) I, 330
(4) I, 331　拙稿 "『貴族』を巡って…（II）"，前掲書 p.49参照。
(5) I, 353
(6) I, 356
(7) I, 360
(8) I, 362

第3章　自立へ

１．２人の花婿候補(エプズール)

　ジェームズ・ボズウェル[(1)]は１年近く過ごしたユトレヒトを1763年６月に離れた後，いわゆるグランドツアーを続けながら時々彼女に手紙を書いている。1765年１月末，アニエスは年末に受け取った手紙に返事を書く。長い沈黙をわびて変わらない友情に感謝し，半年前ベルリンからの手紙にあった道徳的な厳しさに対し，あらためて自分の《ふしだらな想像(イマジナシオン・リベルチンヌ)[(2)]》を後悔してみせる。だがそのすぐ後にこう続けるのである。

> 人の心は余り首尾一貫せず，官能（sens）もその役割を担っていて，まじめな人（ボズウェル？）がどうわめこうが，自然から得た発言権を持っています。友人が老人ならそれ（＝官能）は何も言わず友情はそのままでしょうが，友人が若ければ一言何か言いかねません。でもその一言ですぐ愛情に変わる訳でなく，しばらくすると元通り穏やかで心の広い，道理をわきまえた友情に戻るのです[(3)]。

この半年の心の葛藤，デルマンシュとの濃密な"危険な関係"，その友情と愛情と欲望をなぞって総括し，同い年の信頼する"精神指導者(カジュイスト)"に対しいわば告解もどきに，愛情と別に快楽が存在するという議論を投げかけているのである。冷静でまじめだが"若い"に変わりはないスコットランド人青年にとって，ある意味試練だったかもしれない。

4カ月後の手紙はあけっぴろげである。

> 父が入ってきました。英語の手紙を書きはじめていたのですが，あなたの長い手紙がテーブルに広がっていたので（一里先からでもその字体は分かります），腕を伸ばして隠しました。気付かれなかったと思いますけれど[4]。

そして宣言する。

> 本当にあなたが好きです。そのことをもういちいちあなたから言ってもらわなくて結構です[5]。２人はすべてうまくいくでしょう。おっしゃる通り私たちの最良の日々がもうすぐやってくるでしょう[6]。

　２人の《最良の日々》が何を意味するのか不明だが，先の方でベルガルド侯爵と来冬結婚することは明言している。こんな内容だから手紙は焼いてほしいと言い，"50男の分別臭さ"を持つ青年に対して，《味わいたい幸せ》とか《一つの幸せの後のもう一つの幸せ》といった発言に想像をたくましくするのは想像をたくましくする方が悪い，と開き直る。

　この８ヵ月後にボズウェルは，彼女の父親に手紙を書いて結婚の意思を示し，２年後にはアニエス自身に求愛の長い手紙を書く。しかし２人が結ばれることはなかった。知的だが伝統にとらわれたスコットランドの青年と一緒になって，遠いエジンバラの保守的な社会に埋もれるのは，家族ばかりか彼女自身気が進まなかったのである。後に『ジョンソン伝』作者として有名になるボズウェルと意気投合したのは間違いないが，最後までそれは男女を越えた，すぐれて知的な友情にとどまったと思われる。

＊

　もう一人の青年パラントとの交際は半年にもなっていなかったが，もっと波乱に富み荒れ模様であった[7]。外見的には異宗派でも外国人でもないプロテスタントのオランダ人で，7才年上の良家の出身なのだから，特に両親からすればベルガルドやボズウェルより良縁だったかもしれない。

　パラントへの手紙もモラルや宗教に多く触れている。1765年2月の久しぶりの彼への手紙の中では，『セシールからジュリーへの手紙』(1764)という『新エロイーズ』に影響された小説を論評している。セシールがデルヴィルを捨てて新しい恋人のもとに走ったのは許されるべきである。賭け事が好きな不実な男だと分かったのだから。金持ちの男か本当の恋人かで迷うのは浅はかだが，女性の貞節については，と1年前ボズウェルに向けてしたのと同じ議論をしている[8]。

> 不実について一言。浮気性で相手を変えたり，飽きっぽさからもう愛さなくなったりするのは軽蔑すべき人間，だいたいつまらない人間の証拠です。でも愛した人がその愛にふさわしくないと気付いて愛するのを止めるのは，間違いをあらため慎みを示すのであって不実ではありまません[9]。

このリベラルな一般論には個人の良心による限界がある，とも彼女は付け加えている。

> 偏見一杯の世間が悪いとしていることは，そんな世間にいちいち言いふらさなければ良いだけですが[10]，しかし本質的に悪いことは決してすべきではありません。私のモラルは堅固とは言えませんが，身をささげた人を裏切るような真似はしません[11]。

悪徳や後悔に向かうべきではないのである。
　さらにデルマンシュへの手紙には一切見られない特徴だが，パラントに対しては5か月前と同様に[12]，宗教について再度自分の考えを述べている。

> 無神論者を憎んでいます。女の無神論者など化け物だと思います。私自身は懐疑のただなかにいます。それは徹底した不信心と違い控え目なもので，いつか消えるかもしれません。でもわが国のつまらない伝統神学や狂信が，私に信仰心を吹き込んだりするでしょうか？　教会を出る際，いつも憂鬱で気が変になるか疑いで落ち込むかです。だからといってカトリック教徒にはなれません。たぶんキリスト教徒にはなれますが…[13]

自由思想かぶれという評判を打ち消すように，ここで彼女はパラントに，そしておそらく彼に代表されるオランダ社会に，その内面を真摯に見せようとしているのである。
　2人の関係については冗談半分の軽い言い方に終始する。2月25日の手紙では，《愛している？　憎んでいる？》と深刻に考えすぎて馬ごと崖から落ちたりしないようにと言い，そして彼を揶揄するように続ける。

> あの人は称賛され評価されるべきだ，みんなに愛されるべきだ，ボクに手紙を書いてくれるのだから。ひどく怒ったと思ったらいつの間にか落ち着いてきて…，たぶんボクが好きなんだ。…そう，たぶんです。早とちりしないでください，たぶんですから。確かなことは何も言えません[14]。

男女関係も宗教と同様に突き詰めれば懐疑に陥るのだろうか？　ただ彼女が一歩引いた視点を持つ上でデルマンシュからの情報は大きかったと思われる。彼はパリからの手紙（2月24日付）で，パラントが稀有な才女との

交際を自慢げにまわりに吹聴し，手紙を見せびらかしていること，もしかしたらそのためだけに付き合っていること，いまどき誠実や気高さは流行らない美徳であることを説明し，軽率さをあらためるよう諭していたのである。

これに対してアニエスは，パラントが彼女を忘れるべきか，愛したり憎んだりすべきか分からなくなってきていると答え[15]，別の手紙ではデルマンシュの忠告に，手紙を見せびらかしている証拠はない，あれは誠実な人だと彼を擁護する[16]。

1765年3月27日（水）の手紙で，2人きりで会いたいというパラントに，ヴァン・レイン（ユトレヒトの音楽教師）の所は難しいが，でも今夜会いたい，ダメなら明日会いたい，できれば皆の前で会って仲直りした2人を見せたいと言う。だが同じ日にあわてて2通目の手紙を出してやはりヴァン・レインの家で明日会おうと提案しなおす。

2日後の3月29日（金）の手紙は，前日会ったはずの2人に何があったか一切触れることなく，いきなり別れの手紙になる。これまでの手紙をすべて返してほしい[17]，ついては数学教師の息子に取りにやらせる，思い出と敬意を胸に少なくとも敵同士でないと信じたい，と言葉少ない。

この急展開の事情は一切不明である。ひとつ考えられるのは，デルマンシュの忠告に沿ってパラントを見た場合，その愛と誠意に疑念をぬぐい切れなかったのではないかということである。すでに交際の初期に2人の文通を人に暴露し彼女の怒りを買った前歴もある[18]。

ただこの点で彼を弁護するなら，当時の手紙は極私的なものから公的なものまで幅広い上にその境界があいまいで，私信と称しながら宛先に届く以前に開封され書き写され，時に写稿が回覧され朗読され，印刷されることさえあったことは前述の通りである[19]。焼却してほしいと言ったアニエスにデルマンシュが，どうしてもというならそうするが，でもその珠玉の部分は書き写して残すと言った[20]のも，そういう当時の手紙のあり方を物語っているだろう。その意味ではパラントが彼女の手紙を人と"共有"

しようとしても，それ自体はそれほど不自然ではあるまい。

　ただそうだとしても，発信者が文名を上げつつある女流作家だとはいえ，結婚前の若い女性であり，2人だけの秘密で非公開にすべき部分を含むことが容易に想像できるのであり，その点での配慮は当然すべきだったのではないだろうか。

　とにかくアニエスはここで結婚相手として，障害は多いがベルガルドに焦点を合わせたのである。けじめをつける手紙をパラントに書く1週間前には，ベルガルド侯爵に結婚の意思の再確認と問い合わせのためと思われる長文の手紙（紛失）を書いている。

　これに答えて侯爵は4月初め，財産目録を含む異例の長さの手紙を書くだろう。

注

(1)　本書 pp.25－26参照
(2)　I, 367
(3)　I, 368　友情と愛情のあいまいさについて，ほぼ同じ趣旨のことを1か月前にもデルマンシュに言っていた。（本書 p.94参照）
(4)　I, 415
(5)　ボズウェルは，彼女が自分を好きなのに気付こうとしないと，《うぬぼれ屋の幼稚な虚栄心》丸出しでしつこく何度も彼女に認めさせたがっていた。
(6)　I, 415
(7)　本書 p.96以下参照
(8)　本書 p.26参照
(9)　I, 381
(10)　たとえば半年前ハセラール邸ですごした2人だけの夜やこの秘密の文通に何の疚しい所もない，いちいち世間に言いふらすことではないというのであろう。
(11)　I, 382
(12)　本書 p.97参照
(13)　I, 400

(14) I, 389
(15) I, 392（1765年2月25日の手紙）
(16) I, 394（1765年3月2日の手紙）
(17) これ以前すでに3月2日の手紙でも，ハーグ―ユトレヒト間の船の便で手紙を返してほしいと言っていた。(I, 395)
(18) 本書 p.97参照
(19) 本書 p.1参照
(20) 本書 p.15参照

2．それぞれの問題

　1764年12月のクリスマス当日，デルマンシュは別れも告げずハーグを去りパリに向かう[1]。残されたアニエスはハーグの社交界でしきりにその噂を聞く。『ド・ヴォルテール氏に宛てて／ある紳士の信条(オネ・トム カテシスム)へのあるスイス人の返答』（16ページ）という手紙─作品がトゥイケル邸で朗読されたが，書いたのがデルマンシュだとは思えないとか，本当にヴォルテールに届けられたか怪しいとかいう，口さがない《バカな男やおかしな女》に，彼女は逐一反論する。おかしいのは恐るべき遊び人(リベルタン)という評判に代わって何と聖人扱いの風潮が現われたことで，世論の無定見ぶりにはあきれる…

　自分もハーグで同じ感想を抱いたとデルマンシュも同感である。『手紙』が好評なのは嬉しいが，事前にアニエスに文体をチェックしてもらいたかったとも言う。パリの生活は適応するのが一苦労で，何より服装や言葉遣いや振る舞いに気を使うが，自分はスイス人にしては（ルソーと違う？）溶け込んでいる方だと思う。アニエスの弟[2]に会ったが，少し堅苦しく冷やかな点を除けば気に入っている…

　アニエスは1765年２月14日から18日までとびとびに書き続けた手紙で，自分の現状を説明する。

> 体調は申し分ありません。私は太りぐっすり眠り，父や母にあなたの話を良くしています。［…］社交の席では退屈しても楽しげに振る舞い，特に誰かに気に入られたい訳でもないけれどおしゃれして，礼儀正しくたくさん挨拶しながら，心の中ではさよなら，さよなら，これが最後の冬よ！　と叫んでいます[3]。

手紙を書くのが深夜に及ぶと，調子はより大胆になる。もっと自由だったらこんなに離れていなかったと言いながら，２人きりで会った12月を懐か

しむ。

> さよなら，キスを送ります。百里も離れてキスするのだから許されるでしょう。2人きりで過ごした時着ていた化粧着を覚えていますか？　この上ない慎重さでした。ちょっとでも近づけば，あなたの黒い服にオシロイが付いて，不謹慎のそしりを免れなかったでしょうから[4]。

こんな内容の手紙は保管をしっかりしてほしいと言った後，今この時，自分より好きな女性と食事でもしているのではないかと続ける。なぜそんなに魅かれるのか，それはおそらく彼が普通の人と違う《ペテン師》風であり，その《調子や匂い》を醸し出しているからだが，そうでなくてもデルマンシュ，《あなたを変わらず愛し続けるでしょう[5]。》

　2月15日と18日に書き加えたのは，現実的な話である。相変わらずのハーグの社交界，オロカなフッフェル夫人，尊大なドゥジェンフェルト夫人，おしゃべりなラ・サラースなどの中で，いなくなった人間の評判は必ずしも良くない。連隊を手放す前にフランス行きを決めていたという人には，4万フロリンで売れなければ行かなかったと答え，それは高すぎるという人には，買ったゴロフキン氏も満足していると話した，と彼女は報告する[6]。ただゴロフキン氏から旅費千フロリンと息子への年金（月75フロリン×6年分）を得たというのは感心しない。たとえ親友でも，いや親友だからこそ苦言を呈さねばならないことがある…

　万事に高い見識を見せるアニエスだが，こればかりは不当な非難だとデルマンシュはすぐ応じる。旅費や息子の年金を堂々と出させることもできたが，そうしなかった。金に執着しない自分は金銭面でのドンキホーテ（浮世離れした正義漢？）である。4万5千フロリンを分割払いにして，その代わり息子に年金をつけようと提案したのは先方だった。だがこちらは4万フロリンでいいから一括払いで払ってほしい，特に旅費千フロリン

はすぐ必要だと逆提案したのである。いずれにせよ先方が良い買い物だと満足しているのに他人にとやかく言われる筋合いはない，と彼は言う。

　ハーグの人々については，フッフェル夫人は金があるだけの女，ドゥジェンフェルト夫人は気取ったうぬぼれ屋，ラ・サラースは用心した方が良いおしゃべり，彼女の花婿候補(エプズール)の一人とされるオブダムは悪評さくさく，と予想通りとはいえ散々である。

　3月初め，赴任地リールへの出発が遅れてまだパリにいるデルマンシュは，近況を報告する。愛想の良い仲間に囲まれ《品の良い親しみやすさ》があって，窮屈なハーグと違いありのままの自分を見せられるし，言いたいことが言える。賭けごとはあまりせず，軽いものを除けば浮いた話もない。冗談やいたずらが盛んだが，義理の訪問や雑用も多い。書きものを良くしているが，もう3週間観劇はしていない…

　自分の生活をぼやくアニエスに，エスプリを見せるだけでなく憂鬱や不安や倦怠を打ち明けられてこそ本当の友人だと言う。彼女の不幸は強すぎる感覚(サンス)—官能のせいではないかと思うが，それは贅沢な悩みではないだろうか？

> では良い時代が過ぎて下り坂の私，もうあまり生き生きした感覚もなく，運命が決まり，あれこれ空想して楽しむこともない私はどうなるのですか？　指導すべき息子と片付けるべき娘と世話すべき妻と払うべき借金と続けるべき裁判を抱えたこの私は!?[7]

　3月末，ついにリールに赴任した彼は新しい生活を報告する。自分の連隊と部下たちには満足していて，生活は多忙である。朝6時に起床し，書きものや計算（？）をして，指示を出し演習を行なう。パリに負けない20ほどの名家があり，30人ほど爵位を持った人や裕福な人がいて，食事や舞踏会やコンサートや観劇に明け暮れている。20年前の知り合いの女性と再会した以外女性には見向きもせず仕事一筋で，余暇は読書と音楽で過ごし

ている[8]。

　5月22日の手紙でアニエスは，連隊売却の件では言いすぎたと謝る。ともかく無事が分かって嬉しい，一昨日連隊の一人と決闘して深い傷を負ったという話を聞いたが，昨日その話を伝えた人が，死んだら死んだと知らせてくるはずで，何もないのは無事な証拠だと言ってきた。そして今日デルマンシュ自身の手紙を受け取ったのである。

　悪口を言う人間には言わせておけば良い。アニエスの気持ちは変わっていない。

　　全世界があなたを好きになってはいけないと忠告してきても，あなた自身がもう手紙は止めてほしいと言ってきても，あなたを愛することも手紙を書くことも止めないでしょう[9]。

*

　彼女の方のおもな問題は身近な人間関係である。実はヘールヴィンク夫人とうまくいっていない。1765年2月24日のパラントへの手紙では，そのせいでこの《控えめで誠実な[10]》若い未亡人の主催するコンサートに出られないとぼやいている。翌日のデルマンシュへの手紙では，音楽教師の所で彼女を見かけて顔がサッと青ざめた，それもこれも《野蛮で卑しい人たち》が自分の軽い冗談をゆがめて伝えたせいだと訴える。

　　ヘールヴィンク夫人は思いやりがありますが愛情が深くはありません。気配りができますが特に誰かが好きな訳ではありません。気高く寛大，控えめで親切です。徳の実践にたいした苦労はないのでその分値打ちが下がり，人助けも辛くないのでその分感謝の気持ちが減ります。彼女自身はこんなことは感じていません[11]。

たとえ悪意がなくても"軽い冗談"がこんな観察に基づいていたとしたら，誰かが面白おかしく伝えるだけでも十分人を傷つけたことが容易に想像できる。…だがいずれにしても彼女はとても落ち込んでいる。

　　　ほんの些細なことですが，私は些細なことでとても不幸せになります(11)。

自分ほどおかしな人間はいない，理性より強い器官(オルガン)と想像力に動かされて事態を誇張し，理性による理解も役立たず，心気症(イポコンドリー)と妄想に支配され，ふさぎの虫に取りつかれては《身の毛のよだつ総括》をしかねない，と彼女は言う。
　こうなると音楽が唯一の慰めかもしれない。

　　　激しく強い想像力は，デルマンシュ，恐るべき自然の贈り物で，感じやすい心は，苦しさ一杯のもう一つの授かりものです。［…］私はこの［ヴァン・レインの所でのクラヴサン，チェロ，ヴァイオリンの］３重奏のリズムやメロディーや音色にうっとりし感覚と心が震え甘美な涙で目がうるみます。快楽や幸福がどういうものかもう一度思い出すのです(12)。

　並はずれた想像力や感受性を落ち着けるのが音楽をすること，絵を描くこと，周囲を観察して肖像(ポルトレ)や手紙や虚構の作品の形で，つまり言葉で（時に舌禍／筆禍を起こしかねない辛辣さで）表現すること，要するに文学芸術活動に地続きの，個人的，原初的動機がここに見られるのではないだろうか。
　憂鬱はデルマンシュへの羨望に変わる。男の彼は自分の意思でやすやすと場所も身分も仕事も友人も変え，多忙だが充実した生活をしているように見えるのである。２月28日にはそっけない手紙に不満を漏らし，忙しい

だろうが洒落ていなくていいからもっと詳しい手紙がほしい，と彼女は訴える。アニエスという18世紀の女性にとって，自分の手で運命を変えられる男性への羨望は隠しようがない，彼が本当に自己実現できているかは別にしても…

　しかしその憂鬱の根に彼との別離があるのは間違いない。オランダにいても自由に会える訳ではなかったが，少なくともその可能性はあったという意味で，彼の存在はいわばその「想定」内にあった。彼がフランスに去った後，彼女のような感受性と想像力の人間にとって，その不在による喪失感，隔絶感はことのほか強かったのではないだろうか。顔を合わせる可能性が完全に断ち切られたのである。—事実，その後２人はパリその他で何度か会おうと試みたが果たせず，結局再会は７年経って彼女が結婚した後（1771年１月）であり，場所はスイスの嫁ぎ先，つまり当然ながら儀礼的なものだった…

　憂鬱は疑心暗鬼を生み，デルマンシュその人さえ分からなくなってくる。手紙が盗まれても誰のものか分からないはずだが，万一ということもあり悪評や嫉妬を怖れるからと，再び保管状況を疑う。またゴロフキン氏への連隊売却の件で，その態度についての不信感も完全にはぬぐい切れてはいない。そういう自分自身を彼女は説明する。

　　　そんなに好きでなければ疑いも我慢出来て，疑いを抱いたままでも
　　　好きでいられます。でも好きでたまらなければ何も隠してほしくな
　　　いし，すべて徹底的に調べて責めたりカッとしたりするはずです。
　　　当たり障りのない言葉，気兼ね，疑惑が愛の火を消します。湿った
　　　霧がランプの灯を暗くし，やがてすっかり消し去るように[13]。

　生活は変わらない。ハーグの社交界は相変わらずである。自作戯曲『ジュスティーヌ』[14]が，バキュラール・ダルノーの《駄作》『ファニー』(1764)に似ているとドゥジェンフェルト夫人に言われて憤慨した。『ジュ

スティーヌ』を見てもいないスパーン氏まで欠点を指摘した。(どこかのサロンで上演されたと思われる。)

マースダム氏や友人の"将軍"は感激して泣き，トゥイケルやオブダムは文体や想像力を褒めた。特にオブダムは詳細な批評をしてくれたが，的確な所と的外れな所が混じっていた。それに50ページ（！）にわたる反論を書いた。

　ブッフェル夫人の話などする値打ちもないが…

> 貧しかったら誰が関心を示すでしょう。私が売り子やお針子や女中だったとしても，世界中の王妃や資産家の女性以上に愛してもらえるのではないでしょうか？　［…］でも彼女がその身を捧げ1デュカ金貨貰おうと思っても，払う気になれますか？ (15)

ドゥジェンフェルト夫人の方はデルマンシュが言う通り，判断力や誠実さに欠けるかもしれないが，その申し分のない接待には感謝している。ただ特にすぐれているとは思わないし，堅苦しさが我慢できない。オブダムは資産家だが結婚相手には考えられない。ただし，ベルガルドとの結婚を両親に納得してもらうのに，彼やパラントは良い比較の対象になるだろう。

　デルマンシュの《おしゃべりな》(16)友人，ラ・サラースが脳卒中で倒れた後亡くなった。5月初めにこう書いている。

> 余りに突然のこの死に驚き衝撃を受けました。［…］生きるのに向いていない人もいるし死ぬのに向いていない人もいますが，残念ながら死はみんなにやってきます(17)。

ずっとふさぎこんでいたところにこの《衝撃》である。2ヵ月前には憂鬱状態の中で自分の死を想像していた。

若死にすれば愛してくれた人の心に，消えることなく胸を打つ快いイメージを刻みつけます。私が今日死んだら，あなたは一生愛してくれるでしょう。皆にひどく言われることももうないでしょう。ヘールヴィンク夫人は厳しい態度を悔やみ，その意図に罪のない冗談を許すでしょう。両親や侯爵にはこぞって惜しまれるでしょう[18]。

　苦しい状況で若い人間が死を想うのはありがちなことであり，アニエスもこれが初めてではない。半年前，自分が死んでも世界は進み続ける，身近な人たちの中に出来た空虚もやがて埋まる，と虚無的な感想を述べたことがあった[19]。ただその時は結婚問題が今ほど行き詰っていなくて，むしろ希望にあふれていたし，周囲との軋轢もなかった。
　ヘールヴィンク夫人のことはよほどこたえたらしく，パラントへの別れの手紙の中でさえこう弁明している。

> 頭が良ければそれを見せるのは当然だし，冗談を言う才能があればそれを発揮せずにはいられません。経験から分かっているのはこの危険な才能を悪意なく発揮しすぎることもたまにあるということです[20]。

　5月3日から6日に書いたデルマンシュ宛ての手紙で，やっとヘールヴィンク夫人と和解してほぼ以前と同じ関係に戻れた，と彼女は報告している。自分の方が夫人を必要としているのは認めるが，不用意だとしても罪のない冗談を告げ口屋が大げさに伝えてこんなにこじれたのであって，それは自分のせいではないとも弁解する。
　この手紙も"罪はないが不用意な"内容を含んでいるから人目に触れないよう用心してほしい，とデルマンシュには願う。

> ご存じの通り私の手紙は，罪なく書かれ汚れない心のまま記された

ものですが，［人目に触れたら］永遠に名誉を失うでしょう。我ながらいつも感心するのは，まるで節操がなく神をも怖れぬという噂の男性に対する私の信頼です。人には言いたいように言わせておけば良いのです。変わらずあなたを尊敬しています。あなたを怖れたりしていません。［…］どこかでおっしゃっていました，私が女らしいのはスカートをはいている所くらいだと。そうです私の冗談に<u>男女別はなく</u>，いちいちその区別などしていません。男も女も遠慮なくからかいますが，意地の悪さや嫉妬心からそうしているのではありません[21]。［傍点玉井］

《まるで節操がなく神をも怖れぬ》とは何ごとか，とすぐ返事を書いて彼は強く抗議する。どうもアニエスは《時に思っている以上のことを言う[22]》きらいがある。［つまり，「筆が滑る」，「口が滑る」という，ものを書く人間の抑えられない欠点がここにあるのである。］しかし，自分が義理堅く誠実で世話好きなのは最大の敵も認める所だから，《節操がなく…》は本当に心外だとデルマンシュは言う。

　ものを書く人間に性別による限界などない，何について発言しても良いと彼女のフェミニスト的立場には同調し，特に自分のような友人には何を書いてきても良い，秘密は守ると請け合う。

注
(1)　本書 p.93参照
(2)　ウィレム＝ルネ。アニエスのすぐ下の弟で，当時22才になったばかりだった。後にゾイレン城家督相続者となる。
(3)　I, 374
(4)　I, 375
(5)　I, 376
(6)　この件については，買い手 Gabriel de Golofkine からデルマンシュへの1764年10月9日付の手紙が残っている。

第3章　自立へ　117

(7)　I, 398
(8)　宗教上の理由でスイスに移住したコンスタン一族は，もともと北仏アルトワの出身であり，リールと無縁ではなかった。
(9)　I, 415
(10)　I, 386
(11)　I, 390
(12)　I, 391
(13)　I, 392
(14)　1764年6月執筆，紛失
(15)　I, 393　本書 p.110参照
(16)　本書 p.109参照
(17)　I, 408
(18)　I, 394
(19)　本書 pp.74−75参照
(20)　I, 397
(21)　I, 411
(22)　I, 413

3. 侯爵とのその後

　前述したようにアニエスは1765年3月22日，ベルガルド侯爵に長い手紙を書いた[1]。それに対し侯爵は4月7日の手紙で連隊駐屯地のマーストリヒトから返事を書いている。結婚の意思に変わりがないこと，彼女の両親の同意を得る手だてを講じること，結婚後の彼女の自由を最大限尊重することを表明し，25才で成人するのは正確にいつか，ユトレヒトではどこでどのように会えるか，両親とは何を話すべきかを尋ねている。

　自分は気さくな頼れる友人であり，恋愛感情を起こさせる若さはないかもしれないが老人でもない，束の間の感情より長続きする友情，敬意，やさしさ，そして幸せを求めようと言う[2]。10万フロリンの持参金は借金返済に充てると率直に認めるが，残った資産でシンプルに，しかし気ままにサヴォワで暮らせると請け合う。オランダ軍に連隊を持つ自分には，サヴォワやフランスやヨーロッパ各地に高名な親族がいる。資産・収入としてはシャブレ，シャンベリーの土地，シャンベリーの館，封建的権利（果実などの収穫物），軍人としての俸給などがある。

　手紙を読んだアニエスの気分はむしろ沈む。この憂鬱をデルマンシュの発熱やラ・サラースの卒中と交換したいくらいだ，と5月初めのデルマンシュへの手紙で訴える。そして頭をよぎる死の観念[3]に触れてから，ベルガルドの手紙について，それ自体が悪いというより結婚への熱意が余り感じられず，いやいやのように思える，ダメになればそれは彼のせいだと思う，でもすぐやめる訳にもいかず彼に任せる，お金の絡んだ話はせずただこの結婚話を了承したと報告するのである。父親は10万フロリンをいっぺんには出さず，年金の形で小出しにし，全額を払うのは1, 2年後にしようと考えている。とにかく様子を見て余りとらわれないようにしよう。第一，

第3章　自立へ　119

　　どんな女性を侯爵に差し出そうというのでしょう？　かつてないほ
　　どおかしな女性です。つまらない贈り物になるかもしれないから，
　　受け取りを急がせないようにしましょう。ある日マクレイン［ハー
　　グのイギリス国教会牧師］が，ピロン［詩人，劇作家　1689‐
　　1773］のしゃれた表現をもじって私に言いました，「40人分の頭が
　　働くあなた」と。「百人分の狂気を抱えて」と付け加えてもよさそ
　　うです。自分を見つめれば見つめるほど，良く分からなくなります。
　　［…］歴史家の言うことが信じられません。人間というのは理解可
　　能なのでしょうか？　［…］私とはいったい何なのでしょうか？(4)

　自らの才能の矜持は捨てられないが，しかしだからこそ現実の社会で孤立
感に苦しみ，自らの特異さをシニカルに見るアニエス，そういう彼女が理
解を求めるとすればデルマンシュしかなかったであろう。だが彼はいわば
それを受け流して，本人の言う通りかもしれないが，しかし侯爵に普通の
女性は合わないからちょうど良いではないかと，問題を当面の結婚問題に
限定してしまうのである(5)。
　5月末，腹痛に苦しむ父親と2人きりになって，その世話をしながらデ
ルマンシュに訴えかける。

　　侯爵について何のいさかいもどんな一言もありません。誰も悲しま
　　せず，すべてうまくいけば良いと思っています。愛している，そし
　　てその値打ちがある両親を冷酷に苦しませる気になれるでしょう
　　か？(6)

歯に問題があるかもしれない—杞憂だったが—と聞いたデルマンシュが，
どこかに欠点があった方が自負—うぬぼれが強くならなくて良いと言った
時，彼女は，そうかもしれないが，しかるべき自負を持ってすべてで完璧
を目指すのは未来の夫も嬉しいはずだと応じる。

何も中途半端にはできません。弱い欲望や限られた野心を知りません。私の欲望と野心は，夫をすべての男の中で一番幸せにし，夫が，私たちを結びつけた運命を祝福することです。私の願いは，夫が一日のうち一瞬たりともよそで過ごせたかもしれない時間を悔やんだり，他の女性の方が良いと思ったり，他の楽しいことを望んだりしないことです。私の自負（プレタンション）はすべて夫のためです。[…] 生きている限りずっと愛され，死ねば長く涙を流される，それは稀有で胸を打つ栄誉でありあこがれであり，そのためなら何でもします。夫にその値打ちがあり，夫が愛したり泣いたり出来る人だとしての話ですが(6)。

このように自負（プレタンシション）／うぬぼれをキーワードにして結婚の理想を述べるが，現実的なアドバイスも求めている。近く会う予定の侯爵とどう付き合うべきか，2人だけで会いたいと言われたらどう答えるべきかというのである。2人だけで，

結婚するかどうか分からない男性に打ち解けて率直で信頼しきった態度を見せれば，軽率で身持ちが悪いと思われるでしょうか？ ― ひと言で言って自然にふるまえば良いのでしょうか？ それとも守るべき規則や取るべき措置というものがあって，それで軽蔑や疑惑や嫉妬から身を守るべきでしょうか？(7)

父親の夕食の世話をして自分の夕食は15分で済ませ，夜の支度を始める。1年近く前から母親は娘が家事をてきぱきとこなす良い主婦になると思い始めたという。結婚生活が想像される。

侯爵と私の性格が違っていたら，感じたり思ったりしたことを全部言うわけにはいかないでしょうが，でも信頼され愛されていたら何

も隠せないでしょう。あなたのお考えを聞きたいです。私の行動をそれに合わせたいのです⁽⁸⁾。

こういう質問にデルマンシュの答えは明快である。2人だけで会うのは良くない。だが，それを断るのにいちいち<u>ロマネスク</u>な理由をつけるのはもっと良くない。ただ「そうしたくない」とだけ言えば良いのである。

> 結婚は良く考えた末の結果であるべきで，策略の結果であってはいけません。[…] 想像力に火がついたり精神が高揚しすぎたりしないようにしてください。ここしばらくは自分がサッフォーだということを忘れ，ひとりの女，ひとりの母親，ひとりの市民になってください⁽⁹⁾。

夫婦間の隠しごとはいけない。ずっと一緒にやっていく上で，隠しごとこそ最悪である。ベルガルドは誠実でやさしく人当たりも良いが，そそっかしい所があって，事実でなく想像に基づいてしゃべる癖がある。一方アニエスにはそのすべての長所とともに，ロマネスクな想像と理屈っぽい論理で浮世離れの傾向がある。そういう2人の隠しごとは，些細な行き違いを大きな亀裂に広げかねない。

　ただ心のままに話せば良いのである。秘密を抱えたままずっと取り繕って過ごすのは辛い。愛人を作る20人の女のうち19人は，その辛さを打ち明ける相手ほしさにそうする，と彼は言う。女性を軽蔑するとしたら，まさにこの隠しごとをしがちだという欠点のせいである。彼自身，妻の隠しごとのせいで自分も打ち明けなくなった。妻は落ち着き払って体面を取り繕い，自分は愛人を作った。とにかく勝手なむなしい議論，空理空論で振り回すのはよしてほしい…

*

　1765年7月，ベルガルド侯爵は1週間ユトレヒトに滞在して毎日少しずつアニエスと会った。本来あまり《礼儀正しくない》彼女だが，この時は控えめな，堅苦しいくらいの態度を示し，デルマンシュと会った時みたいにとび跳ねたり明るくふるまったりはしなかった。さすがに最後の夜は少し打ち解けて自分らしさを出したが，本当に親密な雰囲気になるには時間が足りなかった。一番くつろげたのは弟[10]が縁日（ケルメス）の人ごみの中で2人きりにしてくれた時だが，百もある言いたいことがひとつも言えなかった。これがデルマンシュなら二言目にきついことを言われても，三言目で生涯の友になれる所である。

　　　あなたは知り合ってすぐ私の心中を見抜きました。うぬぼれが強く若かった私ですが，そんな私を支配したがっているのが嬉しかったのです。侯爵には私が見抜けません。私を過大に評価し必要以上に遠慮しています[11]。

それでも少しずつ親しみが増し愛情も湧くだろう。今までがっかりした所はない。気さくでエスプリがあり，善意と誠実さと寛大さを備え，愛想が良くやさしい。ただいったん偏見を抱くとそれを捨てない頑固な所がある。でも，

　　　たぶんその方が良いのです。厳密な理性を満足させるより，想像力を誘惑する方が簡単ですから。彼の思い込みや頑固さも私に好都合となれば，好ましくなるでしょう[12]。

侯爵の性格に合わせて前向きにやって行こうと努力しながら，その一方で

もう会えないかもしれないデルマンシュを懐かしむ。

> さようなら，お便りください，とても愛しています。お会いできればとても嬉しいのですが。いつも２人を引き離す運命を恨めしく思います。一緒だったらどんなに良かったでしょう。長い手紙を書いてこんな運命に耐えられるようにしてください。１年前私たちがどれほど手紙を書きあったことか！　私くらい愛情が深くて献身的な女友達はこれからもうあなたの前に現われないでしょう[12]。

この後いったん日付を書き，デルマンシュへの思いを冷ますように侯爵に話を戻して，その《明るさは好ましく，その陽気さは魅力的》だと書き足す。

　侯爵との出会いがぎこちなかったのは事実のようで，デルマンシュも，《アニエスは氷の城壁のように近づきがたい》[13]という侯爵の感想を彼女に伝えてくる。後で彼女は，その評価には驚かないが，でもすぐ溶ける氷だったのにと述べている[14]。

　少し後の弟ディティーへの手紙では，侯爵の印象を次のように言う。

> あの人は陽気で愛想よく気さくです。その精神は感じ良く表現は素直です。心は誠実で善良です。結婚に必要なことは全部してくれましたが，ひとつだけ忘れていました。それはこの結婚がサヴォワで合法的なのか，あるいは，教会と市民の法で禁じられていて［法王の］特免（ディスパンス）と［国王の］許可が必要なのか尋ねることでした[15]。

この手紙が書かれたのと同じ８月９日，父親は侯爵に手紙を書き，カトリックの男性がプロテスタントの女性と結婚する際，法王庁から入手すべき《特免（ディスパンス）》について問い合わせていた。さまざまな公職をこなしている人物らしく，娘が正規の妻になれるのか，生まれる子供の相続権がどうな

るのか心配していたのである。

　侯爵は善意の人だが現実処理能力に優れているとは思えない。送りつけてきたその母親の100ページに及ぶ結婚契約書にしても，要するに80万フランの持参金は書類上存在しても現実には存在しないのだからその無用さは明らかで，誠意をみせたつもりが逆効果になった。

　逆効果といえば，これはデルマンシュが伝えた話だが，彼が宗派違いの結婚の例に挙げた侯爵の伯母ルトウスカ伯爵夫人の場合は，高名な兄のサックス元帥と違いカトリックなのだからまったく参考にならなかった。

　更に悪いことに父親の耳にはベルガルドの性病の噂が入った。まだ完治していず今小康状態だという例の噂である。彼女は至急本人に確認してほしいとデルマンシュに依頼する[16]。

　父親はベルガルドの真剣さは認めるが，結婚に同意するかどうか，以上のような状況ではまだ何とも言えない。経済的に見てこの結婚がどちらに利するかは明らかである。心底から歓迎できなければ，それだけ妹ミティーと違う特別扱いも期待できないだろう。子供なしに死んだら遺産はオランダの家族の元に戻るだろうが，不動産に投資した資金はどうなるのか？だが，問題がこういうことだけなら両親は同意するだろう。自分は損得勘定などしない。デルマンシュは自分をロマネスクな性格だと言うが，この性格なしに自分は存在しない。

　　　哲学者や小説家が現世の富への無関心について言っていることを，
　　　私くらい額面通り受け取っている人間を他に知りません[17]。

　1765年の８月半ばを過ぎても苛立ちは続く。結婚問題で頭が一杯で，詩も散文も音楽も手につかず，一日中母親とおしゃべりしながら刺繍をして過ごしている。侯爵は何も行動を起こさない。自分が代わってやりたいくらいである。友人を通して誰に聞き誰を使いどうするか理解して，トリノの宮廷を動かし「許可」をもらう。サヴォワのような貧しい所に嫁入りし

たいという奇特な名家出の人間を追い払うはずがない。法王庁の高位の人物の引きと金で「特免(ディスパンス)」を得るのは難しくないだろう…侯爵の要領の悪さが歯がゆい。

> あの方は魅力的で人当たりがよくエスプリにあふれていますが，でも実務能力がないので何もかもダメにするのではないかと恐れています。[…]今のままの侯爵が好きですが，この際この件は余り尊敬できなくてもやり手の友人に任せたらどうかと思います[18]。

こういう指摘は彼女の男勝りの性格，知性も行動力も備えていながら自分からは何も出来ない18世紀の女性の苛立ち，やるかたない精神状態を表わしていると思われる。

　デルマンシュはなだめにかかる。《才知があるが少し不器用な夫》[19]は，もっと才知がある女性には悪い買い物ではない。苛立ちを抑えて我慢してほしい。逆にやり手の夫を持った妻の大変さは，自分の妻に聞いてもらえば分かる。侯爵は善意の人だがいい加減でだらしない所がある。そもそもどういう風にしたら結婚できるか分かっていたら，一人息子で爵位があり感じも良い男が40過ぎまで独身ということはなかっただろうし，自分の財産をきちんと管理していたら彼女の10万フロリンを当てにすることもなかっただろう。こんな男をちゃんとさせるのにアニエスはうってつけだと彼は保証するのである。

　侯爵はこれからサヴォワに帰る。シャルル＝エマニュエル3世（1703-73）[20]は熱心なカトリックではあるが，彼女の言う通り臣下の良縁を退けるはずがない。また侯爵の妹は彼と違って"やり手"だから当てにして良い。侯爵の伯母の件は不明をわびるしかない。プロテスタントの高名なサックス元帥の実妹だから，てっきりプロテスタントだと思っていたと釈明するのである。

　9月になってもアニエスの精神状態は変わらない。真夜中過ぎてデルマ

ンシュに手紙を書き，ドレスの話をしたりするのは《愛しているから》[21]かもしれない。それにしても，と不満をぶつける，彼の最近の手紙は要点ばかりでそっけない，もう愛していないのだろうか？　以前には一言をめぐって1ページも書いてくれたのに，今は良く知らない人の結婚の話をしたりしている…

　侯爵の伯母のいい加減な話と違ってデ・マルシュ嬢［不明］の場合は，と確かな情報らしきものを伝える，シャルル＝エマニュエル3世の許可と法王の特免(ディスパンス)が貰えるとのことである。特に法王庁にどう働きかけたのか直接デ・マルシュ嬢に聞いてもらえるとありがたい，父親はやはり合法性を重視しているので，と彼女は訴える。もし特免(ディスパンス)が得られたら，

　　　　侯爵は結婚という海に船出します。海が荒れませんように！　静か
　　　　すぎても退屈でしょうから，適度な風で気持ちの良いうねりが起き，
　　　　波のまにまにうっとりできれば良いのですが[22]。

朝には沈鬱だったのに夜更けの今はこの高揚ぶりである。ラ・フォンテーヌを引用して，

　　　　『世の中のすべてに楽あれば苦あり。戦いに安らぎあれば，結婚に
　　　　緊急事態あり。』[22]

そして遂には筆を滑らせる。

　　　　ああ！　時に起きるらしいことが私に起きたら，私の強い愛が不快
　　　　感しか呼び起こさず，ベルガルドが無関心から軽蔑に向かったら！
　　　　積極的なこの私，嫌悪するか熱愛するかのどちらかで，中間はない
　　　　と分かっています。私の方から迫って行って，感謝されず喜ばれな
　　　　かったら哀れなものです[23]。［傍点玉井］

第3章　自立へ　127

　女性の方から迫（アヴァンス）っていくことが，ラ・ブリュイエールの言うように存在しない訳でないにせよ[24]，結婚生活ともなると話は別で，こんな発言はニノン・ド・ランクロ[25]でも少し躊躇したかもしれない。慎しみのない話をするのも自分の本音，率直な不安を余さず聞いてほしかったからだと彼女は弁解している。この性格は変わらないし，侯爵の性格ややり方もそのままだろう。

　デルマンシュの手紙で，やり手の夫を持った妻の苦労なら自分の妻に聞けば分かるというのはおかしかった。《どうしようもない女が，英雄の兄と違う宗派（ラ・ヴィレース）だなんて考えられるか？》というのも笑えた。──ただし，それも彼女の一生にかかわるのだから軽率さは否めない，とひとこと苦言も呈している。

＊

　"作品"の意識を見るかどうかは別にして，この時期の手紙に彼女の中で文通の占めた位置がうかがえる，興味深い箇所がある。8月9日の弟ディティー宛ての手紙である。たまたま出会った夫妻のうち夫を称賛しているのだが，その8年後（！）に，弟の遺品を整理して出てきたこの手紙のその箇所に，《何とバカなこと，非常識なこと，欺瞞であること，著者の注》[26]［傍点玉井］と書き込むのである。読み返してよみがえる過去に対する湧き立つ自己嫌悪をそのまま書きつけたにしても，"著者"とは誰に対してのどういう意識なのだろうか。だいたい自分の8年前の手紙に"注"を付けること自体そうあることではないだろう。

　また，決闘の噂や病気についてデルマンシュに質問し，医者不信の自説を展開した手紙を出すのが1週間遅れた時は，こう付け加えている。

　　　このまま手紙を送ります。あなたと私の手紙は他の手紙と違って，
　　　古くならないのですから[27]。

すでに述べた公開朗読されるヴォルテールの手紙とは違うにしても[28]，アニエスは自分の書く手紙が今は秘密でも歴史の闇に消えていかないと予感していたかの如くでないだろうか。しかも，この《あなたと私の手紙は他の手紙と違って古くならない》という表現は，ここで初めて使ったのではない。そっくりそのまま彼女自身が9か月前すでに使っていたのである[29]。

　手紙に2種類あるとすれば，これは折に触れて書かれる実用的な，その場限りの手紙ではなくて，一週間遅れても一年遅れても読まれる価値のある，時間も場所も越えた感情と思想の表現としての手紙なのである。それはまさに確固とした自己表現と自己実現の場であり，普遍的な文学の領域に限りなく近づくものと言えるだろう。

　だがその原初の出発点には，器官（オルガン）の問題，憂鬱（ヴァプール）や心気症（イポコンドリー）の症状の問題，強い想像力と鋭い感受性の問題に苦しむ18世紀の若い女性がいて[30]，そんなものに押しつぶされないよう自らを癒しはげます有効な手段としての書くこと（エクリチュール）がまず存在し，それから特にデルマンシュという格好の相手を得れば，手紙という書くこと（エクリチュール）の形式が十全に活用されたと考えられるのではないだろうか。

注

(1) 本書p.106参照
(2) こういう雄弁が本当に彼自身のものか，書くのが苦手な侯爵が本当に綴りも間違えずにこの手紙を書いたのか，誰か—たとえばデルマンシュ—の書いたものを写しただけではないのか疑問が残るが真相は不明である。
(3) 本書p.115参照
(4) I, 410
(5) I, 413
(6) I, 417
(7) I, 418
(8) I, 419
(9) I, 420

(10) Vincent　末弟で当時18才であった。
(11) I, 425
(12) I, 426
(13) I, 427
(14) I, 429
(15) I, 428
(16) I, 424
(17) I, 430
(18) I, 432
(19) I, 433
(20) 当時サルディニア王にしてサヴォワ公であった。
(21) I, 434
(22) I, 435　La Fontaine, "Fables", G.F.Flammarion, 1995（1668 – 94）, III, 1, p.119 参照
(23) I, 435
(24) 《恋愛において男が追いかけるのは（avances）当然だが，女が追いかけることもある》Larousse, "Grand Dictionnaire du XIX siècle, 25vols., Slatkine, Genève-Paris, 1982（1866 – 79）, t.1, 2ème partie, p.1025 "avance" の項目に引用。
(25) Ninon de Lanclos（1620 – 1705）17世紀のパリの社交界で有名だった，多情な才女。
(26) I, 428, 604（lettre208の注３）
(27) I, 421
(28) 本書 p.105参照
(29) I, 302　1764年９月８日 – 11日の，同じくデルマンシュ宛ての手紙。なお拙稿，"『貴族』を巡って：ある女流作家の出発（II）", in 桜文論叢（日大法学部）vol.30, 1991, p.53参照。
(30) I, 391　本書 p.112参照

4．弟たち

　1765年10月26日の弟ディティー宛ての手紙で，アニエスはこの一番親しかった弟の失恋を慰めている。従妹アンヌベーチェとの仲が終わった—この２ヵ月後彼女はアトローン伯と結婚する—のは残念だが，すべて真摯に受け止める彼の感受性や後悔の態度は，傲慢からくる冷淡さや軽薄さより良かったと評価する。だが，アンヌベーチェが本当に愛した唯一の女性だったのか。イギリスからの帰国後に気になったとしても，一目惚れというほどではなかったようだし，もともと強い絆がなかったのでは，と次のように言う。

> あのひとは愛らしくてきれいだし，気高くやさしく純真な人だ，そう自分で思ったし他の人もそう言った。まわりの状況からも結ばれる運命だと思えてきて，あの人がほしくなり，まわりのお膳立てを受け入れ，想像を膨らませては美化し，熟考してはそう認め，遂にはあの人から心が離れなくなったのです[1]。

弟の恋愛をこう分析して見せてから，道理を説く。まだ若い（21才）のだからこの失意は精神を成長させるきっかけになる。大変だろうが海軍の任務に励み，長く引きずらず冷たい人間にならず，イタリア人の言葉づかいと明るさを身につけ，アンヌベーチェが後悔するような男になってほしい…しかし，この最愛の弟は独身のまま８年後に任務先のイタリア，ナポリで客死することになる[2]。

＊

　ディティーより更に４つ年下の末弟ヴァンサンは，この１年前16才の時

家を出て叔父の騎兵部隊に入り，当時はボワ・ル・デュック⁽³⁾の駐屯地にいた。この前の7月にアニエスがベルガルドとユトレヒトの縁日(ケルメス)で会った時，付き添ったのがヴァンサンであり，その後も姉は末弟に結婚話の進み具合を逐次報告している。翌年の4月には障害が全てなくなって話がまとまったような口ぶりで，結婚後サヴォワに行って遠くなってもぜひ遊びに来てほしいと語りかける。

> おたがい赤の他人にならないようにしましょう。ずっと仲が良かったけれど，これからも仲良くしましょう。［…］子供の時から気心が知れているのですから⁽⁴⁾。

新婚のアンヌベーチェは侯爵が年寄りだと言ったし，一番上の弟ウィレムはサヴォワみたいに遠い所に嫁いだら，バカでも良いからオランダの男と結婚しなかったのを悔やむだろうと脅かした。でも快活で温厚な侯爵に不満はないし，1年半以上待ったのだから家族全員に祝福されて結婚したい，万一ダメになったら独身のままヴァンサンと暮らしたいとも付け加えている。

*

まだ十代のヴァンサンに7つ年上の長姉は教育者の顔を見せる。自分は先生についてラテン語を習っているが，ラテン語は続けているかと聞いたり，知識を増やし判断力を養う歴史を勉強するよう勧め，彼と妹ミティーのために良書の推薦を人に依頼したという⁽⁵⁾。彼女自身はシュリー⁽⁶⁾の回想録やセヴィニェ夫人やリチャードソンの『クラリッサ』を勧める⁽⁷⁾。もっと大事なのは《健康と心のやさしさと気配り》⁽⁸⁾であり，《自由と友情，これこそ幸せになるのに必要》⁽⁹⁾だと断言する。

　こうした配慮が，弟たちの元家庭教師の近況，イタリア人歌手ピネティ

一, "未亡人" ヘールヴィンクとの和解, 彼女を巡る男性たち, 母親や叔父の病気, ラテン語の先生の恋愛事件などのエピソードの間にちりばめられている。その際弟たちに対しては—これは当然だろうが—デルマンシュ相手に見せた憤りや失意やメランコリーの, 時に激しい表現は存在せず, ポジティヴで穏やかな物言いに終始する。

教育者的配慮は弟たちに対してだけではなく, 自分が世話をしている青年の就職依頼をデルマンシュにしたり, 彼の16才の息子の心配をしたりする時にも示される。

> 成熟が遅れても, 結局早熟な人より立派になる人がいます。長所の持ち方は人によって色々です[10]。

彼の息子は性格が良いし頭も悪くないが, ただ怠け癖に注意が必要でまだお目付け役が欠かせない年頃だと指摘する。結婚後に移り住んだスイスで彼女は, 23才年下のデルマンシュの甥 (当時20才のバンジャマン・コンスタン) と親密に付き合うことになるが, その際見られる教育者的側面は, 20年前すでにこうして培われたものの延長かもしれない。

注

(1) I, 437
(2) 晩年ディティーは転地療法のためもあり, 南フランス, イタリアに滞在した。オランダ代表としてサルディニア王の結婚式に出た後, 姉の嫁ぎ先のスイスに向かう直前にナポリで客死した。
(3) Bois le Duc (オランダ名 'S-Hertogenbosch) はオランダ南部の町。Vincentと従弟の Frits は, 2人の叔父の Hendrick-Willem Jacob の騎兵部隊に一緒に入っていた。
(4) I, 466 1766年6月20日の手紙でも, 弟たちが嫁ぎ先に来るよう願っている。兄弟姉妹が離れ離れになることは現実味を帯びてきていた。海軍に入ったディティーは, ニューファウンドランド (!), 地中海へと航海したし, 一番上の弟ウィレムはパリ, アーヘンへと旅をしていてすれ違い, 5年ぶりにゾ

イレンの彼女の部屋で再会, ということもあった。(I, 493／1766年8月21日の手紙)
(5) 1765年11月8日の手紙
(6) アンリ4世の大臣
(7) 1766年6月20日の手紙
(8) I, 467
(9) I, 480
(10) I, 464

5.《持参金なしで！》

　1765年11月25日の手紙でアニエスがデルマンシュに告げたのは、父親が娘の結婚に際して5万フロリンの一時金と毎年千フロリンの年金を出す用意があるという提案だった。これでダメになっても誰も非難しない、両親もベルガルドも傷つけたくない、彼が本当に自分を必要としているのかどうかが問題だと言うのである。

　デルマンシュはすぐ反応する。これは一つの敗北ではないか。持参金は妹ミティーと同額の10万フロリンのはずではなかったのか、他の有利な縁談を断ったベルガルドにこの額は不十分である。侯爵夫人になれるのだし、長女であるアニエスの場合、妹以上でもおかしくないのではないか…、とこんな話は不愉快だがと断りながら彼は主張する。自分から言い出したりしないが、これはいずれ世間が周知の事実になるだろう。

　アニエスは12月11日－12日に返事を書く。持参金の値踏みというのは辛い。たとえ両親でもこれ以上借りを作りたくない限度というのがある。自分からは何も言えないので、いっそベルガルドの方から断わるよう仕向けてもらえないだろうか。結婚できないのは悲しいが、彼への友情はそのままだから、良ければ文通は続けたい。条件が合えばもちろん結婚したいが、難しいかもしれない。いっそのこと「持参金なしで[1]」、衣服代くらいの年金を毎年出してくれたら…、と両親に当てつける訳ではないが断りながら、彼女は続ける。

　更に両親の立場に立って、長女だからといって特に優遇されることはなく[2]、3人の弟も結婚させなければならず、生活を切り詰めたりしているので、毎年3千フロリンが関の山だと彼女は言う。(この前の5万フロリンはベルガルドの借金に配慮した額だった…)

　このまま破談になると彼女が傷つくというデルマンシュの心配には、幸せになる望みが消えるのは辛いが、もう話が進んでいるからとか、世間に

知られるからとかは関係ないと落ち着いて答える——ただもちろん破談の原因は口外しないでほしい[3]。破談になるとベルガルドとその妹が気の毒だというデルマンシュには，それはない，同情はいらない，他にも女性はいるし，憂鬱症に悩む自分だし，と自虐交じりに答える。《気高いあなたの女友達は，実はただのおかしな女にすぎないのです。》[4]

　年が明けた1766年1月末アニエスは，ベルガルドの借金に配慮し最初の提示額にはこだわらないという父親の意向を伝える。3月初めデルマンシュは，《こんな話は不愉快》だがと再び断わって，侯爵夫人になるにはやはり《10万フロリンが必要》[5]であり，本人たち以上に自分がやきもきしている，どうして両親にそれを頼めないのかと聞く。そして3月末には遂に両親は，ベルガルドの借金返済のため持参金10万フロリンを出すことを了承する。

＊

　この時期，やり直せるなら金持だが愛情の持てない，すぐ浮気したくなる男と結婚出来たら良いなどと，これまた自虐的なユーモアを交えて彼女は，結婚話に翻弄され神経をすり減らした自分を振り返っている。

　だが持参金問題に一応のめどがついた1766年1月には，それ以上の難問，特免問題に取り組む。従妹アンヌベーチェと一緒に，ユトレヒトのアウト・カトリーケン（ジャンセニスト一派）の大司教メインダースに身分を隠して会って，情報収集に当たるのである。

　大司教自身は，ヴァチカンとの良好と言えない関係から当てにならない。オランダ国内の異宗派婚ならブリュッセル駐在法王庁大使に願い出るべきだが，彼女の場合はローマに直接願い出るしかない。大司教によれば，法王庁で実権を握っていてイエズス会総会長とも親しい法王秘書トレジアーニ枢機卿と接触するのが良いとのことである。

　彼女は，ベルガルドがトレジアーニ枢機卿に手紙を出す一方，父親がロ

ーマ駐在オランダ大使を通し出来るだけ安く特免(ディスパンス)を獲得する交渉に当たるというプランを立てる。だがそうはいかなかった。ブリュッセルの法王庁大使から来た手紙に（ちゃんと読みもしないで？）ベルガルドが怖気づき（その手紙自体何の意味もないのに，と彼女は歯ぎしりする），結婚したいけれど宗教が障害だともう諦めたような手紙をよこすのである(6)。世間体があって会うのもままならないが，結婚出来なくても友人でいたいと言い出す始末で，自分の方が男だったら良かったのにと彼女は思う。

　デルマンシュは持参金問題と同じく特免(ディスパンス)問題でもベルガルドの肩を持ち，国王の許可があれば法王の特免(ディスパンス)などなくても良いと考える。ブリュッセルの法王庁大使が，こういう特免(ディスパンス)はローマに願い出ることが出来ないと言っていることでもあるし…《用心しすぎるとかえって厄介なことが増える。》(7)特免(ディスパンス)は手に入れるのが難しく高くつき有用でもなく，と彼は２週間後にも繰り返す，ユッソン夫人など特免(ディスパンス)なしで済ませた。

　アニエスはすぐ反論する。（いい加減なことは言わず）確実なことだけ請け合ってほしい。そのユッソン夫人は結婚出来なかったし，子供ができたらフランスでは（法的な）正当性を問われると聞いている（サヴォワは違うかもしれないが），とにかくこの程度の情報でアニエスの父親は説得出来ない。ユッソン氏と結婚したいという娘に，その父は結婚の正当性を証明してくれと言ったが，娘にそれは出来なかったという。同じ不愉快な目に会いたくない…

　彼女の心配はもっともであろう。特にこれが初めてのケースではなく，デルマンシュには結局笑いに解消させたものの，サックス元帥の妹の件で明らかな事実誤認をした前歴があるのだから(8)。どちらにしてもこれは父親次第であり，彼が特免(ディスパンス)なしで行こうというなら従うまでだが，と彼女は付け加えている。

　ユッソン夫人の件だが，とパリからデルマンシュは書く，法王に特免(ディスパンス)を願い出たがとりあえず結婚するよう（？）言われ，そのうち案ずるより産むがやすしでローマ駐在フランス大使ショワズール公の尽力で一銭も払

わずに特免(ディスパンス)が得られたという。その特免(ディスパンス)を自分の目で見たとさえ彼は請け合う。

　2週間後にデルマンシュは報告する。アーヘンでベルガルドがユッソン氏から聞いた話だが，父親が娘婿のユッソン氏に会いたがらなかったのは正当な理由でなく感情のもつれからだという。フランスでは法王の特免(ディスパンス)の権威を教会が認めなければ（？），結婚が認められない場合もありうるとも付け加える。ユッソン夫人が侯爵夫人として堂々と宮廷に現われている以上，未来のベルガルド侯爵夫人に問題があるとは思わない，と彼は結論づける。

＊

　実は侯爵は結婚に乗り気でない，誰かの中傷で彼女が嫌になったが破談を言い出せず困っている，彼女はお人好しすぎると伝えてきた人がいて，アニエスは疑心暗鬼になった。この疑問をベルガルド本人に直接ぶつけたら，彼は怒って，気持ちは変わらない，結婚に必要なことはすると返事してきたので，彼女は謝った。こんなエピソードを枕にアニエスは1766年5月，侯爵が2日続けてゾイレンに訪ねてきた話をする。

　体調不良を理由に母親は，自分より4つ年上の娘のフィアンセに会わなかったが，父親は礼儀正しく楽しく話し合った。堤防視察に出掛ける翌日の朝7時に父親が娘の部屋に来て，今日も母親が同席しないなら2人きりにならないために誰かを呼ぶようにと言った。だが誰も呼ばずに2人で過ごし，夜になって父親が帰宅した時も2人きりだったが，テーブルの両端に座って真剣に話し合っているのを見て，何も言わずに出て行った。

　2人はまだ遠慮がちでどちらかと言えば無難な話に終始している。侯爵のドイツ旅行，デルマンシュのオランダからフランスへの鞍替え…父親が心配する法王や法王庁の話もする。考えすぎるなとデルマンシュは言うが[9]，でも2，3代後にこの結婚が無効だと宣告されたら相続者の土地・

財産の没収という可能性はないのか，そう思うと特免(ディスパンス)なしで済ませられると誰が父親を説得できるのか…

　侯爵が出発して1週間後，彼女はその悩みを率直にデルマンシュに打ち明けている。ベルガルドとは熱愛ではない，強い愛は望むべくもない。手紙をたくさん書いているし，一緒にいれば楽しく心安らぐ，それで十分だと思う。でもそれで本当に良いのか，心は満たされているのか？　…この問いは自分を困惑させるが，それを突き詰めても仕方がない。《スベテノ面デウマクイッテイルモノナド何モナイ。》[10]

> 侯爵が遠くにいると，私の想像力は彼や彼の心や私の心を，私たちの昼や夜を自由に思い描きます。[…] 彼にキスして貞淑や我慢が報われるのを期待します[11]。

しかし，

> 顔を合わせた途端によそよそしくなって，よそいきの態度で気兼ねします。期待していた関係は，あらゆる現実的な違い，年令や国や生き方や性格の違いで変わるのです[11]。

侯爵が何か話し始めれば口を挟まずじっと聞き入る。しかしその後どんな話を続けたら良いのか分からない。自分が話し始めると，

> それは普段の声ではありません。自分でもぞっとするような甲高い声になっています。頭に浮かぶことを気取らずいつものように話したら嫌がられたり分かってもらえなかったりするのが怖くて，つい出してしまう声なのです[11]。

嫁ぎ先のサヴォワでどうなるのか不安がよぎる。。

良く分かってもらえない時があると思います。それは少し辛いでしょう。ここでも時折落ち込みます。［…］話せば分かってくれます。感じていることは感じてもらえるし，考えていることは理解してくれます。この［環境の］変化は厳しいでしょう。私はよそ者扱いされるでしょう[11]。

しかし《スベテノ面デウマクイッテイルモノナド何モナイ》と唱えて自分を慰め，そして大胆に付け加える。

> お互いを良く分かりあうには，もうただ一つの方法しか残っていません。会話よりその方がうまくいくよう願っています[11]。

侯爵以外との結婚が考えられないのは明らかである。もっと楽しみ一杯の結婚があるかもしれないが，これほど《悲しみを免れた》結婚はないと思うのである。

> 私は自由になります。妻の務め云々を説教する人などいないでしょう。［…］私は幸せになります。時にむなしさを感じたら《スベテノ面デ…》と唱えることにします[12]。

デルマンシュは2人がお似合いのカップルだと言って安心させる。侯爵はおっちょこちょい（hurluberlu）なエピキュリアンで，筋を通すのも気配りをするのも苦手だが，隠し事の出来ない素直な性格で，とりわけ不機嫌な所を見たことがない。確かに，

> 私（＝デルマンシュ）の方が細かく気配り出来るし，あなたの良い所を評価出来るし，私といる方があなたは自由闊達でしょう。でも余り良い夫にはなれません。あなたを不安にし，何においても寛容

になれず,お互いの好みが合わないものは嘆きの種になるでしょう。ベルガルドはすべてを評価出来ないにしても,何かに眉をひそめたりしません[13]。

注
(1) モリエールの『守銭奴』(1668)で主人公アルパゴンが,娘エリーズを娶ってくれるという金持ちのアンセルムについて繰り返す有名な台詞。
(2) 妹ミティーの場合,相手がギュインヌ(フランス南部)の田舎貴族ではあるが,性格の良い資産家でプロテスタントという好条件だった,と彼女は言いたいのである。
(3) この結婚話が人の知るところとなったのは自分のせいで恥ずかしい,と彼女は言う。秘密が守れないのは《一言で言ってそれは私が女だからです。》(だがそれほど悪いことだと思っていないとも付け加えている。)
(4) I, 449
(5) I, 461
(6) I, 462(1766年3月11日付,ベルガルドから彼女への手紙)
(7) I, 467
(8) 本書 p.124参照
(9) 本書 p.136参照
(10) I, 471 原文ラテン語。ホラティウスの詩より (Carminum liber II, XVI)
(11) I, 471
(12) I, 472
(13) I, 474

6. 自立へ

　デルマンシュがフランスに移って1年あまりが過ぎた[1]。彼はフランスとその社交界を手放しで称賛する。

> 国が違っても同じ生地で出来ている人なら心は同じでしょう。でもフランスの友情は，崇拝や称賛のしかた，その色々な楽しみ方で，同じ揺るぎないものでも他の国の暗さや退屈さや無作法な率直さを伴う友情とはだいぶ違っています。［…］親愛なるオランダの女友達のみなさん，どうかオランダなどにとどまっていないでください[2]。

　アニエスはこれに対し，この世に同じ心は2つとない，第一《同じ生地の人》とはどこの符牒(ジャルゴン)だかまるで意味不明だと応じるが，ただ社交生活で彼が誰かを褒めたからといって気分を害するのは我ながら良くないとも付け加える[3]。だがそれもやむを得ないだろう。

> 私は付き合いが悪く変わり者で気難し屋，愛想は悪いし社交界の窮屈な雰囲気が何より苦手ですから[4]。

彼がフランスの社交界になじみ，フランス人を愛するのは大いに結構である。しかし彼女の方は，

> フランス人を良く知りませんし，その中で暮らすこともないでしょうから，好きになれなくて別にかまいません。すぐれたフランス人なら好きですが[4]。

《すぐれたフランス人》，当然それは少女時代から慣れ親しんだ前世紀や今世紀の作家たちに違いない。だがどこでも多数派の，凡庸なくせにうぬぼれが強く，くだらない月並みな話で女にしつこくするフランス人にはうんざりだと言いたいのである。そういう輩と付き合うくらいなら，

> 本を読んだり何か書いたり考えたりぐっすり眠ったりする方が千倍も好きです[4]。

この意外な反応に彼は，自分の通っている社交界は節度があり品が良く，快活で心地よいと強調する。

> アニエスがここにいたら，ここのスタイルがイギリス人のぎこちなく暗い様子やオランダ人の厚かましく粗野な様子より好ましいと思うでしょう[5]。

精神が万国共通なら，教育が最良で精神を一番磨いている国の社会や社交界が一番快適だと思う――これがはたして符牒(ジャルゴン)なのだろうか？

　デルマンシュのこのフランス賛美に前後してアニエスは，あるイギリス人夫妻と知り合い，その仲睦まじさ，人間的素晴らしさに感銘を受け，自分も英語を話してユーモアのセンスを褒められた，ぜひロンドンに行ってフランスと違う安楽さと商業の自由を謳歌するこの国でビールを飲みながらヘンデルを聞きたいものだ，などと言うのである。

　彼は反対する。イギリスに行けばフランスの生活＝ベルガルドとの結婚を敬遠する怖れがあると踏んだのである。（事実，18世紀の「アニエス」は，モリエールの『女房学校』の「アニエス」と違った形で「保護者」から自立することになる。）すべてを学びすべてを極めた彼女に欠けているのは教養があって明るくて楽しい人々の集まり，つまりフランスの社交界であり，これなしに人間の全的理解など不可能である，と彼は言う。

彼のたび重なるフランス賛美がフランス賛美で終わっていれば良いが，それがオランダ批判に結び付くとなるとアニエスも黙っていられない。

1766年8月，従兄妹や弟たちも一緒にミダフテン（アルンヘムの東）の城で1週間過ごした後，強く抗議する。

> ああ何という強い敵意，何というひどい偏見でしょう！　オランダはあなたの敵国だったのですね。結構です，おっしゃる通りこの国を出て良かったとしましょう。でもよほど自分の判断力に媚びるレンズで見なければ，自分の気に入らないものは全部悪いものだとか，自分が嫌いなものは皆も嫌いだとか思えません。あまりひどくけなされたので，かえってこの国が好きになったくらいです。公正でありたいと思い，良い所を探したらいくつも見つかりました[6]。

ミダフテンの集まりはスイス人1人を除いて全員オランダ人だったが，少しも退屈ではなかった。デルマンシュの知恵(フィロゾフィー)は余り発達していないのではないか。彼の大変な名誉である，ブランシュヴィック公がスイスの彼の館にご逗留された話は，皆に紹介した。フランスに仕えるという彼の選択を誰も笑ったりしていない。なぜオランダにとどまって将軍にならなかったのかとベルガルドだけが不満気である。ハーグより（フランスの田舎の）ランドルシーの方が良いとも思えないが，4万フロリンの連隊売却金のためだというなら分からなくもないと続ける。

デルマンシュも負けていない。8月末コンピエーヌからの手紙で，ヴィレ＝コトレ（パリの北にあるオルレアン公の居城）の集まりの素晴らしさを絶賛するのである。神父，詩人，作家，旅行家など多種多彩な70人もの人々がそれぞれ自分の部屋をもらって滞在し，いつでも食事ができて，読書や会話やダンスや演劇やゲームや狩りに興じる。これこそまさに《幸せの城》である。

彼個人はショワズール公の愛顧を得て，連隊駐屯地の希望が入れられ

（ブザンソンかメジエール）地方総督のポストの打診を受け（外国人でプロテスタントのためか結局ダメになったが），騎士勲章授与の運びとなる。《大きな幸せに匹敵するたくさんの楽しいこと》の積み重なり[7]で有頂天になり，いっそう確信を持って呼びかける。

> でもやはり彼と結婚すべきです。そのおかげでフランスに来られるのですから。明るく礼儀正しい人々，穏やかに感じよく話し，芸術に詳しく才能や趣味を磨いていて，風のように軽やかでありながらも，いざとなるとヒロイックになれる人々に会えるのですから[8]。

*

持参金や特免(ディスパンス)をめぐる議論が熱を帯び，フランス社交界についての見解の相違が明らかになる以前，そしてその後も，彼はアニエスへの賛辞は忘れない。ただそこに見当違いのものもあった。学識あふれ才気煥発というのは良いとしても，それに続けて，性格が穏やかでムラがないというのはどうだろうか[9]。彼女は驚く。

> 穏やかな性格とは言えません。まして"ムラがない"とは！　デルマンシュ，本当にそう思っていますか？　もう私のことが分からなくなったのでしょう。違いはこうです。あなたの精神は病気をすると弱りますが，私の精神は健康な時も常軌を逸しているということです[10]。

妄想や狂気や心気症(イポコンドリー)によく悩まされている，と彼女は言う。
　侯爵との話が破談になれば，誰とも結婚せず結婚すること自体断念するだろう。

> そうなれば誰がこのいわゆる貞節に関心を示すでしょう？　私は自由になるのではないでしょうか？　誰のためにこの辛い我慢をしなければいけないのでしょうか？[11]

自分の夫になれなくても恋人にはなれると言いたいのである。シャリエールと結婚して実現しなかったが，これは既成の結婚制度から逸脱する，18世紀のニノン・ド・ランクロと言っていい，大胆な女性自立の宣言ではないだろうか。

　この時期の彼女は，たとえば母親相手に軽口を叩いて，雨が降ってすることがないから《暇つぶしに結婚でもしてみる》[12]のはどうかと言ったり，どうでもいい，《自分のすべてに無関心になるという，傲慢の混じった哲学》[13]を身につけたと語ったりしている。ただこうした言動を通して透けて見えるのは，現実をはるかに超える想像力と，とりわけ些細なことに傷つく繊細な感受性だと思われる。

> 私の心は長いロープの先の小さな玉のよう，少しの衝撃に驚くほど反応して右に左に揺れては，強く天井にぶつかります。それに触れずに，もうそっとしておきましょう。やっと元の場所に戻って落ち着いているのですから[14]。

こういうアニエスに対抗するには学識や哲学でなく，経験と冷静さが重要であろう。世間の裏や人情の機微に通じていると自負するデルマンシュは，純粋で稀有な女性に世間の男の心理を教える。強がりのベルガルドにドイツ人の花婿候補(エプズール)やイギリス旅行の話はすべきでないし，ましてや理屈っぽい議論などすべきではない，と諭すのである。

＊

　1766年6月18日の手紙を彼女は,《手紙を書くのはもう止めてほしいと言おうと思いました》,《他の人同様あなたは私に死ぬ思いをさせています》[15]と始めている。
　それでなくても日ごろから四面楚歌と感じているのに,一番の味方と思っていたデルマンシュにその"経験"から忠告され,女だてらに結婚問題でイニシアティヴをとるべきでないと言われたのである。裏切られた気持ちであり,こんな目に会うなら死んだ方がましだと思う。熱を出し食事の席で涙が止まらず退席する破目になる（憂鬱症(ヴァプール)を口実にして）。
　どっちつかずの待機状態のまま1年過ぎたのにまだ先が見えない今,若いのだからもう1年待て,（自分が動かなければ特免(ディスパンス)など取れそうにないのに）自分から行動するなとデルマンシュに説教されたのである。それは,ベルリンに発つ侯爵に書くべき手紙の内容を指示すると言った直後で,ちょうどローマから返事が来たので父親ともその内容を協議していた時だった。
　侯爵に長い手紙を書くべきでないとも再度デルマンシュに言われて,本当に自分が必要なのか,この結婚に望みがないならそう言ってほしい,いっそムガール帝国皇帝（？）と計算づくの見合いでもした方がましだ,と存在を全否定されたかのように激しく反応する。
　翌日には少し冷静さを取り戻し,思い浮かぶことを一気呵成に書いたが,決して友情を疑っている訳ではなく,感じやすく激しい性格の自分は孤独な田舎の生活の中で,恐ろしく飛躍する想像に悩まされていると釈明する。

　　　後1年独身のままでいたくないのだ,とは考えないでください。侯
　　爵とのことが不確かなままなのが耐えられないのです。これが今ま
　　でのように必要で当然なものなら我慢出来るでしょう。でも延期の

理由が侯爵の優柔不断や熱意の欠如だったら！　そうだったら，これはすぐ縁談解消の理由になります⁽¹⁶⁾。

少し後では，

> 侯爵に心を寄せました。サヴォワ以外の城は好きになれません。ヤケになって他の人と結婚したりしません。待機状態でなく，はっきり確定した独身生活の方がまだ気持ちに合っています。弟たちやホラティウスやヴェルギリウスの方が，しっくりこない結婚よりましでしょう⁽¹⁶⁾。

　これに対して彼は，憤懣やるかたない気持を最良の友にぶつけるのは良いが，しかし有象無象の輩と一緒にされるのは自分として心外だし，軽薄に考えたり書いたりしているというのも中傷だと答える。
　１）若い彼女にあと１年待つのは難しくないはずである。
　２）彼女の名誉のためにもベルガルドにはもっと積極的な態度を見せるよう促す。
　３）彼女からの働きかけ(アヴァンス)は止めて，心配になった彼が自分から動くよう仕向ける。
提案は以上だが，特にこの３番目の点を次のように世間慣れした彼は説明する。

> 他の人間が自分のために寝ずの番をしてくれていると思ったら，眠り込まない人間がいるでしょうか⁽¹⁷⁾。

長い手紙については，それをベルガルドが何より苦手にしているのは事実で，25年前すでにそれを冗談の種にしていたくらいだという。

> はいはい，スコットランドでもモスクワでも行ってください，あるいは，独身の誓いを立ててください。ただそういうのは私の気持ちに反します。あなたに会えるのは，侯爵夫人になった時だけですから。この件では自分が一貫して気高くヒロイックだったことを否定しません[18]。

だが，善意は疑えないにしても，その言動の矛盾は彼女には明らかに思える。

> この結婚に熱意を見せて両親の同意と10万フロリンを手に入れつつ，他方で熱意を見せないようにして侯爵の気を引く，つまり，侯爵の無能ぶりを補おうとすべて整えながら，他方で私がほしくなるよう何も望まないふりをする[19]，

こういうことは難しすぎるし，第一もう遅すぎる，特免(ディスパンス)についていろいろ手を打った後なのだから，と彼女は言う。結婚できなくても後悔しないし，自分のこの積極性を責めたりしない。

> 神に授けられたこの気質は私の導きの星です。良くも悪くも変わることはなく，がっかりさせられたりもしますが，摂理の掌中にある道具であり，そのせいで何かをなくしても，それはもともと望ましくなかったのだと言って自分を慰めます[20]。

手紙の長さについては次のように反発する。

> だらだら書き流したりはしていないと思います。たくさん書くのは，頭にも心にもたくさん書くことがあるからです。侯爵にとってその半分が余計なものなら，私の半分の頭と心しか持っていない女性を

探してほしいと思います。私としてはそれを丸ごと受け入れてくれる誰かのために，あるいは私自身のためにそれを取っておきます[20]。

《辛く悲しい》[20]のは返事を急がない侯爵の熱意のなさだが，結婚の遅れ自体は強がりでなく平気だと言う。

実際今ほど立場が自由で快適だったことはありません[21]。

*

1766年9月，アニエスはヴィレ＝コトレの社交生活を絶賛したデルマンシュ[22]に，そんなに素晴らしいとは思えない，自分が居合わせたら《素晴らしい女性》どころか《間抜けな女》《ぎこちない外国人の女》に見られただろうと答える[23]。ベルガルド侯爵と結婚すればフランスに連れて行ってもらえるという考え方にも疑問がある。

そのために結婚すると見られるなら，とびきりの良縁でも断るでしょう。[…]特に独立心旺盛で意志が強い私，独立しているという体裁にもこだわる私の場合には[24]。

暗い家を出て侯爵夫人になろうと愛してもいない男と結婚する成り金(フィナンシエ)の娘に見られるのは心外である。実際は《そんなに金持ちではなく，誇りは高い》[25]のである。

結婚は急がないことにする。この冬侯爵はシャンベリーで過ごすというから，特免(ディスパンス)取得を急ぐことはない──特免(ディスパンス)を得れば即結婚だから。それよりかねてからの念願であるロンドン滞在をこの冬に果たしたい。人の言いなりになるのが嫌なアニエスは，ユッソン氏が特免(ディスパンス)取得の世話をするという申し出などは断ってほしいと何度も念を押す。

＊

　後にアニエスと結婚することになるシャリエールは，父親の出納簿の記録によれば，1763年から弟たちの家庭教師兼チュイル家秘書として働いていた。ディティーが海軍に入り末弟ヴァンサンも家を出たので，1764年の春先には家庭教師をやめたはずだが，その後も何らかの形でオランダにとどまっていたと思われる。

　1766年７月７日，スイスのコロンビエ（ニューシャテル近郊）の実家に帰った彼はアニエスに手紙を書き[26]，長い留守の後家族に再会した喜びを語ってから，最近の２人のことに触れる。

　　　マドモワゼル，あなたのことが分かりません！　忘れるよう命じた
　　　思い出をなぜまた思い起こさせるのですか？　友達以上になれたら
　　　どれだけ嬉しいか分からせて，私の心を乱すなんて本当の友達のす
　　　ることですか？[27]

真夜中に彼女の部屋で２人きりで話し込んだらしい。（２年前ハセラール邸で同じようなことがあって噂になったことが思い出される[28]。）自ら自由で独立していると考える女性にはそれほどでなくても，伝統的な社会の，《教養があり誠実で素朴な》[29]31才の男性には印象的な出来事だったであろう。

　人間の感情を対象に温度を上下させて実験する科学者とそれを聞く若い生徒に，彼は２人をなぞらえている。もちろん彼女が科学者で，彼は生徒である。侯爵の場合と違い，９才年上のシャリエールは聞き役の生徒だったのである。

　　　私を好きになった女性のことが知りたいとのことですが，意地悪で

すね，たしなめたいのですか？　でも何も言うことはありません。お望みならできるだけ身の上話をしますが．あなたが殆どあなたの話をしているのですから．［…］あなたの手紙の調子を自分の手紙の調子にします．ほんの些細な表現にもあなたの感情を探し，いつもあなたの言葉で話したいのです[30]．

ここには今まで彼女の経験していない新しい関係が見られる．つまり言うことを聞いて理解するだけでなく《まるごと受け入れてくれる》[31]存在，決して言い返すことがなく，善良で受け身で柔軟性と適応性に富み，まず相手に合わせようとする．ある意味彼女にとって理想的な存在との関係である．今度ユトレヒトに戻ったらまた２人きりの夜を過ごしたい，彼女への気持ちは真剣なものだと言って彼は手紙を終えている．

＊

　フランスに移ってからデルマンシュは変わった．短く窮屈で地味な服を着て，時間に正確になり，口数少なく重々しくしゃべり，楽しいことを避けるようになった．ハーグの遊び人(リベルタン)は改心して，ホラティウス描く所の君子を理想とするまじめな人間になったのである．特に病気がちな１ヶ月半の後は，クラヴサンと本を友に隠者の生活である．1766年２月26日の手紙では，同じ原則と趣味（読書と狩猟）の生活を続け，毎日の仕事は機械的にこなしているという．
　アニエスは，自分自身に無関心でも友人のことには関心があると言ったが[32]，同じ趣旨のことを，彼も何度か繰り返している．［注（13）参照］自分自身には構わないが，友人のことは気にかかるというのである．—手紙のやり取りを通して２人が共通の認識を持つようになった良い例であろう．
　アニエスにとって彼は今や《書きたくなければ書かなくていいとは絶対に言えない》存在，《時には友達以上に愛したくなる》[33]相手である．た

とえどれほど自分に似た女性（たとえばオルシバル夫人）が現われても自分を忘れないでほしい。

> あなたは私がこの世で一番完全で自然な信頼を寄せている人です[34]。

デルマンシュに対しては抑えることもなく飾ることもなく，良いことも悪いこともおかしなことも隠さず話せるのであり，そのために激しい意見の衝突にもなりかねない。
　まるで"自己改革（レフォルム）"を経た後のもう一人のスイス人，J.-J.ルソーのごとく生活を変えた彼だが，変わらないものもある。アニエスへの気持ちである。

> 私たちが再会して，あなたが私に引き付けられる日がいつか来るでしょう[35]。

だがとりあえず同じ情熱と関心を持って文通を続けたい。

> あなたを情熱的に愛しています。一番親しく一番献身的で一番確かな女友達だと思っています。最近こういうことを余り言わなくなったのは，この感情が心に深く根を下ろし第2の自然になったからです[36]。

そして更に，

> どこでも変わらずあなたの心，あなたの精神の前でうっとりして膝まづきます。あのサヴォワ男がいなければ，あなたのお姿の前で，と言うところです。さようなら，私には空気の精にしかなれないあ

なた⁽³⁷⁾。

こういうくだりを読むと，もう刺激を求める遊び人(リベルタン)ではない，優柔不断は変わらなくても悔い改めた真摯な人間の訴えが聞こえてくるのではないだろうか。

注
(1) 本書 p.93以下参照
(2) I, 452
(3) アニエスに顔が似ていてそこそこ才気もあるオルシバル夫人の話を彼は良くしていた。（たとえば1765年11月27日の手紙）
(4) I, 454
(5) I, 460
(6) I, 493
(7) I, 494
(8) I, 495
(9) I, 442
(10) I, 445
(11) I, 446
(12) I, 450（1765年12月15日頃，母親への手紙）
(13) I, 457　なおこれに続けて《しかし友人たちについては無関心でいられない》と言っているが，他方彼の方もこの5カ月後，自分の母親のやり方に不満を漏らした後で，しかし今自分は《そんなことはみんな笑い飛ばして，この世のことへの執着は全くなくした》が，少数の友人の心の中では生きていたい，とだいたい同じ考えを述べている。(I, 486)
(14) I, 492
(15) I, 475
(16) I, 477
(17) I, 484
(18) I, 485
(19) I, 488
(20) I, 489
(21) I, 490

(22) 本書 p.143参照
(23) ただ少し言いすぎたと反省し、即興的なやり取りが苦手な自分でも気にいるかもしれないと歩み寄りはするが、でもそこの詩や演劇などは虚栄に出た月並みなものではないか、と彼の熱の入れようにみずをさしている。
(24) I, 497
(25) I, 498
(26) 1771年の結婚前、2人の間で多くの手紙がやり取りされたはずだが、現存するのはこれを含めてシャリエールからの3通のみであり、彼女からの手紙は残念ながら一通も残っていない。
(27) I, 486
(28) 本書 p.98参照
(29) アニエスによるシャリエールの肖像(ポルトレ)。精神と動作のぎこちなさ、吃音癖にも触れている。(II, 176)
(30) I, 487
(31) 本書 p.149参照
(32) 本書 p.145参照
(33) I, 444
(34) I, 445
(35) I, 436
(36) I, 459
(37) I, 496

7．もう一つの「イギリス書簡」

　1767年1月，アニエスはかねてより念願の[1]イギリス行きを敢行した。デルマンシュが反対したのは，これでベルガルド侯爵との結婚の行方が怪しくなるのを恐れたからに違いない。だがそれだけではなさそうである。これを機に彼女が一層自立して自分から離れていくのを感じている様子が文面からうかがえる。1月23日の手紙では，なぜ手紙をくれないのか，他に文通相手がいるのか，たとえいても構わない，変わらず愛し続ける…と言い，自分もイギリスに行ったことがあるが男だから「楽しいこと」も含め「すること」が一杯あって困った，でも女のアニエスがロンドンで楽しんでいるとは思えない，とやっかみ半分の挑発をするのである[2]。
　彼女はいつものようにすぐ反論する。

> 楽しいことがありすぎて時間が足りません。すべてが楽しくて，すべてのことに足が止まります。今の楽しみから次の楽しみに移る決心がつきません。本当にここは快適です。その上私はおとなしくしているのです[3]。

「おとなしく」している？　言いたいことは，人並み以上にエスプリを見せて目立ったり嫌われたりしないようにしているということである。

> 守るべき名声も戦うべき偏見もありません。話すにつれて分かってくること以外，私について何も知られていません[3]。

ロンドンが快適なのは，単に楽しみが次々現われるからだけでなく，それがしがらみのなさ，無名性の気楽さに裏打ちされているからである。

> たいてい何か質問して話を聞くだけです。私はかなりきれいで性格が良く常識があると見られています⁽³⁾。

オランダにいる時のアニエスとは別人のアニエス、謙虚で上品な外国人女性を望まれるままに楽しく演じているのであろう。2月初めにもエスプリは適度にしか見せないと言い、求められればしゃべりもするが、そうでなければ《ひどくふさぎこんだイギリス人に負けず劣らず寡黙》⁽⁴⁾になれると断言する。イギリスに来て1カ月が過ぎたこの頃、彼女に対する好奇心もおさまり、まわりには何人かの外国人と老婦人が残った。だがこれで十分である。

> 目的は果たしました。冬のイギリスで一女性が見るべきほどのものはすべて見ました⁽⁵⁾。

*

ロンドン滞在中彼女は何度か宮廷に招かれている。各国大使や各界の人物と交わる場所であり、退屈しなかった。

> 色々な国の人々がたまたま一緒になり、お互いに評価しあったり比べあったりしているのを聞くのは愉快なものです⁽⁶⁾。

才気煥発なナポリ大使のカラチオーリ侯爵に感心し、口先だけの不実なフランス人どもにあきれる。(デルマンシュもこの点では同感で、ロンドンのフランス人にはろくでもない連中が多いと言う。)
ウェルデーレン夫人宅の集まりでフランス人のテーブルに着いた。そこだけにぎやかで他は話すことがないのか静かだった。(オランダ人女性同様)こちらの女性は《とても控えめでかなり無愛想》⁽⁷⁾であり、男性は《気

障で威張って》⁽⁷⁾いると思う。でも結論は出せない。

　　ロンドンにはたくさんの暮らしがあり，その4分の1を見て他の4
　　分の1を推測しているのです⁽⁸⁾。

　特にイギリス人は他の国の人ほどしゃべらないし，自分をさらけ出さないので分からないことが多い。半年近くロンドンにいても一人の女性が会える少数の人から国民全体を判断するのはおこがましい，と彼女は謙虚である。30数年前『イギリス書簡』の著者ヴォルテールが厳しい批判精神と破壊的なエスプリでイギリスとイギリス人を活写し，センセーションを起こしたのとは対照的である。
　一度議会を見学している。当時ウイリアム・ピットの政府は，全国的な食糧不足に対処するため小麦輸出の緊急禁止措置を提案し，これを不当とする野党と論戦中だった⁽⁹⁾。これに関する言及が，この滞在中唯一政治がらみの話題である。
　社交界での経験は生き生きと描かれている。「おとなしく」していたはずなのに，ウェルデーレン夫人にその夫のことで理由なく嫉妬されたり，ハリントン夫人の所では夕食に残ったら不可解な人の出入りの後ドアが開かず（？）おかしな家具調度の部屋で待たされた上，テーブルでは意味ありげで曖昧な会話が始まって閉口したりする。［パリでは珍しくない_{リベルティナージュ}　放　蕩　の集まりか？］しかしこちらは社交のマナーに欠けている。オペラ座の階段の下で馬車を待っていた時のことだが，いつまで待っても馬車が来ず，誰も助けてくれない。幸い知り合いが現われて相乗りさせてもらった。あるイギリス人の知人男性は善意で何人もの女性に馬車の手配をしたが，礼の言葉一つ受け取らなかった。ソーホースケアーの舞踏会場に出かけようと髪の毛をセットしドレスアップして待っていたら，連れて行ってくれるはずの女性が「切符がない」と言いだす始末である！…
　慣れない外国の生活は「楽しみ」ばかりではなかったようである。最初

の興奮がおさまって冷静にまわりを見ると欠点も目につき始める。その上オランダでは一つのことに集中して話したり書いたりできたが，イギリスでは特に何かしている訳でもないのに，たくさんのものが目にちらついて疲労し何も書く気になれない。1 人の時間ができると本を読んで気を静め，考えをまとめたいのだが…

*

　3 月から 4 月にかけてアニエスはサセックスの従妹[10]の館に滞在した。女中の病気やパリ出身の従僕のエスプリといった話を除けば，特にイギリスの田園の素晴らしさが強調される。

> 別にイギリス滞在に夢中になっている訳ではありませんが，テームズ河畔のきれいな田舎で，本や本の説明をしてくれる人たちとしばらく過ごすよう言われたら，喜んで受けるでしょう[11]。

帰国後も次のように感想を漏らす。

> サヴォワやジュネーヴでは珍しく個性的な景色にうっとりしました。でもこんなに心地よく人の手で整えられた自然は一度も見たことがありませんでした。イギリスの人々の暮らしは豊かで，公共の設備は素晴らしく，旅は快適です[12]。

　それに比べて帰国後久しぶりに見たオランダの《［家の］窓や町並み》は《とても清潔》だが，《変化に乏しく，何もかも味気なく》[13]思える。帰国直後一緒にいた弟ディティーに向かって思わず《牛，牧場，風車，見えるのはそれだけ！》[14]と叫んでしまう。
　4 月末にはロンドンで著名な哲学者デヴィッド・ヒュームの訪問を受け

る。近くの料理屋から料理を取り寄せてふるまう。ところがまだ前菜のプディングを食べている最中に，主菜のトリのローストが運ばれてくる。冷めないよう暖炉のそばに置いたら犬が食べようとした。するとこの経験論哲学者はそれを止めた。

> 大哲学者でも大歴史家でもありませんが，私ならトリもアスパラガスも犬に食べさせたでしょうに[15]。

当時 J.-J. ルソーとのけんか別れで話題[16]の，このスコットランド人哲学者の一面を物語るエピソードをこう紹介しながら，最後はこう結ぶ。

> ヒューム氏の気配り，心のこもった飾り気のない振る舞いをとても嬉しく思いました[16]。

＊

　ロンドン到着早々の１月初めすでに，ベルガルド侯爵を《ほとんど忘れた》と彼女はデルマンシュに正直に告げている。ピッコロミーニ氏（ローマ法王秘書）から特免(ディスパンス)が送られて来なければ結婚計画が狂うのは確かだが，しかし今送られてきても困る，率直に言ってどうすべきか自分でも分からなくなってきているというのである。
　デルマンシュもうすうすその真意にはもう気づいていただろうが，彼女のイギリス滞在が伸びるのを知った４月には侯爵に同情する手紙を書く。

> 彼が気の毒です。あなたは若くて身軽でお金があって人に好かれる性格です。彼がいなくなってもそんなに長くは嘆かないでしょう。でも彼の方は２度と見つけられないものをなくすのです[17]。

彼女は自分がそんなにうらやましがられるような立場にないと答える。

　　私の立場は危うく不確かで，すべてから疎遠です[18]。

母親は15才，妹は17才で結婚したのに，自分は26才になってもまだそのメドも立っていない。この良家の子女がオランダ社会で本人の言う通り《人に憎まれて》[19]いたかどうかは別にして，異端視されていたのは間違いないだろう。オランダの陰鬱な景色以上に心を暗くしたのは，帰国早々ハーグで聞いた自分についての「悪い噂」だったという。
　いずれにせよ侯爵との結婚は明らかに遠のいた。

　　陳情や理屈や検討や論争の手紙を全部ご破算にして，明日の朝侯爵のお城で目覚めて，「おはようございます，ベルガルド侯爵夫人！」と挨拶されたらどんなにいい気分でしょう。でもそのお城にたどり着こうとあんなに歩いたのにたどりつけなくてうんざりしています。望みがかないそうにない以上，今の場所でゆっくり悠々自適した方が良いと思っています[20]。

　思えば3年前の夏からアニエスが父親や侯爵や教会関係者を相手に行なってきた働きかけや苦労の数々を良く知るデルマンシュは，このくだりを感慨深く読んだのではないだろうか。

注
(1)　本書 p.142, p.149参照
(2)　II, 26　デルマンシュのイギリス滞在は1762年8月。彼女との文通が始まってまもない頃であった。
(3)　II, 27
(4)　II, 31

第3章　自立へ

(5) II, 32
(6) II, 37
(7) II, 30
(8) II, 30. 41.
(9) II, 29　チャタム卿（ウイリアム・ピット）の与党は多少法的に問題があると認めたが，事柄の緊急性を理由に押しきろうとした。
(10) 従妹（アンヌベーチェの一つ年上の姉）の嫁ぎ先ベンティンク伯爵家の領地がロンドンの南のサリーにあった。
(11) II, 39
(12) II, 41　最近旅行者を狙う盗賊が逮捕され治安が良くなったと彼女は言っている。
(13) Ibid.
(14) Ibid.
(15) II, 39
(16) スイス各地を転々とした後の1765年，ルソーはヒュームの招きに応じてイギリスに渡ったが，ヒュームによれば，イギリス国王の年金を断るようなルソーの「虚栄心」が躓きの石となって2人はけんか別れした。ルソーの方は新聞に寄稿してその話は事実無根だと主張する。(J.-J.Rousseau,"Oeuvres Complètes", Pléiade, t.1, pp.1178−9参照)
(17) II, 38
(18) II, 40
(19) II, 39
(20) II, 41

8．帰国後のアニエス

1767年5月末イギリスから帰国した後，アニエスは夏から秋にかけて時にアメロンゲンやローゼンダールで従妹や友達と過ごす以外はゾイレンの両親のもとにいた。週に2回ユトレヒト市内に出かけて老イギリス人と英詩を読み，孤児院長プラールデール氏指導の下数学の勉強を3年ぶりに再開している[1]。帰国の時ロンドンまで迎えに来てくれた弟ディティーは海軍軍人として長い航海に出た。彼がアンヌベーチェ（アトローヌ夫人）でなく仕事を取ったことにまわりも賛成した，という言い回しを彼女は使う[2]。

ディティーという良き話相手をなくした彼女は，毎朝夜明け前に起きて1時間散歩しクモの生態を観察する。

> 自然は好きでないと思っていました。詩人の作品で春とか曙とかの描写を読んでも別に喜びを感じなかったからです。ありがたいことにそれは間違いでした。自然は詩人の描写など越えています。それは私たちの心に語りかけてくれるのです[3]。

まるで世捨て人のような暮らしぶりに，フランス社交界真っただ中のデルマンシュは歯ぎしりする。夜明けのクモを観察したり，英詩や数学を習ったり，友達に「お話」を書いたり，服を仕立ててリボンをつけたり…これ以上つまらない過ごし方があるだろうか。エスプリあふれる笑いも，粋な出会いも，華やかな噂も，美しい幻想もなくて幸せなら，それは奇跡だと彼は手厳しい。

だがそう言われる以上に彼女が心外なのは，親しいローゼンダール夫人やアトローヌ夫人（アンヌベーチェ）が「無愛想」だと非難されることである。彼女たちとの付き合いは本当に楽しいのだから。わが《自由で豊かな》[4]農民が耕した畑の中をともに歩く時，この国が好きでないなどあり

得ない。

> ［シャトレール夫人⁽⁵⁾や私］が［侯爵夫人になれる］結婚を正当化するのに「アムステルダムは我慢できない，この国が好きでない」と言えばいいとでもいうのですか？ 本当にご立派な，お見事な口実ではありませんか？ わが祖国，自由の国，愛する人々の住む国を憎んで良いのでしょうか？⁽⁶⁾

確かに以前にはデルマンシュとともにオランダやオランダ人を批判したことがあったが，今はその弁明の時である。

> かつて気分が落ち込んでいて，私の国や人々を悪く言いましたが，今は見るものすべてを祝福したい幸せな気持ちです。果たすべき義理やうんざりする訪問がなければ，どこにいても居心地が良いのです。いくらつまらないはずだとおっしゃってもダメです。逆らうようですが，私は日々楽しく過ごしています⁽⁷⁾。

たぶん，と皮肉に付け加える，シャンティー（パリの北，コンデ公の居城）以外で人が楽しく過ごしたり，ものを書いたりするのは「滑稽」だとお考えかもしれないが，それはおかしい…もちろん自分が知らないものすべてを軽蔑するつもりはない，シャンティーのクモを一緒に見るのも良い，パリやヴェルサイユやローザンヌにはぜひまた行きたい。でも今自分が不幸かと言えばそうではない，とアニエスはきっぱり言う。オランダはフランスの真似をしていれば良いという愚かな人がこちらにもいる。「オランダの生活は生活ではない，フランスにしか幸せはない」とさえ言った人がいる。その人に反論した。

> ではルイ14世に対してこの国を守った父祖を悪く言うべきなのです

か。この国がフランスの一地方になっていれば良かったのですか⁽⁸⁾。

その強い祖国愛にたじろいだのか，デルマンシュはアニエスがフランスの社交界で才知を輝やかせる所を空想しながらも，議論を少し後退させ，次のように言う。

「無愛想」が悪徳だとは言いません。ただそれはやはりエレガンスの欠如，不器用さ，陰気さなのです⁽⁹⁾。

あなたの親愛なる祖国の血には壊血病とともに，無関心や悪趣味が流れています。あなたがそういう病気に侵されていないのは自慢して良いことです⁽¹⁰⁾。

＊

イギリスから帰国してみると，チュイル家の元家庭教師ジラール夫人の手紙が届いていた。家庭教師を辞めた後ボルドーのある家に2年務めていたが，今はスイスのモチエ⁽¹¹⁾在住で求職中だという。アニエスは7月8日の手紙でデルマンシュに，ローザンヌあたりで付き添いの婦人を探している裕福な女性はいないか尋ねる。9月7日には，返事がないので失望したが，デルマンシュの弟の家に勤められるようになったと書く。彼の方はもう話が進行中のようだったので云々と釈明の手紙を書く。

だがまだ決まっていなかった。9月末，家事と子供の世話の両方は負担が重すぎるので，彼の弟の所には行けないとジラール夫人が言っている，ついてはスイスでもフランスでもどこか良い家があったら紹介してほしいと再度伝える。何しろ《2＋2が4とか1週間が7日とか1年が12カ月とかも良く分かっていない（!?）》⁽¹²⁾女性なので「付き添いの婦人」としてより，若い女の子の相手をする方が良いかもしれない…

財産のない平民で《やや現実離れした女性》[13]に仕事口を見つけるのは難しいと冷ややかなデルマンシュに，アニエスは義憤に駆られて言い返す。《「あなたの自称友達」とおっしゃいましたが，正真正銘私の友達です。》[14]《明晰さや記憶力に欠けて》いるかもしれないが，《想像力が豊か》で《ルソーばりの書き方》をするこの女性の求める「友情」は彼が考えるほど難しいものではない，と力説するのである。

　というのも彼女は素晴らしい心と愛すべき精神の持ち主だからです[15]。

アトローヌ夫人やローゼンダール夫人に対してと同じくらいこの女性に関心があり，その行く末を案じている。

　この女性に私が強い関心を寄せていることを忘れないでください[16]。

＊

　アメロンゲンなどでの従妹や友達との付き合いは楽しいが，読書の喜び，ともに学ぶ楽しみがそれを倍加する。子供の頃は「虚栄心」のために学んだが，そのうち自分のため，「楽しみ」のため学ぶようになった。ランドウイックと『背教者ユリアヌス』を，ローゼンダールと『慣習を通して解明された古代』を読んでいるが，こういう読書は人の「悪口」を忘れさせ，「祖国」と和解させてくれる。

　ヴォルテールの新作小説『アンジェニュ』には《とても気が利いている箇所があって，言い古された所やパッとしない所を帳消しにしてくれる。》

　全体をひとまとまりに考えたり，何か目的を望んではいけません。

　　　　読み進むにつれて面白くなるもので，読み終えたら何かと文句は言いたくなっても，名残惜しい気持にもなるものです[17]。

　1767年９月ネッケル夫人[18]は，ランドルフという人物を介してアニエスの手紙と５年前の小説『貴族』を入手したという。パリで『貴族』再版の話や彼女の戯曲『ジュスティーヌ』の噂が出ていると知ったアニエスは言う。

　　　　白状しますが，『貴族』の受けている高い評価は大きな喜びです[19]。

『ジュスティーヌ』（紛失）に対する批判は見当違いだが，暇を見つけてより完璧なものにしたいとも言っている[20]。
　10月末デルマンシュはスイスで刊行された，ともにオランダ人女性による戯曲『レプシマ』と『自称哲学者』を取り上げ，どちらも愚作だが，特に前者は《ソドムとゴモラ以上に人間性と良識に反し》[21]ていると批判する。問題は作者ブイエ姉妹が，自分たちはアニエスと知り合いでその手紙を持っていると主張していることだという。こんな人間に手紙を書くくらいならいっそ《ヴォルテールやダランベール》[22]に手紙を書いたらどうか，と彼は憤慨する。
　これには母親も笑ったらしい[23]。だがそんな手紙を書いた覚えはない。姉妹がそう言うなら言わせておいて「その手紙を見せてほしい」と言ってみたらどうだろう。モークレール嬢が『レプシマ』執筆にかかわったというのもウソで，彼女自身が《スイスでのみっともない真似を，この著者たちはオランダで繰り返すべきではない》[24]と言っている。
　アニエスがロンドンでヒュームに会った時彼は，ブイエ姉妹が書いたルソーとの和解を勧める《大げさでばかばかしい》[25]手紙を持っていると言った。読むのは遠慮したが，《笑止千万なもの》[26]だったようである。
　1768年１月に彼はもう１度ブイエ姉妹に触れ，『レプシマ』にモークレ

ール嬢が関わっていないこと，こんな文学界の爬虫類（レプティル）―おべっか使い（レプシマと語呂合わせ？）と彼女が文通していなくて安心したことを伝える。

> あの愚かなブイエをあらゆる点でやっつけるのは良いことです。謙虚になり悔い改めて，神や本屋や読者に許しを乞うていたら，哀れに思ったでしょう。でも2人は傲慢不遜に構えています[27]。

*

イギリスから帰国後のアニエスは，もう侯爵との結婚で積極的には動かない。

> 運命の望むまま物事の成り行きに任せましょう。我々の望みをかなえようと無理をしたら，かえって不利益をこうむりそうです[28]。

成り行きに任せて年をとるのは不幸ではない，年をとるにつれそれなりの幸せがあるはずである。

> 老人をバカにする若者は，自分を前もってバカにしています。将来そうなる自分，そうなりたい自分を笑い物にしているのです[29]。

> 人が全生涯をその時その時に合った歩みで晴れやかに過ごし，常に年令にふさわしい人間でいること，過ぎた年を悔やまず遂には生涯最後の時に至り，動揺も後悔もせず別れを告げること，これには大変な叡知と幸せがあることでしょう[29]。

まだ30才にならないアニエスだが，ここには一生を見通して固めた，いわばストア派的な決意が表明されているのではないだろうか。1ヵ月後，8

月下旬の手紙は更にふっ切れている。侯爵がまだ結婚話を忘れていないのは驚きだと軽口を叩いてから，次のように続けるのである。

> 侯爵以外に2人の花婿候補(エプスール)と，数日前から—いや6週間前から—私を愛している人がいます。でも愛を感じず結婚というものが嫌になった人間はどうすべきでしょう！ 2通りの独身計画を立ててみました。[…]数日前父に言いました。自由を犠牲にする決心がつかない，自由だったら私には多少価値があるけれど，誰かの支配のもとではそれをなくす，それは，自然に喜んで狩りをして獲物を運んでくる犬も，強制された途端それを止めるのと同じだと(30)。

肝心なのは自由であるが，ただそれは侯爵との結婚で得られるはずだった。だがそれは挫折しかかっている。そこで自由をむしろ独身生活の継続に見出そうとする。精一杯今を生き，ゾイレンの生活を楽しみ，友達との付き合いや読書や勉強に時間を使い，なお残る心の隙間はデルマンシュとの文通で埋めようというのである。

> この手紙は何のためでもなく何かを示すものでもありません。ただ私は楽しみたく，あなたに話しかけたかったのです(31)。

ジラール夫人やまわりの友達に触れ，11月8日の「なぐり書き」の手紙ではこう言う。

> 私の友達があなたの気に入ったためしがありません。一緒に暮らしていたら少し困ったことになっていたでしょう。[…]それでも遠く離れていて平穏無事でいるより，近くにいてケンカできる方がまだ良いのですが(32)。

更には，

> あなたの手紙のような手紙はそれだけでとても値打ちがあります。でも会って話をして楽しく過ごすのはもっと貴重です[33]。

そして愛については，

> みっともないほど人を愛するというのは，人生で一番甘美な喜びです。[…] 無我夢中で私利私欲を捨てて愛する，それは頭には名誉でなくても心には大変な名誉です[34]。

　これは自分自身についてではなく，デルマンシュがかつて《妹のように》愛した親戚の女性の愛と結婚についての感想であった[35]。だがそれでもアニエスの現在の心境と考え方が分かるくだりではないだろうか。
　フランスの社交界で磨かれた彼のエスプリは，彼女の感受性と想像力に対抗する。1767年の年末の手紙で，年の終りに《一番良いこと》をしたい，と次のように表現するのである。

> それはあなたに手紙を書くことです。食事の最後に一番おいしいものを取っておく美食家のように，ずいぶん前から手紙を書くのを延ばしてきました[36]。

　ただ残念ながら毎日の実際的な仕事の影響で，どうしても《雑でありきたり》な言葉ばかりを体にため込んでいるので《愚かしいこと》を漏らすかもしれないが，許してほしい，普遍的な精神に恵まれたアニエスに分かってほしい，アニエスは一番大事な女友達だ…と続けるのである。

注

(1) Laurens Praalder (1711–93) は数学者でユトレヒト孤児院長。孤児院では篤志家の寄付で数学，絵画などに優れた子供の教育がなされた。(I, 558参照) なお彼女はこの3年前自分にとっての数学の「効用」を語っている。(本書 p.24参照)

(2) II, 53　1765年10月，彼女は弟の「失恋」を慰める手紙を書いている。(本書 p.130参照) その2ヵ月後，アンヌベーチェはアトローヌ夫人になった。

(3) Ibid.

(4) II, 52

(5) アニエスの手紙に「未亡人(ラ・ブーヴ)」としてしばしば登場したヘールヴィンク夫人は，1767年に再婚してシャトレール夫人になっていた。(アニエスとの「仲違い」については本書p.111以下参照)

(6) II, 52

(7) II, 53　かつてのオランダ批判については　本書p.86参照

(8) II, 54

(9) II, 56

(10) II, 69

(11) 当時49才。アニエスは「まじめな」プレヴォー嬢の後，アニエスたち姉妹の家庭教師になったこの「想像力豊かな」女性が大好きだった。(Ph.Godet, "Madame de Charrière et ses amis", Genève, Slatkine Reprints, 1973 (1906) , pp.32–33参照)

(12) II, 59

(13) II, 62

(14) II, 64

(15) Ibid.

(16) II, 65

(17) II, 61　『アンジェニュ』は1767年9月，刊行地をユトレヒトとして（実際の印刷はスイス）匿名で出版された。ヴォルテールの新作の噂はすでに8月初めパリで流れていた。(Voltaire, "Romans et Contes", Paris, Garnier, 1960, p.638　参照)

(18) その夫が後に財務総監になるネッケル夫人（娘はスタール夫人）は，彼女自身文学者として1765年の秋からパリでサロンを開き，そこにディドロなどが通っていた。Joachim Rendorf (1728–92) はビール醸造業者，アムステルダム市助役，後に市長。

(19) II, 61

(20) Ibid.
(21) II, 63 元アムステルダムの牧師，D.-R.Bouiller の娘 Lucie と Judith-Elisabeth の『レプシマ』は「家庭の悲劇」をテーマにしていたという．
(22) Ibid.
(23) Ibid. 2人の文通がこの頃にはチュイル家，特に母親には「公然の」秘密だったことがここからもうかがえる．
(24) II, 64
(25) Ibid.
(26) II, 64 見せてもらうのを遠慮したのは，「女の意地悪さ」をわれ知らず見せるのを恐れたためだと彼女は言っている．
(27) II, 69
(28) II, 46
(29) Ibid.
(30) II, 50
(31) II, 52
(32) II, 64
(33) II, 65
(34) II, 64
(35) II, 63 知性にも才能にも恵まれたこの遠縁の女性は，怪しげな事件に巻き込まれた後，42才の時に性格は良いが財産も身分もない若い男と結婚して南仏に去ったという．
(36) II, 68

9. デルマンシュの生活と意見

　デルマンシュが1764年12月にオランダを離れてフランスに来てからすでに3年近くが過ぎた。その間にフランス軍将校としてリール，（シャルルヴィル・）メジエール，コンピエーヌなど北仏各地を転々とし，パリやヴィレ＝コトレやシャンティーの社交界に顔を出している[1]。
　1767年8月初めの手紙で，軍人と社交人という1人2役に忙殺されて体調を崩したと言う。1ヵ月前から150人規模のパーティーが毎日のように続き，演劇やパレードの喧騒に囲まれて1日に4，5度も着替えたかと思うと，駐屯地で朝から晩まで兵士や馬を指揮して訓練を行ない，狭いテント生活に耐えたのである。
　こういう生活には本当に心を引き付けるものが何もない。その上，自分や友人の経済問題の心配もしなくてはならない。《本や木陰や静けさ》[2]を享受しているアニエスがうらやましい。彼女の手紙は，すさまじい渦の中にいる自分には「慰め」である。
　だが体力が回復し俸給が上がり旅団長昇格の望みが出てきた頃には，その勢いをかってか前述のように[3]彼女の生活をけなしオランダ女性の気質を批判する。

　　　フランス人女性にはこういう欠点と逆の，人に好かれたい気持ちが良く見られます。それが皆の気持ちを楽にし，人づきあいを生き生きとしたものにするのです[4]。

ただしフランス人女性に欠点がない訳ではない。その《傲慢さ，図々しさ，滑稽なうぬぼれ》は明らかだから，アニエスがフランスに来るようなことがあれば，一緒に笑ってやろう。かつてハーグの社交界で遊び人(リベルタン)として鳴らしたデルマンシュはこちらに来て変わったので[5]，社交界礼賛も全面的

ではない。

> あらゆる面でいわゆる「楽しみ」が我々を幸せにするのではありません。我々を幸せにしすべてを美しく見せるのは，精神的な満足感です。それがあって初めて色々な「楽しみ」が求められるし，「楽しみ」が甘いものになるのです。「楽しみ」がなくても精神が満足していればすべてが生まれます。日の出，日の入り，孤独，喧騒，素朴な人の集まり，［…］すべてが興味深くなります[6]。

社交界の渦中にはいるものの，ここで彼の幸福観はアニエスに歩み寄っていると言えるだろう。

10月半ばには一時スイスに帰郷し，建物を新築した所有地ボワ＝ド＝ヴォー（ローザンヌ近郊）を訪ねたり，領地エルマンシュで友人と猟に興じたり，弟の身を案じたりしている。

> ［弟に］金で雇った付き添いの婦人兼子供の養育係，そういう女性しか身辺にいないのが見るに忍びないのです。ちゃんとした身分の，分別があって年の近い女性と再婚するよう勧めています。でも弟はまだ亡くなった妻が忘れられず決心がつかないと言っています[7]。

スイスの静かな父祖の地で狩りをしたり読書をしたりしていれば気楽だが，ブザンソンに赴任するのは，1200人の兵士がそこで自分の指揮を待っていて，自分が「有益」だと感じられるからである。

> 彼らの身の上や暮らしぶりや金銭問題や健康状態にまで私は気を配ります。これは素晴らしい使命ではないでしょうか[8]。

軍人という《ひどい調子で描かれがちな》仕事だが彼は誇りを感じてい

る。ブザンソンでは自分の家を持ち，部下に頼られ，町の貴族や聖職者に敬意を表され，毎晩のように開かれるパーティーや，ハーグに負けない良質な演劇や面白い遊びに恵まれる。幸せだというべきであろう。

しかしそれらすべては月並みでもあり何か物足りない。ある女性のサロンに通ってみるが，善良で穏やかな雰囲気の中，自分は本やモラルの話しかしない。それがもう一つ刺激的でないのは，刺激的な人間がいないからである。

アニエスくらい刺激的な人間はいない。《美しく愛すべき》[9]女性だが，でも，と彼は言う，

> あなたはしばらくその役目をはたしてその後ぼんやり思い出されるだけの，ありふれた美人ではありません。常に一世を風靡し続け，さらに魅力を増すでしょう[10]。

デルマンシュからするとそれは彼女が知性と感受性に恵まれているからだけではなく，2人の間に対等な関係が築かれているからでもある。駐屯地の軍隊生活はタテ社会のそれであり，頭の悪い上官とへつらう部下に囲まれて，詩や演劇の話などしようがない[11]。

9月初めには彼女の《良き趣味，明朗さ，華麗さ》でいっぱいの手紙を褒め，それは《お祭り騒ぎのシャンティーの楽しみ》以上であり，あれほど称賛した社交界だが彼女にはかなわないと言う。

> 気がきいた手紙を書く人はたくさんいます。でもあなたほど格調高く書く人はいません。しかも何の苦労もせず何の衒いも見せません。想像力が豊かで，今関心があるものに力いっぱい向かっていくからだと思います[12]。

年末にはこう言う。

第3章　自立へ　175

　　あなたほど自分の考えを力強い文体で表現する人はいません。同じ
　　簡潔さを持つ人はヴォルテールしか知りません。他の人ならそれは
　　気取りになりかねません(13)。

こういう相手にはエスプリを発揮して対抗するしかない。メジエールから彼は書く。

　　今私はムーズ川のほとりにいます。あなたのいる岸辺にたどり着こ
　　うと飛び込みたい気持ちです。［…］でも焦れる想いと敬意を川の
　　流れに託すだけにします。アニエス，本当に焦れているのです(14)。

会いに来るのに川に飛び込んではいけない，とアニエスはまぜ返す。

　　水漏れしない船に乗ってお越しください。面白おかしくなくてもそ
　　の方が安全確実です。川の波や魚にまみれて着くより，うまくしゃ
　　べれそうですから(15)。

一時帰郷したスイスから彼はこう書く。

　　強く感じるのですが，どこにいてもあなたのことを考えるのが一番
　　快いことです。目と心は磁石が北を向くようにたえずあなたに向い
　　ています(16)。

　心を入れ替えて軍人としての使命感に燃えてはいるが，このあたりのやり取りは元の粋な社交人，遊び人デルマンシュ（リベルタン）の面目躍如といった所であろう。ただこの「磁石」というのは…では自分は「極北」になるのか，そうならこの喩えはもう一つだ，とまたアニエスはまぜ返している(17)。

注

(1) ヴィレ＝コトレにはオルレアン公の居城が，シャンティーにはコンデ公の居城があった。(本書 p.143参照)
(2) II, 49
(3) 本書 p.162参照
(4) II, 56
(5) 本書 p.151参照
(6) II, 57
(7) II, 62　この文学者でもある弟 Samuel de Constant（1729 – 1800）はこの4年後に再婚した。
(8) Ibid.　彼女はこの使命感を繰り返しほめている。(II, 65　参照)
(9) II, 43
(10) Ibid.
(11) Ibid.
(12) II, 55
(13) II, 68
(14) II, 43
(15) II, 46
(16) II, 62
(17) II, 65

10.「結婚問題」の終わり

　1768年1月初めデルマンシュは，しばらく手紙を書かなかったのは彼女にふさわしいものを書く時間がなかったからだと弁解する。

　　私の心があなたから離れることなどありえません。[…] あなたを失ったらこの世で一番誇りにしている存在を失うことになります⁽¹⁾。

この手紙にはベルガルド侯爵からデルマンシュに宛てた手紙も同封されていた。その内容は，「異宗派婚」に必要な　特　免（ディスパンス）を得るための法王庁への働きかけは進んでいないというものであった。(ただ，その性格からして侯爵が何か新しい努力を始めたとは考えにくい。) それにしても，とデルマンシュは続ける，

　　うちの息子が4つ年上で連隊の一つも持っていたら夫として差し出しますのに。そうすれば結婚できなくても嫁舅として私たちは一緒に暮らせるのに。いつかあなたに近づきたい，それが私の願い，私の祈りです⁽²⁾。

4年前に親友の侯爵との結婚を提案した時と同じ論法である⁽³⁾。ただその時と違いもう遊び人（リベルタン）の発想はないし，第一この話自体とても本気とは思えない。
　アニエスは息子の話には触れず，侯爵との結婚を諦めて独身を続けるとだけ答える。それは前年5月のイギリスからの帰国後，徐々に固めた決意だった⁽⁴⁾。

　　もう夫の話はしないでください。夫がほしくなれば自分で探します

から⁽⁵⁾。

　1768年という年もヴィトゲンシュタイン伯が登場するように，花婿候補⁽⁶⁾には事欠かない。とりわけ《友情とやさしい気持》⁽⁷⁾を抱き，この３年後には結婚に至るシャリエールの存在が大きくなりつつあった。10才年下のデルマンシュの息子は，結婚の対象というより何かと面倒をみる７つ年下の末弟ヴァンサンに近い存在だったのであろう。
　４月初めにはデルマンシュも，彼女は侯爵なしで《幸せに暮らしていける》⁽⁸⁾と請け合う。実はその２ヵ月前彼に侯爵が，アニエスとの結婚計画「放棄」ばかりか，何とヘールヴィンク夫人（＝未亡人）との結婚という「代案」を打ち明けていたのである。侯爵はそれを弁解している。

　　　魅力的なアニエスを我がものにする望みがすっかりなくなったので
　　　…⁽⁹⁾

ところが侯爵らしいといえばそれまでだが，美貌の未亡人が前年中すでに再婚してシャトレール夫人におさまってしまっていたという肝心な話を，シャンベリー（サヴォワ）帰郷中の彼はまったく知らなかったのである。

　　　　　　　　　　　　　　　＊

　1768年６月初め彼女は，デルマンシュと８年前に初めて出会った頃を回想し，ヘアバンドの彼が《魔法使い》のようにスッと目の前に現われたものだ⁽¹⁰⁾と懐かしむ。残念ながらベルガルドの方はそんな《魔法使いではない，少なくとも彼女に魔法をかける気はない。》⁽¹⁰⁾
　オランダに戻ってきたベルガルド侯爵だが，テクセル，アムステルダム方面に出かける一行にアニエスを誘わない。相変わらずの不器用さ故か，もうその「気がない」のでむしろ誠実さのあらわれなのか，…ただそのノ

ンシャランぶりを見せただけかもしれないが。

　しかしアニエスは，アメロンゲンで彼が幹事役を務めるこの陽気な一行に合流し，一つ屋根の下で数日をともに過ごす。何度か彼女の部屋に侯爵も入れて皆が集まった。アンヌベーチェは彼にまだ「気がある」ようだとアニエスの耳元でささやく…

　その後ユトレヒトに場所を移し，侯爵は彼女や彼女の両親とカードゲームをしている。どちらにしても「魔法」は存在しなかった。2人の宗派問題や侯爵の経済問題より，これこそこの「結婚問題」を終わらせる最大の要因ではなかっただろうか。

　7月初め彼女は侯爵の手紙を受け取る。彼がデルマンシュに宛てた手紙も同封されていて，そこにこういうくだりがあった。

> あの人と結婚出来なかったとしても，慰めは私があの人にふさわしくないということです[11]。

《ふさわしくない》というが，では自分にはどんな人間がふさわしく，必要だというのか。侯爵にもう少し処世の知恵があったらこうなっていただろうか，とデルマンシュに向かってアニエスは嘆く。…侯爵の一行はゾイレン城も訪ねたが，もう2人はフィアンセではなくただの友人の間柄だった。

　コルシカ遠征中のデルマンシュに宛てた7月11日の手紙で，彼女は結婚や出産や代官職といったハーグの情報の後，「友人」ベルガルド侯爵の最近のエピソードを紹介している。

　侯爵が食事の席でプロシャ王と同席したことがあったが，その席で最近のジュネーヴの騒乱が話題になった。王がジュネーヴの政体を「民主的」と言ったら，侯爵は造語力を発揮して「貴族・民主的」と言い換えた。自分はジュネーヴの近くに土地があり事情通だと得意げで，《だいたい王というのは人に逆らわれるのが嬉しいものだ》と後になってしたり顔で感想

を漏らしたというのである。

これに対してアニエスは，侯爵らしい判断ミスで軽薄な浅知恵だと，20才年上の元フィアンセに容赦せず手厳しかった。

注
(1) II, 70
(2) II, 71
(3) 4年前の《完璧に親密なトリオ》(I, 239) のアイデアについては，本書pp.44-45参照
(4) 本書p.160参照
(5) II, 23
(6) 本書pp.101-106参照
(7) II, 176（本書p.150参照）特にこの1768年9月から10月にかけて，アニエスとシャリエールは盛んに手紙のやり取りをしたようだが，残念ながらそれらはすべて紛失している。
(8) II, 82
(9) II, 562の注に引用
(10) II, 87（I, 125, 本書p.7参照）
(11) II, 531の注に引用

第4章　コルシカ戦争

1．コルシカをめぐって

　1768年３月11日の手紙でデルマンシュは，コルシカ遠征参加の決定をアニエスに告げる。軍人としての決意を表明するのである。

　　　最善を尽くします。それが私の義務ですから[1]。

駐屯地ブザンソンの生活に不満があるわけではない。スイスに帰って「自らの畑を耕す」より，1200人の部下を指揮してその境遇に配慮するのは《素晴らしい使命》[2]だと考えてきた。だが軍人のもっとも高貴な使命は戦場で戦うことである。部隊がブザンソンを発つ１週間前，その覚悟をこう語る。

　　　好きで選んだ仕事ですから，そのあらゆる可能性を喜んで受け入れます。隊長としてコルシカで戦う方が，将軍になってハーグの町中であくびをしているより良いと思います[3]。

冬にスイスに帰れなかったのでこの夏にはと思っていたが，それはあきらめざるを得ない。遺書を書き，私物を整理し，友人たちに別れを告げ，《精神は晴れやかに落ち着いて》[4]いる。誰が敵かもまだ知らされていない。ジェノヴァ軍，イギリス軍，コルシカ軍…だがこの兵士は意気軒高である。

> 行動を共にする人たちの役に立てるなら幸せです。野心に導かれていると思わないでください。出世したければ行くべきはヴェルサイユであってコルシカではありません。困難な目に会えば会うほど人は男になるのであり，私は男として死にたいのです[4]。

アニエスは戦争もそれを行なう軍人も素直には認められないが，彼の行動には一定の理解を示す。

> 事実それは残酷で破壊的なひどい仕事です。でも私が軍人で駐屯地ばかりにいたらいい加減うんざりして，ぜひ実戦に参加してみたくなるでしょう[5]。

コルシカに向かう前にデルマンシュはヴェルサイユに赴き，オランダからフランスに呼んでくれた当時の外相兼陸海相ショワズール公の謁見を賜っている。そして，ヴェルサイユ出発前夜にはアニエスに手紙を書き，その「共感」に感謝し，再度自分は「出世」には関心がないと言うのである。

*

《私が軍人だったら（Si j'étais un homme de guerre）》と自分を彼のような男に見立てた表現は示唆的である。1ヵ月後にもやや冗談めかしてではあるが，パオリが敵でなければ兵士として《従軍したい》[6]とアニエスは言う。デルマンシュの軍人としての「男らしさ」，代官職やブリュッセル駐在大使職を狙う弟の気概をたたえながら，独立心旺盛で知的なこの18世紀の女性は，それぞれ「自己実現」しつつあるまわりの男性たちに多少の羨望，ある種の焦りを感じていたのではないだろうか。

　いずれにせよ軍人デルマンシュがその本分をまっとうしてコルシカ遠征に参加するのに異論のあるはずがない。しかし同時に，コルシカとコルシ

カ人の利益は守りたい。というのも，これは親友ボズウェルに出版前の『コルシカ報告（An Account of Corsica）』を見せられコルシカ人の勇気と誇りに感激して，フランス語訳まで考えていた矢先だったのである。軍人としてのデルマンシュ個人への「共感」に矛盾せず，次のような意見を言う。

> でも暴君と対決して，高く評価している自らの自由を守るという人々に味方したいと思います。あなたの武運長久は切にお祈りしますが，パオリに加勢しておぞましいジェノヴァ軍と戦わないなら，そんなフランス軍に祈りをささげる訳にはいきません[7]。

実際には1760年代の後半，ジェノヴァがコルシカに持つ権益をフランスに譲渡，ルイ15世がコルシカ併合を宣言して派兵，パオリ一派始めコルシカ人がそれに抵抗，という経過をたどっていた。従ってこの1768年当時，フランス軍がパオリと共闘してジェノヴァ軍と戦うことはあり得ない。

だがボズウェルの著書に強く影響された彼女は，カルタゴもローマもフランスもピサもジェノヴァも征服できなかった誇り高いコルシカ人，そして同時代の指導者パオリに夢中になる。断固コルシカ独立支持だったのである。

> あなた方がローマ法王と戦うため派遣されていたら良かったのに！コルシカを荒らしまわることはできても，征服はできないでしょう[8]。

6月13日の手紙でこう断言するのである。そして戦地に赴く彼にコルシカ現代史を次のように解説する。

彼女によれば1729年，住民とのトラブルでジェノヴァの徴税吏が島を追われ，軍隊出動の騒ぎになった[9]。ジェノヴァは騒ぎを抑えられず神聖ロ

ーマ帝国（ドイツ）のカール6世の助けを求める。反乱側の指導者は，チェカルディとジアフェリであった。

　ドイツ軍のウィルテンベルク公によりいったんおさまったかに見えた反乱だが，1734年に再発する。指導者はジアフェリとイヤサント・パオリ（パスカル・パオリの父）であった。やがてサルディニア王の援助を得たリヴァローラ伯が，ジェノヴァからの独立を宣言する。1736年には，島民に支持された「山師」テオドールのコルシカ王即位騒ぎもあった。

　1738年3月［注：『ラルース辞典』によるとその前年11月］，島の独立を嫌ったフランスがボワスー伯指揮下の部隊を派遣する。その後継者マイユボワ侯が全島制圧に成功し，ジアフェリとパオリはナポリに逃亡した…

　アニエスの解説はここまでである。コルシカの「反乱」は，当初一連の小規模な「紛争」であった。特に島外出身者が多数派の豊かな沿岸部に対する，貧しい山岳民や民衆の蜂起の側面があった。それは有力者たちによって次第に組織化されたが，内部の個人的な対立が災いして統一的な運動にならなかった[9]。

　父親とともにナポリに逃亡したパスカル・パオリはナポリ王国陸軍少尉になっていたが，1755年の退役後帰島し，コルシカ国民軍司令官を名乗る。同じ年の『コルシカ憲法』は，今日でも，《コルシカ民族を近代的国民に変革した，コルシカ史上最大の意識的努力》[10]と評価されている。啓蒙思想のヨーロッパ全体がこの島の運命に関心を寄せる中，島出身のフランス軍軍人に依頼されたJ.-J.ルソーは，1765年，新たに『コルシカ憲法草案』を書いている[11]。

*

　1768年7月初め5日間の航海の後，デルマンシュの部隊はコルシカに上陸し，サン・フィオレンツォ（島の北部）から2キロの地に野営した。7月6日には目前の敵への憎悪をぶちまけている。

略奪と殺りくを事として銃を構え続け，そのなれの果てはウジ虫の餌食になるのが関の山なのに，その方が土地を耕したり産業を興したりするよりいいと思っている悪党たちの国，子から孫へと殺し合いを続け，良く耕した土地や勤勉によって栄える住民がいれば食い荒らそうと考え，良い服を着た者がいたら妬みから，殺してでもこれを奪って平然と着る悪党たちの国…(12)

この最後の《良い服を…》は，到着早々実際に起きた事件に基づいていた。ひとり野営地を離れた15才の兵士が死体で発見されたが，数日後その制服を着た現地の男が目撃されたのである。

コルシカの夫婦単位を超えた直系傍系の家族の強い結びつき，そこから生まれたヴァンデッタの風習，そうした中で維持されてきた大陸の人間の偏見は強かったと思われるが，この事件はコルシカ人が野蛮だというデルマンシュの確信を決定的なものにした。彼によれば，ここの男たちは怠け者で女が「馬車馬」のごとく働かされている…

ボズウェルはそんな国を英雄の国に仕立て上げ，アニエスはそんな内容の報告を翻訳しようというのである。この国は滅ぼした方が人類のためだが，極悪人たちは内部分裂しており，パスカル・パオリも全コルシカ人に支持されている訳ではないので，放っておいてもいずれ自滅するだろう…(13)

確かに彼女はボズウェルの『コルシカ報告』に感激して翻訳を提案したが，この頃までには断念していた。というのも加筆，訂正，省略を申し出たところ，ボズウェルは若い作家の矜持からか片言隻句の変更も拒んだのである。彼女が彼の2年越しの求婚を断ったという事情もそれに追い打ちをかけた。

同い年の礼儀正しいスコットランド人青年ボズウェルは，1766年1月，26ページにも及ぶ手紙を父親あてに書いて正式に求婚した。2年後の1768年初めには直接彼女に求愛の手紙を書く。これにアニエスは答える。

結婚の利点をずいぶん力説されていますが，同じ議論が独身の利点を強調するのにも使えると思います。私には夫の財産を当てにしなくても良いくらいの財産と，夫や家庭や「妻の地位」なしで済ませられる幸せな性格と，色々の精神的な「手だて」があります[14]。

（彼女の皮肉交じりの言い方によれば）《何事にもじっくり時間をかける》，この《冷静にして賢者たる友》[15]がその知性で彼女を魅了したのは間違いないが，2年がかりの求愛によっても，ベルガルド侯爵同様「魔法をかける」には至らなかったのである。

注

(1)　II, 79
(2)　II, 62　本書 p.173参照
(3)　II, 83
(4)　II, 84
(5)　II, 87
(6)　II, 97
(7)　II, 87
(8)　II, 92
(9)　いわゆる40年戦争の始まりである。J. ルヌッチ『コルシカ島』，白水社，〈文庫クセジュ〉，1999 (1982)，p.24以下参照。
(10)　P.Antonetti, "Histoire de la Corse", R. Raffont, 1973, p.357.
(11)　ルソーは国民に合わせて統治の形を決めるより，《統治にふさわしいよう国民を形成する》(J.-J.Rousseau, "Projet de constitution pour la Corse", in "Oeuvres complètes de J.-J.Rousseau", Paris, Gallimard<Pléiade>, 1964, t.3, p.901) べきだと考える。それには疲弊荒廃した島に希望をなくしたコルシカ人を，《山賊まがいに徘徊する》(Ibid., p.918) 生活から立ち直らせるために，彼らをまず土地に結び付ける立法措置が必要だとしている。だがそれを「誰が」「どのように」実行するのか…？　デルマンシュに言わせれば，これもやはり現実乖離した「文学者の幻想」ではないだろうか？
(12)　II, 94
(13)　「内部分裂」はジェノヴァによるコルシカ統治の一貫した政策だったと後述

のピュッタフォコ［本書 p.191参照］は主張し，ルソーもその意見を踏襲している。(Op. cit., p.903)
(14) II, 76　ボズウェルとアニエスの関係については　本書 pp.101-2参照
(15) II, 76

2．戦場からの報告

　コルシカに上陸してサン・フィオレンツォ野営地の劣悪な環境のもとで1ヵ月過ごした後，8月3日には彼は終了したばかりの最初の軍事作戦について，アニエスに生々しい報告をしている。

　前々日の8月1日，野営地を出てサンタ・マリア峡谷を進んだ部隊は，パオリのブラヴィ（義勇兵）の激しい抵抗を受ける。捕まった将校が絞首にされ，岩の上の負傷兵が拷問の後谷間に突き落とされても何もできない。銃弾の雨の中顔も上げられず，バスティア駐屯のマルブーフ部隊の応援をひたすら待つ。

　翌日未明には擲弾兵や猟歩兵や歩兵を率いて尾根伝いに進む。銃，水筒，弾薬を携行した隊は，銃撃を受けながらも「近道」をする。左右に展開する中，彼の隊は正面突破を敢行し，2時間の戦闘の後敵を制圧する。グランメゾンの本隊が谷間を進む一方，デルマンシュの隊は待ち伏せ攻撃に反撃を加えながら下山して戦場の背後に回り込む。この間戦死者36名，うち将校1名である。

　パトリモニオ平原に着き3つの村を武装解除する。彼の隊はカヴェリ城を包囲する。これはパオリの副官，バルバッジオ将軍の本陣と練兵場がある堅固な城である。降伏勧告に銃撃が答えてきて，鼓手が致命傷を負う。ひとまず退却しグランメゾンに報告すると，大砲2門を補強して元の配置につけという命令が下る。

　バルバッジオの300人の兵士の銃撃に大砲で応じると，たちまちバルバッジオは馬で逃げ兵士の半分も逃亡，30分後には白旗が上がる。

　　　私は城門に姿を見せました。中の連中は城門を閉ざしたまま，武器
　　　を差し出すから命の保証をしてほしいと言いました。私はそれを約
　　　束しました[1]。

城内に入ると，略奪を阻止しようと女たちが果敢に身を投げ出す。戦利品は多い。バルバッジオは銀の食器，家具調度，武器，食料，ワインなどを大量にたくわえていたのである。女たちの私物やベッドは没収しない。

　死人のふりをしてチャペルに横たわっていた大男を，デルマンシュは足をけって起こす。これが前日サンタ・マリアの谷で虐殺事件を起こした張本人，パオリ軍将校のアントニオ・デル・コルデットであった。100人余りの捕虜とともに地下牢に閉じ込める。

　さらに隊をバルバッジオの村に向かわせる途中で，バスティアの部隊の一部が合流する。コルシカ兵の反撃を撃退しながら掃討作戦を続ける。村に着くと狙撃の標的になるのを避けるため，捕まえた村人を盾にして進む。夜7時，バスティアのマルブーフ部隊の擲弾兵が到着する。パオリの愛人のカタリーナ・カヴェリが現われ，捕虜の中から老いた城主の夫カヴェリを連れ出し，バスティアに連れ去る。

　こうして《有益な》[1]一日が終わり，暑さと疲労に打ちひしがれて帰営したのである。今日8月3日現在，将軍たちは連絡を取り合い，情報の交換をしている…

*

　デルマンシュによればこれほど正しい戦争はない。敵は卑劣で容赦ない人殺し，泥棒で怠け者，傲慢で人を平気で裏切る連中である。

　　パオリは副官のバルバッジオ以上に腰抜けのようです。その演説や規則なるものはイタリア仕込みの大風呂敷であり，自由とか無私無欲とかの見せかけで野心を隠しています。あの男につく人間はどんな帝国の臣民より辛い奴隷状態にあります。女たちにも極めて辛い仕事をさせます。方形堡を掘らせ，食料弾薬を運ばせ，死体や負傷兵を切り刻ませるのです。武器については何も言いません。その弾

丸の殆どには被害を大きくしようと刻みが細工され，鎖で繋がれています[2]。

だからアニエスがボズウェルの翻訳などしなくて良かった，と彼は言う，というのも所詮それは甘い「文学者」風情のもので，厳しい現実に直面した「軍人」のものではないのだから。とかく「文学者」は政治や歴史を幻想と誇張で覆い隠し「真実」を見ようとしないものである。

　パオリの出発点は胡散臭くて不名誉なものであり，コルシカ人が「800年の間自由のために戦ってきた」というのも事実に反する。自分の報告はまとまっていないかもしれないが，少なくとも真実であることに間違いはないので，嘘ばかり書いているオランダの新聞にこれが載るようぜひ尽力願いたいと続け，8月3日の手紙をこう終える。

　　さよなら親愛なアニエス，あなたがプリンスたちと踊っている間，私は悪党どもと殺し合いをしています。それでも私たちはお互い気が合っていて愛し合っているのです[3]。

＊

　この手紙からちょうど1ヵ月後の9月3日，デルマンシュは彼女に戦況報告の追加分を送る。

　…カヴェリ城から逃げたバルバッジオは，その後手勢を率いてパトリモニオ平原の北にあるノンザ（コルシカ西海岸）に向かう。そこで軍勢の立て直しを図り，500の兵を集結させる。デルマンシュは600の兵とともにサン・フィオレンツォ野営地で待機していたが，8月23日夜，バルバッジオ軍がノンザ湾内の小型帆船に発砲したという知らせをきっかけにして出撃する。丘の上の敵陣地をいちはやく占拠し，厳しい白兵戦に耐えて敵包囲網を破り，オリネットからノンザに進撃する。

ノンザ制圧は住民に歓迎される。1ヵ月前からパオリ軍の略奪行為に苦しめられていたのである。バルバッジオはまたしても海沿いに逃げたが，200の兵を率いて追跡し，パトリモニオ平原の「出口」で遂に身柄を拘束する。捕まったこの男は《叔父（パオリ）にだまされた》と言う。

　　　あなたが私を捕まえる運命だった(4)。

2日後の1768年8月5日，コルシカをフランス領とするというルイ15世の勅令がサン・フィオレンツォ野営地にも伝えられた。
　デルマンシュが心底この併合を支持するのは，パスカル・パオリのもとでのコルシカが悲惨だからである。この男は外国に巨万の富を蓄えていて，戦いに敗れればリボルノ（イタリアのピサの外港）かロンドンに逃げ，コルシカ人の運命など知ったことではないであろう。この後1769年，1796年と彼は2度島を離れ，ヨーロッパの啓蒙思想界から英雄扱いされることになる。（1809年に亡命先のロンドンで死亡。）しかし，自由の美名のもとに実際の彼はひどい暴君だった，とデルマンシュは主張する。

　　　この男は自分の味方にならないすべての者に対して，財産を没収したり，吊るしたり，投獄したりしていますが，そんなご立派な紳士には我々は容赦ない戦いを挑むつもりです(5)。

彼が信用できない人間であることは，側近のピュッタフィコが裏切ったことからも明らかだという。この側近はパオリに戦利品などで金持ちにしてもらったのに，その行動を非難し，結局ショワズール公側に寝返ったのである。
　しかし，と彼は強調する，パオリ以上にボズウェルが情けない。デルマンシュはアニエスが感激したという『コルシカ報告』を読んであきれる。その献辞からしてイギリス紳士らしからぬファナテックで卑屈なお追従

に終始しているが、特にパオリをリュクルゴスに、コルテ（注：1758年以来パオリが定住し、全島支配の拠点にした山中の町）をアテネになぞらえるに至っては笑止千万の余り《気分が悪く》[5]なるほどだと彼は言う。

　歴史的事実の誤認、証拠なしの断定、赤面するような甘いエピソードなど枚挙にいとまがない。唯一引用されたパオリの手紙も要するに、「ジェノヴァ人が嫌い」だということと、自分は「暗殺されるのは嫌」だということを言っているにすぎない。偉大な人物の証拠など何もない。「いつも犬を連れている様子が古代の英雄を彷彿とさせる」に至ってはとんだお笑い草であり、ばかばかしくて話にならない。こんな鼻持ちならないニセの英雄伝説には吐き気がする…パオリもボズウェルもきびしく切り捨てるのである。

　　　　　　　　　　　　　　＊

デルマンシュの8月3日の手紙の中で戦況報告の部分を、アニエスは『ユトレヒト新聞 (Gazette d'Utrecht)』に手を加えた上で掲載した[6]。［オランダ語版はすでに『ハーグ新聞 (Gravenhaegse Courant)』に掲載済み］これについてJ. ヴェルクルイス教授（ブリュッセル自由大学）は、次のように評している。

> 『ユトレヒト新聞』を読んで一体誰が、主観を抑えたこの証人の手紙は事件の当事者で責任者の一人による、生々しい報告に由来すると考えるだろう？　不適切な箇所は巧みに削り、沈黙できない箇所はうまくまとめ、詳細な事実の最終的な意味合いを変えながら、ベル［注：彼女の一般的な愛称。「アニエス」はデルマンシュとの間でのみ使われた愛称だった[7]。］は、単なる再─記述（忠実な書き写し）を越えて新しい文章を創造したのであり、これには彼女だけが責任を負っているのである[8]。

彼女自身，自ら成し遂げた「仕事」を，デルマンシュの前で自負してみせる。

　　でもこの手紙があなたの書いたものであり，その要約が私の行なったものだというのは誰にも分かりません[9]。

彼の手紙の中の"私（Je）"が，アニエスの書いた新聞記事では，ある時は"我々（Nous）"に，ある時は"彼（Il）"や"コンスタン大佐"に変えられる。こういう文体上の工夫はいずれ彼女の作家活動に影響を与えることになるだろうが，とりあえずこの時点では，それは客観的に事実を伝えたい新聞寄稿者の意志を示しているだろう。"この次"は，手柄を立てた将校の名前がほしいという要望も同じ意識から出ていると思われる。
　戦場で血気にはやる軍人の言動は冷静なものではない。その点を考慮して彼女は言う。

　　出来るだけあなたの文章を残しました。でもパオリやコルシカ人について，余りに侮辱的な箇所は削らせて頂きました[9]。

あくまで主観を排した公正な記事にする，それが彼女の意図だったのである。
　それにしてもパオリと独立派コルシカ人への熱は，デルマンシュの報告でかなり醒めた。ボズウェル寄りの意見を修正せざるを得ないが，ただパオリについてはもう少し見守りたい，性急な判断は避けたいと慎重な「懐疑論者」のアニエスは言う。

　　あなたの手紙でボズウェルから遠く引き離されたように感じていますが，でもまだ抵抗しています。少なくともパオリについては，最後までその行動を見届けたいのです[10]。

ところで，と2人の意見の違いはひとまず棚上げにして彼個人に話を移す．銃弾が当たらなかったのは良かったが，野営地の不健康な土地柄が心配である．ひと時も早くコルシカを離れてほしい．軍人が戦争に行くのは止められないが，のどかな駐屯地の「単調さ」にも幸せを感じてほしい，とあくまで平和主義者のアニエスは訴える．もちろん今回の戦功が認められ「旅団長」に昇進でもすれば申し分ない．

ただ，この戦争の大義についてはどうしても懐疑的にならざるをえない．

> この戦争は余り愉快ではありません．その最大の勝利にしたところでせいぜい，山の上にいたり森に潜んでいたりする野蛮人の兵隊を次々に殲滅するくらいですから[11]．

それでも戦場における彼の働きの価値が下がる訳ではない．

> もう一度あなたを愛し，あなたに感心し，あなたの成功と名誉を尊重していると言わせてください．[…] そしてあなたの報告のために私を選んで頂いたことは，言いようのないくらい自尊心を満足させ，友情を強めました[11]．

1ヵ月前受け取った戦況報告が『ユトレヒト新聞』に載ったと彼に知らせたのは9月7日だった．この時点で9月3日付の報告はまだ受け取っていなかった．オランダ—コルシカ間の文通は，オランダ—北フランス間の文通の様には行かなかったのである．

9月10日には彼は，1ヵ月も便りがないとボヤキながら，3度目の短い戦況報告をしている．

…フランス軍はバスティア方面に進攻する．ショーランとマルブーフの部隊が山岳地帯を制し，徐々に島の中央部に進出する．グランメゾンの部隊は3列縦隊で進む．コルシカ兵は必死に陣地を守ろうとし，双方に多数

の死傷者がでる。グランメゾンの部隊の中で，デルマンシュは特に擲弾兵と猟歩兵を指揮する。

　死守を叫ぶパオリだったが，15分で退却する。その実兄クレマンはある修道院に陣地を築き2000の兵で防戦していたが，やはり退却する。その際「フランス人の勇敢さを認める」と言い残したという。陣地の破壊命令を受けていたモレル某は，武器をそのまま差し出す。

　パオリを助けると思われたイギリス軍は最後まで姿を見せない。パオリはルイ15世の勅令を無視して，降伏しようとする者を投獄したり殺害したりしている。またフランス軍の損害についてウソの情報を流す。まことにこれは下賤な召使風情の輩，意気地がないくせに野心一杯の男である。偉大な人物の特徴などカケラもない…厳しい戦いが続いているが，しかるべき数の部隊で攻勢に出れば，あと2週間で全島制圧が可能である…

注

(1)　II, 104
(2)　II, 105-6
(3)　II, 106
(4)　II, 108
(5)　Ibid.
(6)　X, 47-50
(7)　本書 p.8参照
(8)　X, 48
(9)　II, 109
(10)　II, 110
(11)　Ibid.

3．コルシカ戦争の総括

　1768年9月9日，プロシャのフリードリッヒ大王の弟君アンリ公が，ゾイレン城を訪れた。昼食の後アニエスは公を自分の部屋に招く。本の山を見渡した後，机の上のデルマンシュの手紙の束に公の目が止まる。アニエスは，それがコルシカの戦場からの報告だと説明した後，それに基づき自分が書いた新聞記事を読ませる。カヴェリ城の女たちの勇敢さがひとしきり話題になる[1]。そしてパオリについて，このコルシカ軍総司令官は何も特別な存在ではなく，他の人間同様《良い所もあれば悪い所もある》[2]普通の人間だとアンリ公が言えば，彼女も，パオリが「偉大な人物」「聡明で寛大な立法者」だと言ったり，コルシカ人がこの上なく「勇敢」だと言ったりするのは『コルシカ報告』の著者ボズウェルの勝手な《思い込み》[2]かもしれないと応じる。

　　　2人は良識ある人間として話し合いました。とても和やかな雰囲気でした[3]。

　アンリ公は《あまり上背がなく美男子でなく魅力的でもない》が，《エスプリ豊かな文人で，話し方が穏やかで礼儀正しくて愛想が良い》[4]。
　2週間後アンリ公はハーグでパーティーを開くが，そこにアニエスは母親とともに招かれる。公が彼女に近づき親しく声をかけた時，同席したご婦人連がどんなに《驚いた》[4]か見ものだったという。その翌日の観劇に際しては，フランス大使と同じボックス席を用意してもらう。この時また2人でコルシカの話をする。パオリが解放者―救世主でなく暴君だと思われて仕方のない面を持つのは遺憾だが，やはりその評価は修正せざるをえないとアニエスが言うと，アンリ公はデルマンシュの戦場報告に触れ，それ自体は素晴らしいが，パオリとコルシカ人への侮蔑的表現は，ボズウェ

ルによる手放しの賛辞同様容認出来ないと応じる。
これには同意するしかなかった，と彼女はデルマンシュに報告する。
　彼女の不満は，デルマンシュがひたすら自説にこだわり続ける点にある。ところが，

> われらの親愛なるプルタルコスはそうではありません。その判断は公平で，褒めたりけなしたりしても，それに対する反論をいつも用意しています。その反論が単なる憶測や怪しげな言い伝えによるものでも，いちいち検討し議論し評価します。そのため我々は彼が書いたものを楽しくかつ安心して読めるのです(5)。

以前から彼女はデルマンシュの一本調子なフランス「絶対」主義に異論がなかった訳ではなく，特にそこに端を発するオランダへの偏見に心中穏やかでなかった。それでも，

> あなたがオランダとオランダの住民を軽蔑し，フランスとフランス人をほめそやすのに目をつぶってきました。でも今回は口がきけなくなりでもしない限り，黙ってはいられません(6)。

コルシカにおけるフランス軍の行状，そしてそれより何よりその出兵そのものをやり玉にあげるのである。

> いくら住民が悪い人間たちだからといっても，私なら頼まれもしないのにわざわざ出かけて行って火をつけたり焼き殺したりしないでしょう(7)。

　たしかに，デルマンシュが行き過ぎた「パオリ―英雄」熱をさましたのは適切だったと言わねばならない。だがボズウェルの著書から引用し，《ジ

ェノヴァの将軍が私(=パオリ)に刺客を向けようとしていることが発覚した》という手紙の一節を，パオリの怯懦の証拠にするのは余りに性急だし，彼の「逃亡」は言われているような「卑劣さ」の現われというより，むしろ不利な戦況を察して山中に潜み持久戦に持ち込むという「賢明な戦術」ではないだろうか。とりわけ，コルシカの人々が自分の撤退後も「法」に従うよう影響力を行使するのは高潔な行ないではないだろうか。

> あわてずゆっくり理解に努め，節度を持してご判断ください[7]。

アンリ公を自らの陣営の証人に立て，デルマンシュの「不公平」を際立たせ，アニエスは疑問を呈する。

> コルシカの人々がフランスに帰属したら幸せになれるのでしょうか…その通りだとおっしゃいますが，正直良く分かりません。いくら良くてもフランスの風土や気質を押しつけることはできません。更にはっきりさせたいのですが，フランスに帰属した後コルシカ人はどう扱われるのでしょうか。ツールーズの判事[8]のような判事や，血も涙もない強欲な地方総督に苦しめられないでしょうか。貧しい土地の収益を金融家の妻の贅沢が丸のみにしてしまわないでしょうか[9]。

その上，「フランス」と一口に言っても一様ではない。

> フランス全土でヴィレ=コトレのような演劇が行なわれている訳ではなく[10]，パリ郊外のしゃれた別邸におけるような洗練された食事が出ている訳ではありません。地方は貧しく呻き苦しんでいるのです[11]。

第 4 章　コルシカ戦争　199

アニエスの「反植民地主義」は明らかであろう。

> フランス国王のコルシカに対する権利は，強者の権利にすぎないと思います。スペインのアメリカ大陸に対する権利が，狡猾なる者の権利だったように。そしてモラルの面では，ショブラン氏がコルシカを文明化しても，ドン・ペドロがモンテスマを改宗させたのと同じで感謝されないでしょう[12]。

*

　1768年10月初め，こうしてアニエスは18才年上のデルマンシュに対して論陣を張り，フランスが始めたコルシカ戦争を厳しく総括した。自分の議論は大筋で正しく《道理をわきまえ》[13]ている，仇敵にせよコルシカ人を《ならず者》[13]呼ばわりするのは公正でないと再度主張するのである。

　戦場における彼の働きには目を見張るものがあるが，しかし悪天候や食糧不足の過酷な条件のもとで，なぜ外国人の彼がこういう戦争に加担しなければならないのか。戦争の大義に疑問がある以上に，その健康状態が心配になり，戦闘休止時の過ごし方を訊ねることになるのである。手紙のやりとりも少ない中，2ヵ月前書かれた手紙に《つまらない言葉や場違いな指摘》[13]をぶつけるといった有様である。できるだけ早くたくさん返事を書いてほしい…

　貴重な話相手だった弟たちがゾイレン城からいなくなった今，アニエスはひとり「飾り結び」や「編みひも」をこしらえたり，モンテーニュやプルタルコスを読んだり，父親と庭園の美化の相談をしたりして過ごしている。デルマンシュと最後に会ってからもう4年目の冬になる。

> あなたの勇気や名誉や功績を愛して，心からキスを送ります[14]。

10月5日の手紙は勇猛果敢な兵士の彼を称えてこう結ばれていた。そして10月末には，

> いまわしいコルシカから一日も早く帰ってきてください。偉大な王にとってこんな勝利が何だというのでしょう。どうしても哀れなコルシカ人を屈服させ滅ぼしたいなら，それは他の部隊にお願いすることにして，あなたはお役御免となりませんか(15)。

この手紙と入れ違いの11月4日付の手紙で彼は，ツーロン経由でパリに帰還すると告げる一方，1ヵ月前の彼女の厳しい指摘に対し釈明を試みていた。

> 幾つかの表現がお耳を傷つけたなら，それを書いたのが一兵士だということをご配慮ください。この野蛮な国ではその暮らしぶりからしてチクショウ，コノヤロウと言った表現は大目に見られるべきで，いちいちケチをつける筋のものではありません(16)。

彼が取り上げるのはあくまで表現の問題，アンリ公やアニエスが作る「文明社会」の礼節のコードに照らして浮かび上がる問題であって，戦争自体，戦争の大義といった問題はその視野にないのである。同じ手紙ではまた，10月17日付の手紙（紛失）で伝えたボルゴでのフランス軍敗戦は兵力不足がその原因だったこと(17)，新聞には間違いの記事が多く，真実はたとえば9月16日にオレッタで2千のコルシカ軍に攻撃されたが，翌日には4百の兵でオルメッタまで押し返したことである。更にベルガルド侯爵の従弟が戦死したので，侯爵と結婚していたら彼女も喪に服していたことにも触れている。

　現在は紛失してしまって読むことが出来ない10月17日の戦況報告だが，アニエスはそれを絶賛している。父親や弟たちも争って読んだらしい。

第4章　コルシカ戦争　201

　　以前には大きな罪とされた人［デルマンシュ］からの手紙を，私は
　　今や勝ち誇って皆に見せびらかしています[18]。

とりわけ戦場の鮮烈な描写がアニエスの想像力をいたく刺激した。

　　暗い夜，激しい雨，強い風，駆け出すロバ，泥にはまった大砲が，
　　私を濡らし，震えさせ，へとへとにし，泥まみれにしました。ズシ
　　リと重くのしかかる毛布を肩に感じました[18]。

　船員1名を犠牲にし10日もかかった航海の後，デルマンシュは無事帰還
した。イエール（ツーロン近郊）に上陸してからは，《オレンジやスミレ
やバラを眺め，ノミやシラミやサソリに邪魔されずにぐっすり眠り，キャ
ベツやカブやバターが食べられる》[19]夢のような日々である。ツーロンで
《おいしい空気を吸い，大いに食べて飲んで眠る》[19]生活を謳歌している。
解放感に浸り高揚した気分のデルマンシュは，アニエスにも田舎暮らしで
水浴したり散歩したりするより，町のパーティーに出かけておいしい食事
や華やかな社交を楽しんだらどうかと助言する。
　軍人デルマンシュとしては苦労も多かったが，今度の戦争で一度も厭戦
気分に陥ったりしなかったという。

　　私にはこの（軍人という）仕事が向いていると思います[19]。

もちろん（フォントノワの戦いから）23年経っても哀れな傷病兵は見るに
忍びず，今も苦手ではあるが…好天に恵まれたツーロンを離れ都にのぼっ
て「宮廷人」をまた務めるのは余り気が進まないが，自分の苦労に報いる
論功行賞があると思えばそれも良しとしたい，何より身なりを整え小説を
読み観劇を楽しむ…つまりパリ＝文明の申し子としての自分を取り戻す，
そしてそこにチュイル一族のアニエスやアトローヌ夫人が姿を表わしたら

申し分ない，などと夢想する。18世紀人の予定調和的な楽天主義が，終戦を期に一気にあふれ出たかのようである。

当然ながら彼女はデルマンシュのコルシカ出発を喜び，健康に気をつけ，特に食べ過ぎないようにと助言している。

> ストイックなレコレ派修道士みたいにお暮らしください。それでもすぐふとった参事会員(シャノワンヌ)みたいになるでしょうが[20]。

1768年11月末，彼の身の上については，「静かな波」、「みるみる回復する」健康，「数々の名誉」や褒賞など輝く未来の明るいイメージしか，彼女の頭には浮かばないのである。

注
(1) 本書 p.189参照
(2) ボズウェル著『コルシカ報告』を，彼女はその出版前にすでに読んでいた。
(3) II, 113
(4) II, 114
(5) II, 115-6　プルタルコスは古代ギリシャの哲学者。特にその『対比列伝』は，歴史上の実例で倫理を説く名著として18世紀のヨーロッパで広く読まれていた。彼女の愛読書でもあった。
(6) II, 116
(7) Ibid.
(8) ヴォルテールの介入で一躍有名になったプロテスタント迫害の冤罪事件，いわゆる「カラース事件」(1762-5) における，ツールーズの無能な判事たちを指す。
(9) II, 116
(10) パリの北にあるこのオルレアン公の居城は，華やかな社交の場としてデルマンシュが2年前絶賛していた。(本書 p.143参照)
(11) II, 117
(12) Ibid.　なお Montezema II (1479-1520) のもとのアズテカ帝国に関与したのは Hernan Cortes (1485-1547)。「ドン・ペドロ」というのはインカ帝国

に関与した Francisco Pizarro（1475‒1541）と混同したものと思われる。
- (13) II, 118
- (14) II, 119
- (15) II, 125
- (16) II, 126
- (17) A.M. Graziani, "Pascal Paoli", Tallandier, 2002, pp.237‒9 参照。11月末にも再度彼は，拡大した戦線の維持は困難だったと指摘している。
- (18) II, 132
- (19) II, 133
- (20) II, 135　レコレ（Récollet）は，フランシスコ会最原始会則派。厳格で質素な生活で知られた。

4．喪の冬

　10月28日アニエスは，自分の戦争の総括が厳しすぎて感情を害したかもしれないと気遣い，もっと手紙がほしいとか早く無事に帰ってきてほしいとか訴えたが，その同じ手紙で初めて母親の種痘の話に触れる。種痘の準備に取りかかったが，まだ人には言っていない，それが実施されたらこの冬はユトレヒト市内でなくゾイレンで過ごすだろう，イギリス人の医師と協議中だが危険はないと思う…

　11月22日には母親が２度目の種痘を終えたと報告する。予定通りこの冬はゾイレンで過ごすことになった。田舎に蟄居する者には，《葉の落ちた木々しか見えず，梢を渡る風の音しか聞こえない。》[1]スターンの『感傷旅行』をむさぼるように読んでいる。しかし，気は晴れない。それでも，

> あなたが千倍も辛い思いをしている時に，こんなわが身を嘆くのは恥ずかしい限りです。でもあなたは数々の名誉を得られますが，私には何も手に入りません。良かれと思ってしたことが父や母に喜ばれるどころか，うるさがられたり迷惑がられたりするのが関の山です。でも隠棲生活のこの私の心に，家族への愛以外のどんな愛の入り込む余地があるでしょう。他に何もないのです。期待が裏切られたら，心はこの荒涼とした田園風景と同じくすさんでいくばかりです[1]。

　5日後の11月27日の手紙では，母親に天然痘特有の発疹が見られたが健康状態は良好で，両腕の痛む傷も回復しつつあり心配していないと報告する。シャトレール夫人[2]も種痘を受けたらしいが，シャトレール夫人といえばその夫が爵位を受けるらしい。

愚かな人間と暮らす不愉快さが爵位で慰められるなら，親友のためには喜ばしいと思います[3]。

　こんな軽口が叩けるくらい，母親については事態の深刻さの影もなかった。しかし不幸は思いがけずやってきた。45才の誕生日を1ヵ月後に控えた12月4日，母親が急死したのである。
急死してから11日後の手紙でアニエスは訴える。

　　　今どうしているかとお尋ねですが，ああ，ただ母の死を嘆くのみです。深い悲しみに包まれながら家の中のあれこれを指図し，父の過酷な運命を出来るだけ和らげるよう努めています[3]。

母親の種痘による症状は，発症してから順調に回復していた。ただ熱はないものの喉の痛みを訴えていた。そして12月3日夜半，容体が急変する。突然激しい発熱に襲われ，刺絡や発泡薬投与も効果がない。

　　　母は力尽き，苦痛も和らぎました。次の日の正午，穏やかな眠りから静かな死に赴きました[4]。

その後の家の中の様子を彼女は次のように言う。

　　　私たちが落ち込んだひどい状態は描けそうにありません。事情の一つ一つが短刀のように胸に刺さってきました。父はその喜びのすべて，かけがえのない友にして伴侶，慰めとなる人を失いました。父だけでなく私たちもそのような存在を失って，朝から晩までずっと母を思い続けているのです[4]。

その上予想されたことではあるが，世間は無責任に口さがない。

> 私たちは同情されていますが，同時に私たちを非難する声もあるようです。幸い細かいところまでは私の耳に届きません。私は我とわが身を守っています[4]。

もちろんこの突然の死は悼まれていた。

> ドゥ・ゾイレン氏とそのご家族にとって，夫人の逝去は大きな痛手でした。特にドゥ・ゾイレン嬢にとってとても大きかったと思います。母上と考え方がいつも同じではなかったでしょうが，強い愛情と信頼を寄せておられましたから[5]。

しかし，1日泣き暮らしていなくても，朝から晩まで《心が余りに暗く，精神に異常をきたしたかのような》[6]人間に，世間は非情な追い打ちをかける。突然すぎる死の責任が誰にあったかという議論がなされたらしいのである。

イギリスで17世紀末すでに行なわれていた種痘が大陸に入ってくるのには，かなりの時間を要した。フランスでは著名な医師ボルドゥーやヴォルテールの推奨にも拘わらず，その実施が認可されたのはやっと1764年になってからであった。事情はオランダも似ていた。1768年当時はチュイル家のように進取の気性に富む階層の人々がこれを採用し始めたばかりであった。保守的な世間一般が偏見を持ち，警戒心を捨てていなくても不思議ではなかったであろう。

そうした中でデルマンシュはアニエスを擁護する。

> でもあなたはどんな非難の言葉を自分に向けるべきだというのでしょう？ 母上が自ら望まれたことではなかったのですか？ 接種は問題なく順調に行なわれたのではないのですか？ ただ母上の寿命が尽きてしまったというべきです[7]。

1768年のクリスマスにパリで訃報に接した彼は，丁寧なお悔みの手紙を書いて弔意を表し，残された者，特にアニエスの身を案じる。

　　　喪に服してください。でも絶望はしないでください[8]。

苦しみを癒すのは「時の流れ」だけであろう。母親を亡くすほど辛いことはない。《母上は最良の友であり，進むべき道を示す心の広い方でしたから》[8] しかしアニエス以上に彼女の父親にとって，つまりある年令を越えた男性にとって最愛の人を亡くすほどの不幸はない。
　女性の場合は少し違う，と彼は指摘する．最愛の人を亡くしても女性には《多くの些細な事柄が埋め合わせになるし，第一ある年令を越えた女性は，まず自分自身しか愛していない》[8] のである。ただそれも，

　　　自然な好ましい本能と言うべきでしょう。女性は人を引き付ける方
　　　策を無くすにつれ，自分の中に閉じこもって自分自身をその偶像に
　　　するのです[8]。

たとえば彼が愛していた母親だが，彼女は年をとるにつれて子供たちから離れ，やがて子供たちに関心を示さなくなり，自分のことだけが後生大事な関心事になった。
　しかし男性の場合はそうはいかない。アニエスの父親には大いに同情する。今は服喪の気遣いや人への気配りで気が紛れているかもしれないが，いずれ，

　　　一人に戻った時あきらめようとしても，達観出来ていなければその
　　　境遇は悲しい[8]。

そこで楽天主義者デルマンシュは提案する。最愛の人を亡くしたのは確か

に悲しいことではあるが，ただ見方を変えればそれは，今まで伴侶のために我慢してきたことを解禁する良い機会だというのである。

　　　父上が新しい形の生活を始められるよう，うまく仕向けてあげなさい[8]。

ただ自分の気持ちにそぐわない無理はすべきではないが…
　こうした助言はもちろん彼女の父親のためだが，同時に1週間前から新しいパリの生活を始めた彼自身の心境も映しているように思われる。彼は今《幸せでなく報われてもいない。》[8]世間のコルシカ戦争の評価が微妙に変化し始めている中で，彼個人としては自分の戦歴が少しでも称賛されるならそれでよしとすべきだと考える。何とも苦い結論だが，

　　　軍人としての経歴は平凡なものにならざるを得ないと覚悟し始めています[9]。

　ある年令に達した人間が過去を振り返り，特にその職業上の達成について若い人間の前で総括して見せる，そこには否応なく失意や妥協やあきらめや達観が紛れ込むであろう…
　アニエスの方は1768年の年末にこの手紙を受け取ったが《百度も返事を書こうとして》[9]それが果たせない。書こうとするたびに気持が萎えしぼんだのである。

　　　まったくやる気が起きず，打ちひしがれ気落ちしたまま何一つ手につかない有様です。この家もこの部屋もこのたくさんの本も気に入りません[9]。

　いわば深刻な鬱状態の中で，やっとこの手紙が書けたのだが，その時に

は母の死後すでに1ヶ月半が過ぎていた。出産後ゾイレンに同居中の従妹アンヌベーチェやその子供たちとの付き合いが唯一の楽しみだと言った後，彼の助言に感謝している。さてその彼の助言に従って父親に何を始めさせるべきだろうか。その質実剛健ぶりは変えようがなく，暖房を控え，肘掛椅子より固い椅子を好み，馬車より徒歩で行く人である。義務と秩序を第一にする姿勢も変わらない。ただ古いゾイレン城の改装に関心を示しつつあるが…

1768年末から69年初めにかけ，こうしてアニエスは，毎日冷水浴をしたり散歩したりして神経をやわらげ，無気力状態から抜け出ようと努めながら生きながらえている。

しかし喪の冬は暗く長かったのである。

注
(1) II, 133　一番親しかった弟ディティーへの手紙（1768年11月7日付）でも，母親や妹との仲が今一つで，《生まれつきの強い調子で話して，嫌われたり腹を立てられたりしている》(II, 127)，と嘆いている。
(2) かつて"未亡人"と呼ばれたヘールヴィンク夫人（本書 p.13, p.111参照）の再婚後の名前。しばらく疎遠になっていたと思われる。
(3) II, 135
(4) II, 136
(5) II, 542　1769年1月4日付，クロード・ド・サルガから弟ディティーの友人ウィレム・ボレール宛ての手紙。
(6) II, 136
(7) II, 138
(8) II, 137
(9) II, 138

5．コルシカ戦争のその後

　1768年12月の母親の急死に続く喪の冬は長かったが，デルマンシュの弔意の手紙に何とか返事を書き，鬱状態からの脱出も試みる。しかし不安と憂鬱の中，またしても長い沈黙に沈むのである。それでも1769年3月初めには，彼の3度目の遠征を知って手紙を書く。

　　コルシカにお戻りですか？　あまり名誉にならず正しいとも言えない戦争の過酷な舞台にお戻りですか？　とても残念です。そんなことはない，残念ではないとおっしゃってもダメです。私はずっと同じことを言い続けるでしょう。
　　フランスの宰相[1]は立派な方だと言われていますが，そんな方のためにもなすべきこと，改めるべきことがたくさんあると思います。優れた精神と偉大な才能を見せるべきです。かわいそうなコルシカ人はそっとしておき，健気で哀れなフランス人の血やお金も無駄にしないでほしいのです。この意見に同意されなくても仕方ありません。大事なのは私の目から，私の視点から物事を見て判断することです[2]。

　アニエスのコルシカ擁護の立場，啓蒙思想的な人権擁護の立場，政治的な（現代的に言って）反帝国主義，反戦平和の立場は変わらない。しかしここでもう一つ注目したいのは，デルマンシュを始め他からの支配，援助，影響を脱して自ら考え行動しようという，18世紀の知的な若い女性の精神的自立，独り立ちの意志の存在であろう。（これは母親の死の衝撃から何とか立ち直りたいという気持ともおそらく無縁ではあるまい。）
　その一方，戦場の活躍に見合った正当な報いが得られていないという彼の不満も十分理解し，1ヵ月後の手紙でこう言う。

報われるにふさわしい言動をお続けください。それは心がけ次第で何とでもなります。それ以外は他の人や運命の手中にあります。賢明で偉大な人は雑念に心乱されません[3]。

　以前彼女が引用したプルタルコスを連想させる考え方である。すでに得たものより更に高い水準のものを目指すが目的を果たさず，凡人の様に苦しみ従容として死にいたる偉人の教訓に学び，わが身の慰めにしようというのである。
　戦う戦士は変わらない。フランス軍がパオリの拠点コルテを遂に陥落した翌日の1769年5月22日，現地からデルマンシュは次のように報告する。

コルシカは私の考えていた通りになりました。もうパオリには一人も友人がいません。自分の国ですっかり信用をなくしたのです。［…］コルテの監獄を見ればパオリがいかにおぞましかったか分かります。5年から10年の刑を受けた囚人たちが証拠です。暴君パオリは，些細な疑いや憶測だけで投獄し，時には死に至らしめたのです[4]。

　この2週間前，総司令官ドゥ・ヴォー伯指揮下のフランス軍は，パオリ軍に完勝している。デルマンシュは戦いにずっと参加し，ムラト，ロスティノを経てコルテ占領に居合わせる。彼に言わせれば，パオリは人心掌握など程遠いペテン師にして悪しきマキアヴェリストであり，監獄を見ても明らかなようにコルシカ人抑圧と人権無視の張本人である。
　この《盗賊や山賊の輩》[5]どもは6月13日，ポルト・ヴェッキオ（コルシカ南部の港町）から島を出た。

我々の任務は終わりました。13日の朝にパオリは130人の男や女と船に乗りました。［…］終わりも始まりと同じです。空威張りやウ

ソや哀願で固めて，英雄どころか男らしい所さえありません⁽⁶⁾。

　1769年6月22日ほぼ全島が制圧され，フランスによるコルシカ併合が決定的になる。しかし，パオリの人権無視という証言にアニエスはすぐ反応する。

> パオリ自身については何も申しません。彼は不運だった，コルシカは敗れた，それだけは明らかです。［…］囚人たちの身の上について心が締め付けられ，髪の毛が逆立ちました。でもその後私たちは良く考えてみたのですが，オランダとスイスとイギリス以外のヨーロッパの国ではどこでも，監獄に入れられて怒っている人々，犯したとされる罪に覚えがない人々，そこに入れた者を罵倒する人々で一杯です。ブルターニュで書かれたものを読んでみてください。国王はとても善良な方，ショワズール公は人間味あふれる方だと皆が言っているのですが…コルシカは混乱の中でしたし，ジェノヴァ支持者も紛れ込んでいました。そうした中で不法な行為が認められたり大目に見られたりしたのです⁽⁷⁾。［傍点玉井］

当時「ブルターニュで書かれたもの」が告発したらしい人権抑圧の内容は不明だが，少なくともアンシャン・レジームのフランスが，「封印状」一つあれば裁判抜きの投獄を認めていた，近代法整備の遅れた国であった事実はある。そうした国から来てコルシカの監獄の状況を批判し，解放軍のごとくふるまう資格があるだろうか。その上非常事態の戦時下では，コルシカに限らずどこにおいても，不正不法な行為が行なわれてきた（歴史的）事実を認めざるを得ないだろう。

　ここでもう一つ指摘しておきたいのは，「私たちは良く考え…」のくだりである。2人の関係からして「修辞的謙遜」など考えにくい以上，この「私たち」は現実にアニエスを囲む親しい人々，アンヌベーチェや弟たち

や父親，更にはオランダの人々を指すと見るのが自然であろう。つまりこの戦争を機に2人の文通は，私的で「危険な」性格をいっそう弱めて，皆に知られ，周囲を巻きこむ面をはっきり持ち始めたのではないだろうか(8)。

　デルマンシュの方も黙ってはいない。8月末，コルテ近くの駐屯地からの手紙で，ジェネール連隊の旅団長(9)に昇進したという知らせとともに，コルシカ軍がいかに極悪非道だったかの証拠として，敵の哀れな一兵士の証言を次のように伝えるのである。

　　《閣下，私はついていない人間です。誰にも銃を向けたりしたことはなかったし，武器を持ったことさえありませんでした。ずっとパオリの軍に服従するのを拒んできたのに，ついてなくて今頃悪党どもに武器を持たされたのです。天もご照覧あれ，殺したくて相手の兵隊を殺したのではありません。相手に銃を渡したかったくらいです。でもつきがなくて銃が勝手に撃ったのです。私がこの人生で重ねてきた罪の数々を神様が罰されるのはよく分かります。でもこの件で罰を受けるほどのことはしていないと思います。［原文イタリア語］》(10)

　9月18日の手紙でアニエスは旅団長昇進を祝う。昇給や名誉やまわりの評価，すべてめでたいが，この「哲学者にして戦士」の功績は元々かく報われるべきだった，その戦況報告の高い評価は別にしても。ただし戦争自体の評価はやはり別である。

　　お願いですからならず者や人殺しの話はもう止めてください。パオリを笑い物にするのも止めてください。そういうのは良い趣味と言えません。あなたの人殺しの話を通して，ただ一つの明らかな事実しか見えてきません。戦争においては敵同士がお互いに相手を出来るだけ多く殺そうとするという事実です。フランス人は出来るだけ

多くのコルシカ人を，コルシカ人は出来るだけ多くのフランス人を，という訳です。物事は相手があってのことです。私の怒りがおさまらないのはコルシカ人に対してではありません。［…］あなた方はコルシカを奪い取るよう命じられて，そうしました。大変結構なことです。あなたによればボズウェルはパオリやコルシカ人の価値を過大評価しました。そう信じます。それでご満足でしょうか？[11]

　デルマンシュは1769年10月５日，コルシカから帰還する途中のツーロンから手紙を書いて正式な旅団長昇進を伝え，これはドゥ・ヴォー伯の推挙もあったが，特に自分の勇気のたまものだと誇らしげである。ニースに上陸してから前回と同様にノミやシラミから解放され文明的な生活を享受している。彼の連隊はこれからユナング[12]に向かうと言う。ただ戦争の評価にはもういっさい触れない。コルシカ戦争をめぐる２人の論争は，この時点で結局主張が平行線のまま終わるのである。

注

(1) ショワズール公（1719-85）。フランスの外務，戦争，海軍の大臣を兼務。その国際政治戦略からすれば，コルシカ戦争は，地中海覇権争いにおいてフランスの足場を築く重要な戦争と位置付けられ，パオリの背後にイギリスの影を見ていたと思われる。事実パオリ一行の亡命先はイギリスであり，ロンドンで熱狂的な歓迎を受けることになるのである。
(2) II, 140
(3) II, 141
(4) II, 145
(5) II, 146
(6) II, 145
(7) II, 147
(8) 本書 p.201参照
(9) 連隊は持てないが連隊を指揮できる地位。彼の場合2000フランの昇給があったという。
(10) II, 148

(11) II, 150
(12) スイスのバーゼルに近いフランスのアルザス地方の町。

6．それぞれの生活，それぞれの問題

　1769年3月31日，アニエスは滞在先のハーグからデルマンシュの18才の息子の近況を伝える。彼は心も体もいい成長の仕方をしていて，《控えめでとげのない自然な調子で，正しく鋭くしかも礼儀正しく話をする。》[1]皆に愛されていて《称賛の言葉しか聞かれない。》[2]しかしアニエスは，自分がその父親の女友達だという立場を考え余り会おうとしなかったし，彼の方も遠慮したようである。

　ハーグで一番会ったのは従妹のアンヌベーチェだったが，今は《わびしいユトレヒトに一人でわびしく帰る》[1]なければならない。

　　　暗い想像で頭がおかしくなる時がありますが，それが人を面白がらせます。私がいなくなるのを皆残念がっています。面白がってもらえる精神だけ喜んで残していくでしょうに，辛くて滑稽な幻影の中に沈まない想像力と，晴れやかな気持が得られるなら[1]。

　母親の死後悪化した鬱状態の彼女をデルマンシュは4月17日，天候不良でコルシカに渡れず足止めされたイエール（ツーロンの近く）から手紙を書いて励ます。

　　　知性と自由と健康があれば，他の何がなくても人間は不幸になりません。私を破滅させたい悪賢い奴や妬み深い者やおぞましい輩に取り囲まれた私ですが，体調さえ良ければ悲しくさえありません[2]。

自分は《徒刑囚の生活》[3]でも，《よく笑いよく眠りよく食べ，喜んで話をし》[3]ている。そういう状態に近づけるようアニエスには湯治に出かけて生活の場を変えることを勧める。しかし，決定的な療法は他にあるという。

私たちは共に人生を終えるのではないかとつい考えてしまいます。スイスでお目にかかりたいですし，あなたにふさわしい身内や友人がほしいのです。あなたくらいの財産があれば，我がスイスはその生き方や考え方が一番楽に実現できる国だと思います[3]。

アニエスに《ふさわしい一人の身内の人間，一人の友人》をスイスで探すというのだから，これを文字どおりに取れば誰かスイス在住の（あるいはそれが可能の）人間，たとえば彼女より10才年下の息子と結婚してもらって，自分も一緒に暮らすということではないだろうか[4]。5年前に親友ベルガルド侯爵とアニエスの結婚を謀り，自分たちの交際が続くことを意図した経緯が思い出される…

しかし彼の物の言い方はかなり曖昧である。何と言っても妻ある身でまだ完全に明確には出来ないにせよ，《共に人生を終える》というのは，侯爵の時とは違って今度は明らかに一歩踏み込み，自分が一緒になりたいと言う願望を，戦場に向かう高揚した気分の中で思わず示した，と解釈出来るように思われる。（もちろん真意は永遠に不明であるが…）

1769年6月23日，オランダで散文的な日々を過ごすアニエスは従軍中の彼に呼びかけている。

それから私に会いに来てください。喜んでまた手紙を書くには会う必要がありますが，それ以上に会う楽しみのために会う必要があります[5]。

9月18日にはこれまでと同様にコルシカ戦争の大義には懐疑的だが，彼の生々しい戦況報告を高く評価し，そしてその後でアンヌベーチェを引き合いに出して2人の関係を巧みに再確認する。

請け合ってもいいですが，あなたの文体は今でもヴォルテールの友

人のものです。どこでも立派に通用するでしょう。人づきあいが悪くなったというこの人と少しお話しできたらと思います。野営地，野心，思惑，策略…の描写はしばらく見ていない，非常に生き生きした激しいものです。

あなたの心も知性に負けていません。私や私の手紙をまだ愛してくれているのですから。アトローヌ夫人（アンヌベーチェ）に，この変わらない愛情はとても素晴らしいから，ぜひ称賛の言葉を伝えてほしいと頼まれました。こんなに長く友人でいられる男性は評価されて当然だし，自分の関心を引くというのです[6]。

ところが直接会って話をするどころか，連隊を率いてアルザスに向かうという10月初めの手紙以降，5カ月も彼は手紙をよこさない。その5カ月の間に1度だけ（11月7日）アニエスの方は，旅団長昇進を祝いハーグに現われたら誇りに思うという手紙を出している。その中でこう付け加えている。

しばらくファジェル嬢が私の部屋にいました。時々誰かが訪ねて来ます。でも誰も来なくてもそんなに残念ではありません。私の本や暖炉の火や可愛い犬や気持ちの良い部屋も最良の友がいないことの慰めにはなりませんが，どうでもよい人たちの代わりには十分なります[7]。

*

年明けて1770年3月，アニエスはなぜ便りがないのか，何かあったのか，彼の《怒りや冷淡さ》[8]を招く言葉を自分が言ったのか，しかし思い当たらないと嘆き，自分の日常を語って12年ぶりに再開したパステル画の話をし，そして続ける。

その上私は相変わらず特にこれといった理由もなしに明るくなったり暗くなったりする相当おかしな人間ですが，でも根は善良であり，学識のある話や抽象的な話にはすっかりご無沙汰して，形而上学を云々したりなどせず常識的になり，いわゆる「趣味」についての本にはうんざりしています[8]。

この12日後にデルマンシュは，連隊駐屯地の「城砦」ユナング（アルザス）から釈明の手紙を書く。書こう書こうとして何かきっかけになる事が起こるのを待ち，すぐここを離れると考えたりもして書かないまま思いがけず日数を経たが，毎日アニエスのことは考えていた，と弁解するのである。バーゼルでの息子との再会，妻との別居の続行，オランダ旅行の可能性にも触れるが，とりわけ自分の生活や性格についていつになく雄弁に語っている。

　　もう話したかもしれませんが，私の知り合いの人たちは私に親しみを感じなくなりました。[…] 私は皆にとって気づまりで混乱させられる存在です。それというのも，アニエス，分かって頂きたいのですが，私にはまだある種の活力が残っていて，思考と行動に熱があるのです。それはかつてあなたの目を引きました。私の趣味はより洗練され，口調はより鋭くなったようです。こういうことすべてが，私と人々との間で絶えず不協和音を生みます。彼らは相変わらず同じ所にいて，怠惰や年令や機会の欠如のせいでお利口な節度をわきまえた態度に終始し，心動かされたり気をそそられたりせず，強く愛することもなく生ぬるいことで満足する癖がすっかりついてしまっているのです[9]。

ここで語られている調子は，もはやこれまでのような楽天的な18世紀人のそれではない。凡俗の世間から隔絶する，時にはそれを超越する自己，そ

うした自己の意識とその宣言によって，これは甥のバンジャマン・コンスタンを彷彿とさせる，来るべきロマン派の調子ではないだろうか。
　…とにかく未来はかつて思い描いていたものとだいぶ違うものになりそうだという。

> 遠くからうまくこしらえたつもりの見取り図も，近寄るといびつなものばかりということがよくあります。将来に楽しいことや嬉しいことを思い描いていましたが，今ではまったく違った風に描かなければいけません[9]。

　この2ヵ月後の手紙（この間紛失した手紙が1通あるが）では彼女の結婚問題[10]に触れた後，自分がオランダに行くより彼女が「転地療法」を兼ねてプロンビエール（ヴォージュ地方の温泉保養地）に来て，そこで会おうと提案する。その時2人には笑いが絶えないだろう，というのも，

> 私は良く笑っています，あなたより心配事が多く年寄りで金も才能もないこの私が。カッとする性質でなく空想にふける性分でもなく，どんな境遇でも喜びと苦しみはだいたい平等に分配されていると信じているからです。[…][11]

　彼女はすぐ返事を書く。たしかに憂鬱症に環境の変化は効果的で，なかでも彼女の場合，結婚が一番の解決策と思われる。

> 私の不幸は心の安らぎを状況や仕事や土地の変化でしか取り戻せないところにあります。結婚でしか変われないのです。でも自分の運命に夫を結びつけるのを恐れるのは，─ただの空想でなく根拠があるのですが─いつかひどい憂鬱症になって頭が完全におかしくなり，幸せになるどころか相手を不幸にするのではないかという不安から

です[12]。

ただプロンビエールで会おうという彼の提案は，断わらざるをえない。家の経済事情もあり，自分の付き添い役の問題もあるが，とりわけ，

> 父と弟を2人だけにしておけません。2人は恐れあっていて，どんな関係もやり取りも親しみもありません。嫁に行って完全に離れたらどうなるか分かりませんが，今一時の気まぐれでは離れられません。どれほど私がここでうんざりしているか理解できないでしょう。好きな時に出入りし，好きなことを好きなようにして，馬や召使も自由に出来るのだから居心地がいいはずだと父は思っています。でもアトローヌ夫人がいなければ，倦怠と不快でずいぶん前に死んだも同然になっていたでしょう。愛する人の洗濯女になってあばら家で過ごす方が，お屋敷の味気ない自由や良い環境にいるより好ましいと思います。そんなことを思ってもみない父は，そんな話を聞いたら私が大げさに言っているだけだと思うでしょう[13]。

ここの「弟」は3人の弟の中で一番年長のウィレム゠ルネである。彼は1771年の姉の結婚のすぐ後，姉とも親しかったファジェル嬢[14]と結婚し，1776年の父親の死後はゾイレン城を家督相続するが，他の2人の弟に比べ彼女と距離があった。だがここに見る限り，オランダの寡黙な男同士，父親と家督相続者の弟はそれ以上の距離を置いていたようである。

家族との生活は特に母親の急死以後，色々な意味で限界点に達しつつあった…

注

(1) II, 141
(2) II, 142
(3) II, 143
(4) II, 145　1年後の1770年3月25日の手紙では，息子の結婚について，《やさしく分別がありお金もある》嫁が見つかり，家事も任せられて望みがかないそうだと言っている。
(5) II, 147
(6) II, 149
(7) II, 155
(8) II, 170
(9) II, 175
(10) 本書 p.141以下参照
(11) II, 188
(12) II, 193
(13) II, 194 − 5
(14) 本書 p.218参照

第5章　結　　婚

1．アニエスの手紙　—1770年4月13日，ユトレヒトから—

あなたが真実味あふれ友情が感じられる調子で話してくれたので，私も恐れず遠慮せず身の上話を詳しくしたいと思います[1]。

アニエスはこう書き始めている。彼が真情を打ち明けた3月25日の手紙[2]への返事である。

18か月あるいはそれ以上前かもしれませんが，両親がヴィトゲンシュタイン氏の話をして本人の手紙を見せてくれました。この縁談がどのように思いつかれ進められたかは教えてくれませんでした。手紙は誠実で素朴でしたが，持参金を増やしてほしいとも希望していました。（それは受け入れられました。）ヴィトゲンシュタイン氏の人物や性格の評判は良いですが，とかく口伝えだけだと長所も欠点も誇張したものになるので，漠然としか関心を示しませんでした。［…］父と母は良い評価をした彼の話を時々しました。色々な用があってパリにいるが，暇が出来次第こちらに来るということでした。母が急死したので[3]結婚など考えられず，愛情問題自体罪深く感じ，物を書くのさえ止めました。その後の2月か3月頃また彼の手紙を読ませられました。父によればコルシカ出征の準備で忙しくて出発前はダメだが，その後にまだ私が未婚ならすぐやってくるとのこと

> でした。ユトレヒトは遠い回り道ではなかったと思いますが…このゆっくりしたペース，長く不確実な状態に嫌気がさして，この縁談は魅力がなくなりました。［…］彼の話は聞かなくなり，その便りも途絶えました。コルシカの後すぐこちらに来るようあなたに口をきいてもらおうと考えたこともあります。でも父が秘密を守るよう求めるのでそれは出来ませんでした。彼についてあなたの意見を聞くのは許されたけれど，その他は認められませんでした。結婚して親元を離れたいのであって，抽象的に人の長所の話をあなたとしたいのではないので，この話はしませんでした。ただまわりの人たちの話を聞きたいとあなたに言ったのは，優れた人が近くにいれば見過ごされるはずがないと思ったからです[4]。

だが彼女の期待は実現せずこのドイツ人花婿候補(エプズール)の影は薄くなっていく。その一方でスイスから有力な候補が浮上する。母親がまだ存命中で，ヴィトゲンシュタインの手紙を初めて見せられた頃の話である。

> たまに顔を合わせて，お互い友情と好意を抱くようになった男性[5]に，空想の中で心を寄せました。多少ぎこちなく見えるけれど気高く人を引き付ける顔立ち，正しくまっすぐで高い見識を備えた精神，感じやすく寛大で誠実そのものの心，ムラがなく協調的でしっかりした性格，そしてラ・フォンテーヌ流の素朴さ。これが我が恋人です。時に精神や振る舞いにぎこちなさが現われ[6]咎められたりからかわれたりします。でもこれくらい見栄を張らない人はいません。手紙の交換が始まり，やり取りが次第に活発になりました。田舎暮らしで友人がいない上に暇ばかりあって，国中に私を引き付ける男性がいなかったので…やり取りは活発になったのです[7]。

そしてヴィトゲンシュタインからの便りが途絶えた頃，このシャリエー

ルという青年が接近する。

　　この文学好きの青年がやってきて，ユトレヒトやハーグで多くの日を一緒に過ごしました。世間から離れた生活，彼への信頼や気安さから私たちがどうなったか想像できるでしょう。でも想像しすぎないでください。[…] 私は他の人が始める所に最後に至りました。心から彼を愛するようになったのです。一番の親友[8]が結婚したらどうかと言ってくれました。それは最悪の助言です，と彼は言いました，私は地位も財産もない哀れな小貴族です。あなたが犠牲にするものの代わりになる取り柄もありません。親愛の情は長く維持できず，楽しいことも手に入らないでしょう。一時的な気分の高揚を愛と取り違えています。結婚して数カ月したら気づくでしょう。でも不幸せになってもそれを隠すでしょう。あなた以上に私は不幸せになるでしょう。[…] 夏が過ぎ，愛する人は去っていきました。彼が近くにいて今日拒んだものも明日は許せると思っている間は現状に満足，少なくとも忙しさに気が紛れていたので，後で彼がいなくなってどれほど辛くなるか想像できませんでした。[…] ヴィトゲンシュタイン伯が現われないのは，私に好きな人ができたと誰かが伝えたからだと思いました。そこで思い切って彼に，私をその妻にするのを絶対に拒否するかと訊ねました。彼は細かく反対理由を挙げましたが，それはむなしいこじつけだと私は言い返しました。父上がお認めにならないだろう，それに本当に愛していたら自分が軽んじられそうな家に入れようとするだろうか，と彼は言うのです。でも最後には私の好きなようにしていいと言ってくれました。それで父に話しましたが，答えは予想通りでした。父はヴィトゲンシュタイン伯爵の話を蒸し返して，もっと彼についての情報がほしいとだけ言うのでした[9]。

そしてあの 6 年前の（ベルガルド侯爵を巡る）「謀略」の夏[10]を思い出させる，ゾイレン城内の父娘の場面を迎える。

> 私が良く存じ上げお慕いしている方，お父様も良い評価をされていて栄誉や長所や美徳で誰にも引けを取らず，その生まれで恥をかくこともない方，その上嬉しいことにその資産状況を良くしてさしあげられる方，そういう方と結婚するのをどうかお許し下さい。この話がダメならウェイミス卿[11]を受け入れて結婚します。卿が気に入っているかどうかが問題ではありません。神経を病み病気をし憂鬱になっている土地で暮らし続けるのに疲れました。実現しそうにない計画や不確かな話にも疲れました。お父様の自由にしてください。この 2 人から選んでください。どちらかを夫にしてください[12]。

ところが父親はいつものように沈着冷静で《このパセティックな話しぶりに心動かされる様子もなく，またもヴィトゲンシュタイン伯について静かに話し》[12]始めるのであった。

アニエスはウェイミス卿という第 3 の候補の話を「愛する人（＝シャリエール）」にもしたが，

> 彼は恐れおののきました。この人物を知っていました。彼によればこれは私が愛せる人ではないし，私を自由にさせる人でもないそうです。道楽者でカッとなりやすく横暴なので…まだヴィトゲンシュタイン氏の方が良い，もう一度彼と連絡を取るべきだというのです[13]。

しかし膠着状態のヴィトゲンシュタイン伯との縁談に悲観して，いっそ《喜んで暗いところに飛び込み》[13]たい気持だと訴えると，「友情」あふれるシャリエールは別の手紙で，取り返しのつかない形で彼女が不幸になれ

ば彼としても辛いから，少なくとも結婚前にウェイミス卿のことを良く調べるよう《懇願した》[13]という。シャリエールは言う。

> 私も世間も彼に対して不公平かもしれないので，あなた自身で彼を良く見て彼のことを知ってください[13]。

1年半にわたる結婚話の経緯を打ち明けたこの1770年4月13日の手紙は，デルマンシュにヴィトゲンシュタイントとの仲介を頼み，プロンビエールでなくオランダで再会したいと希望して終わっている。しかしその前には，シャリエールと結婚する望みをまだ捨てきれないと，次のようにはっきり表明しているのである。

> 本当に愛する人と結婚出来たら，こんな幸せなことはないのではないでしょうか[14]。

注

(1) II, 176
(2) 本書 p.219参照
(3) 1764年12月4日。母親は種痘を受け経過は順調だったが，喉の痛みを訴えた後に急死した。（本書 p.205参照）
(4) II, 176-7　ここの話は1769年のことである。
(5) 1763年から1766年にかけて弟たちの家庭教師だったスイスの小貴族シャルル＝エマニュエル・ドゥ・シャリエール。アニエスより5才年長で当時35才だった。
(6) 吃音の傾向があったらしい。
(7) II, 176　この時期に2人がやり取りした手紙は残念ながら現存していない。
(8) アニエスと一番親しかった5才年下の従妹，通称アンヌベーチェ。この5年前に結婚してアトローヌ夫人になっていた。9人の子供を持つことになる。
(9) II, 176-7
(10) それは1764年7月から8月にかけてのことだった。（本書 p.29以下参照）
(11) スコットランドの貴族。1745年，スコットランドにおける反イングランド蜂

起失敗の後，1754年，スイスのニューシャテルに亡命し，その後帰化した。
3か月前の弟ディティー宛ての手紙を参照。(II, 163)
(12) II, 177 – 8
(13) II, 178
(14) II, 179

2．ヴィトゲンシュタイン，ウェイミス，そしてシャリエール

　1770年４月13日の長い手紙の４日後，アニエスはそれを後悔する手紙を書く。真情を吐露したことでなく，ヴィトゲンシュタイン来訪を画策した件についてである。別に愛している訳でもないのにわざわざ来てもらうのは悪いが，特に善良な人物と聞いているからなおさらである。そっとしておいてあげたい。―これはデルマンシュに手紙で事情を詳しく説明しながら自分の心の中を見つめ直した末の（道徳的）結論かもしれない。

　さて５月にはウェイミスがオランダに来るらしい。ベルガルド侯爵の時と同じく彼女の「早足で駆けめぐる」想像力が動き出す。彼と結ばれたら，

　　スイスに土地を買いたいということですから，シャンヴァン[1]あたりの古いお城を手に入れるのに賛成します。生活は昔風なものになるでしょう。暖炉にポプリや磁器を置いたりせず，金の装飾品や肘掛椅子や長椅子などでなく，ただ暖かい火と客をもてなす食卓だけを置くでしょう。あなたは，とアトローヌ夫人が言いました，典雅な肖像画の人物みたいに暮らすでしょう。子供が出来たら（たくさんは出来ないと思いますが）自分の手でしっかり育てます。かわいそうな娘たちを集めて家事を手伝ってもらうでしょう。その娘たちには声に出して本を読ませ，音楽はオペラでなく『エステル』や『アタリー』の合唱曲になるでしょう[2]。道理をわきまえ，穏やかで寛容で思いやりのある信仰心が持てるよう神様にお願いします。そういう信仰心が愛人や快楽の代わりになり，憂鬱症のせいで陥りかねない狂信からも守ってくれるでしょう[3]。

　夫婦の愛情には触れず，家事や子供の教育に専念しながら，夫の代わりに「愛人や快楽」でなく穏健な信仰にすがるというのがデルマンシュを驚

かせる。4月末には極端な行動に出ないよう忠告するのである。ヴィトゲンシュタインは実際軍務に追われていたのであって、決して縁談をおろそかにしたのではあるまい。ウェイミスと面識はないが、イギリス人というだけで勧められない。名前さえ教えてもらえば「愛する人」の身元調べも引き受ける…

　この忠告に彼女は感謝する。アトローヌ夫人もデルマンシュ同様《倦怠と悲嘆の淵にうっかり飛び込んだりしないよう涙ながらに懇願し》(4)たのである。ただし「愛する人」については、忠告など求めていないときっぱり言う。

> この件でお話ししたのは単に事の経緯です。友人として心の動きと行動を打ち明けたのです。[…]あなたにその人を愛すべきかどうかとか妻になるべきかどうかとか聞かないのは、彼にずっとあなたの友人でいるべきかどうか聞かないのと同じです(4)。

「愛する人」の名前を明かしたら否定的なことばかり言われて、結局そんなことを言う彼が許せなくなるのが怖いのだとアニエスは釈明する。しかし理由がどうあれこんな重要な件を隠し、隠していることをお互いに意識すればするほど、友人の間はぎくしゃくしてすれ違いや誤解の原因になるのではないだろうか。事実この1770年秋以降徐々に、相談相手はデルマンシュでなく「転地療法」で各地を移動中の弟ディティーになっていく(5)。

　5月末デルマンシュは、彼女の「愛する人」の悪口を言うはずがないと反論する。ヴィトゲンシュタインについてコルシカでは別の野営地だったので噂は聞かなかったという。ウェイミスについては、彼はニューシャテルの近くに住んでいて、美男子でエスプリもあるが名うての遊び人(リベルタン)だということ、財産状況はその兄と甥次第で変わるということなどを伝える。

　これに6月初め彼女は答えている。ウェイミスの評判や年金の話やその妹のスキュンダル…ウェイミス本人はパリを発ってユトレヒトに向かった

らしい…相手がヴィトゲンシュタインでもウェイミスでも，男の子が出来て軍人にする場合，外国の軍隊に仕えるのだろうか…とにかく自分は今大きな変化がなければ精神のバランスが保てない。「淵」に身を投げるというが，相手がウェイミスならヴィトゲンシュタインほど良心の呵責に悩まないから，いっそ気が楽かもしれない。そして更に「愛する人」については，

> 私の事を良く理解してくれています。結婚の話が持ち上がってから何度も警告しました。私のおかしな所や憂鬱症や彼が冒す危険を何度も強調してあきらめるよう勧めました。それでも良いというなら，それは彼の問題です。彼がお金持ちならその気になれないでしょうが，そうではないし，私を愛してくれていて私も彼を愛しているのです。父が賛成してくれたら私は喜んでこの話を受けるでしょう。［…］でも私の頑固さやたび重なる懇願や粘り強い攻撃で無理やり父の同意を得るのは嫌です。［…］仮に同意してくれても，その後で陰鬱になり不満ばかりで悲嘆にくれ病気にでもなったら（年令を考えると(6)病気より悪い事態も恐れますが），自分自身を恨み，父を犠牲にして得た幸せが嫌になるでしょう。父はウェイミス卿の話はまったくしません。ヴィトゲンシュタイン氏を惜しんでいて，彼との縁談に嫌気がさした私を恨んでいるのか，あるいは縁談はどの縁談も気に入らないのかは分かりません。でも私を生涯そばに置いておくなどと言いだすなら，それはいかにも不当なので，私はそれには負けないで自分の道を進むでしょう(7)。

父親の意向を尊重しながらも，同時に強い自立の覚悟が窺えるこの手紙に対し，デルマンシュは7月初め返事を書く。何らかの方法で「愛する人」がシャリエールだと突き止めたらしく，確かに好青年かもしれないが結婚したら後悔するだろう，第一いまさらなぜ結婚を急ぐのか，1，2年の違

いなど良いではないかと言うのである。（ヴィトゲンシュタインが書いた手紙も同封されていたらしいが，内容は不明。）

*

　1770年7月の段階で，このように彼女には3人の花婿候補(エプズール)がいた。ヴィトゲンシュタインが人格その他から最良の候補であることは，この話を持ってきた父親だけでなく，軍人として同僚のデルマンシュも，このドイツ人の噂を聞いている（自分も候補の一人である）シャリエールも認めている。しかし肝心のアニエスがもう一つ魅力を感じていない。シャリエールを愛しているからである。ただ父親やシャリエール本人も含めた世間の目から見れば，シャリエールとの結婚はいかにも身分違いの不釣り合いな縁組であり，普通には受け入れがたいものである。

　シャリエールの次に彼女が魅力を感じているのは，ヴィトゲンシュタインでなくてウェイミスである。確かに遊び人(リベルタン)の噂が広まっていて父親は言及さえしないし，デルマンシュやシャリエールも結婚相手として勧めない。しかし「ロマネスク」な性格の彼女にはある程度魅力があるに違いない。不幸の「淵」に沈む危険があるとしても，むしろだからこそ引き付けられるのではないか。（もちろん彼女が言うように，どうせ愛のない結婚をするなら善人より欠点の明らかな人間の方が気楽だという面はあるだろうが。）危険な人物に魅力を感じるという意味では，10年前若い娘の身で，名うての遊び人(リベルタン)という噂がある妻子持ちのデルマンシュが気になり，自ら声をかけて秘密の文通を始めたのは他ならぬ彼女自身だったのである。

　しかし18世紀という時代において，30才にもなろうという女性が自分の幸せを第一に考えたら，ウェイミスよりシャリエールの方が良いのは明らかであり，ウェイミスの名を挙げたのはただ家族や世間にヴィトゲンシュタインでなくシャリエールで納得してもらうための戦略，一つの陽動作戦の面が強かったかもしれない。そうすればウェイミスはあくまでシャリエ

ールの「引き立て役」だったということになるであろう。

注
(1) スイスのイヴェルドン（ニューシャテル湖岸）近くの村。
(2) ラシーヌがマントノン夫人の求めに応じてサン＝シール女子学院のために書いた宗教劇『エステル』(1989)，『アタリー』(1691)には幕間に合唱曲が入っていた。女子教育の一環としての宗教心の涵養というその性格からして，オペラ楽曲のような華美さを避けたのは当然であろう。
(3) II, 181
(4) II, 185
(5) 1769年11月以降ディティーは，南仏各地で色々な医師の診察を受け，さまざまな療法を試した。1770年8月にはローザンヌで高名なティソー博士に診てもらっている。9月にはデルマンシュやシャリエールに会う。
(6) 父親は当時63才。6年後69才で亡くなる。
(7) II, 194

3．結婚に向かって

　アニエスは，ヴィトゲンシュタインの手紙が同封された7月初めのデルマンシュの手紙に返事をしようとするが，心の動揺が激しく何度も中断する。結局7月14日から4日がかりで書いた手紙で，結婚相手はシャリエールだと明言する。たとえこの結婚によって失うことになる友人がいても後悔しないだろう。

> 彼と結婚するならそれは現在の状態への倦怠からではなく，色々な辛いことを終わらせたいからでもありません。自分の力で彼のものになれるなら，2年待つどころか2ヵ月も2日も待たないでしょう[1]。

　結局ウェイミスはやってこなかったが，それで良かった。結婚はあり得ないからである。かつてベルガルド侯爵に抱いた，到着を待ちわびる気持や《冷たい満足》[2]らしきものさえない上に，このイギリス人と結ばれたら父親にも彼女にも苦労が絶えないのは目に見えている。
　ヴィトゲンシュタインには持参金として12万フロリンが出せるほど父親の方に未練があったが，彼女の良心が許さない。初めからその意思がないのに来てもらうのは失礼だし，人柄などを良く知りもしないで結婚するのは問題外である。
　これに対しデルマンシュは8月8日の手紙で，18才年下の女友達に向かい自分の意見を述べる。

> 女性の心は炉のようなもので，どの方向にせよ炎を出さざるをえません。艶事や誘惑やしかるべき申し込みにそれを閉ざしてみなさい。火の手は分別や憐れみや習慣の方にあがるでしょう。そして常に火

は燃え続けなければなりません[2]。

　じっとしていられないアニエスかもしれないが，しかしだからといって弟たちの元家庭教師との結婚には反対だと彼は言う。

　　シャリエール氏は優れた人だとは思いますが，でもあなたにはどんな喜びや楽しみが手に入るでしょう。幸せの問題に感情を考慮に入れるのは下手な計算です。感情そのものから出てくる不都合や嫌悪や不快に勝てますか？　幸せとは感情ではなく，財産の増加，快い人間関係，快適な住まい，人々からの敬意，色々な気晴らし，そういった様々な事柄を合わせたものです[2]。

第一シャリエールの立場でも，この結婚は必ずしも幸せへの道ではないだろう。

　　彼が自分の役割に困惑し余り幸せそうでないので，あなたは驚くことになるでしょう。繰り返しますが，おふたりの長所にも拘わらず，辛く悲しいものになるのは今から目に見えています[2]。

ヴィトゲンシュタイン伯との結婚が難しくなったと思われるこの時点で，いまさら結婚を急ぐべきではない。ベルガルド侯爵の場合は，まだそのお城や交際の広がりといった利点があったが，今回の話はその対極である。身の回りでもユッソン夫人や彼自身のように幸せな結婚は少ない，今の状態を変えない方が良いと彼は結論づける。

　　あなたはまだ30才になるかならないかの年で，しかも年を気にしなければいけない部類の人ではありません。楽しむべき，あるいは嘆くべき30年がまだ残っています。30年は極めて長いとお考えくださ

い，この不確実で不安な数年が長く思われるのでしたら。あなたの精神や想像力はずっと新鮮で生き生きしたままでしょう。10年経ってもまだ貫禄たっぷりの人たちの仲間入りなどしていないでしょう。今よりいい状態がいずれきっと訪れます。お父上のまじめさや暗さや場合によって不当な態度さえも，夫の凡庸さや不機嫌さに耐えるよりまだましだということを信じてください[3]。

10月になってアニエスは返事を書く。彼の言うように夢が現実になった途端失望に変わるとしたら，それは『カンディッド』の1章みたいに暗く《悲しい》。ユッソン夫人は幸せになったと聞いているが，たしかにデルマンシュと妻の仲がうまく行っていないという話は耳にしている…。
　しかしその2週間前，「転地療法」中の弟ディティーにもっと詳しい話をしていた。

かつて怖れとためらいが私を押しとどめたのですが，今はその怖れとためらいによって父を責められないし，自由気ままに出来ません。万一ウェイミス卿と結婚するなら，それは，事態がより悪くなる危険を冒しても，とにかく場所や環境を変えるためです。今や自分の運命を決める時に至ったと考えています[4]。

人生の重大な転機に立っているという意識から，これ以上先延ばし出来ないという心理状態に追い込まれつつあったのではないだろうか。そして，その内心の葛藤を打ち明けるのは，デルマンシュでなく弟ディティーだった。
　10月13日と16日にも弟に明るくない現状を伝えている。ウェイミス卿がオランダに来ないので，縁談の仲介者であるブラウン牧師が気分を害していること，その一方で，シャリエールの友人のドゥ・サルガ氏が父親を説得してくれているが，父親が不安げで辛そうなので余り強く出られないこ

と，でも自分としてはやはりシャリエールを愛していることなどである。

しかし10月25日の手紙では，グリニャン[5]経由でローザンヌに着いていた弟にシャリエールの自宅を見てきてほしいと頼む。遂に父親が彼を認めたのである。そして続ける。

> デルマンシュ氏の，まだ心を決めるなという忠告，ヴィトゲンシュタイン氏の件をいろんな口実で放っておく態度，別れるために行なっているという妻へのひどい仕打ち，こういうことが色々重なって，まずアトローヌ夫人ついで私に，これには彼自身の利害が絡んでいるかもしれない，私には考えられないことですが，ある目論見があるかもしれないと想像させたのです。これはここだけの話で，憶測にすぎませんが[6]。

同じ頃デルマンシュも彼女に手紙を書き，人の噂を信じて彼を慰めるどころか非難した彼女の手紙がいかに不当であるか，欠点の多い妻にいかに尽くして若気の至りの不釣り合いな結婚に耐えてきたかを訴える。そして彼が非難されたのは，おそらく忠告に真実味がありすぎてアニエスの気に入らなかったからだと思うと述べる。（なおローザンヌで会った弟ディティーは《天使》[7]であり，長生きしてほしいと付け加えている。）

シャリエールと結ばれたい気持ちを募らせつつあった彼女には，障害は彼の「忠告」ではなく父親の意向であったと思われる。しかし慎重な父親も次第に態度を軟化させつつあった。詳細は不明だが推察するのは難しくないであろう。

1）ウェイミス，特にヴィトゲンシュタインとの結婚が現実的でなくなった。
2）大幅に結婚を遅らせている愛娘（30才）が，愛する人と結ばれたい気持ちを募らせている。
3）幼少時よりその才能を認めスイスの寄宿学校に送ったりした「開明

的な」父親として，家柄，資産状況など不満が残るとしてもこの際このこの縁談を無視し続けられない。

まずこういったところではないだろうか。

1770年11月末のディティーへの手紙では，《まだこの結婚の話を人にしていないのは，何かの理由で彼が結婚したくなくなったらいつでも取りやめられるよう》[8]にするためだと言いながら，《今彼が着くのを待ちながらシャツやハンカチを作っている》[8]と喜々として報告している。家督相続者の弟ウィレムは《この結婚が決まってから節度をわきまえやさしく丁寧になり，気配りさえ》[9]見せるようになったが，それには驚かないと彼女は言う。というのも彼には《過去に後悔すべきことがあるし，未来には私は消えていなくなる》[9]のだから。

12月になると弟ディティーに宛てて，リヨンやパリからシャリエールの手紙を受け取っていてその到着を待っていること，弟の健康を皆心配していることなどを言ってから，《私が結婚するという話に父はすっかり慣れた》[9]と書く。

注

(1) II, 200
(2) II, 205
(3) II, 206
(4) II, 215
(5) 南仏プロヴァンスの町。仏文学史上有名なセヴィニェ夫人（1626–96）の『手紙』の主な宛先になった娘の嫁ぎ先である。
(6) II, 226
(7) II, 224
(8) II, 228
(9) II, 230

4．結婚，そして新しい生活

　1770年の年末にローザンヌからデルマンシュは手紙を書いて，アニエスから便りがないと嘆く。彼女も他の人と変わりないのか…自分はこの冬妹夫婦や娘ソフィーとここで過ごし，妻の方は彼の家で下女や猫と暮らしている。

　アニエスは年末から年始にかけ，感情の激しい起伏に悩まされていた。しかし，年初め１月３日の弟宛ての手紙によれば，精神状態の不安定は変わらないものの《昨日の朝から》[1]結婚が確実なことになったという。

> 　自分の中のしつこい敵，暗い想像力が喜びを台無しにします。[…] 彼のまなざしや言葉を窺って解釈，それも悪い方に解釈して非難し，泣き，怒り，ためらい，結局は少し満足して自分に抵抗するのを止めました。[…] とても愛しているのに不愉快なことばかり言っています。形式や「破棄不可能」に文句をつけ，他にどうしようもないから結婚してもいいなどと口ばしるのです[1]。

　１月11日にはデルマンシュにも手紙を書く。しばらく音信不通だったことをわびるが，今とりこんでいる，彼の言うことが他の人（たとえばディティー？）の言うことと違っている，自分自身朝と夜で考えが違っている，そういうことで何も書けない，でもいったん書き始めたら数ページでは終わらないなどと釈明する。

　デルマンシュこそ会いに来ると言いながら，コルシカの後ユナング[2]に向かうと言ったきり何カ月も音沙汰なしだったではないか？　でもそれも許すし，別居中の妻について言ったことも許したい。アニエスでも留守ばかりしている浮気な夫がいたら，犬や猫を可愛がって無精な生活をするだろう。うまくいかない同士が別居するのはやむを得ないし，むしろ賢明な

措置だと思うので非難したりしない…
　そして自分の結婚についてこう説明する。

> この前の火曜日，もうちょっとで結婚契約にサインするところでしたが，体の震えが止まらず尻込みしてしまいました。彼はせきたてたりせず，私は自由である，儀式の時まで私の自由を尊重すると明言してくれました。幻想を持たず熱狂などしないで静かに愛してくれているのです。誠実で公正ですが，その度が過ぎると私は傷つき悲しくなって，もう愛されていない，幸せになれないなどと訴えます。でも彼を愛していることに間違いはなく，彼なしで生きていく気にはなれません。幻想も熱狂もなく興奮せずに冷静に考えれば，性格や知性や気質の点で彼以上の人はいないと思います。そんな人をあきらめる訳にいきません！[3]

彼の冷静で余裕ある態度に本来なら感謝すべきなのに，それに時には苛立ち不満を漏らす，婚約直前の女性の微妙な心理が反映された文章であろう。この手紙の3日後には遂にサインがなされ，その翌日彼女はデルマンシュに報告する。

> 結婚についてですが，昨日私はついに婚約しました。3週間色々な思いが胸をよぎりました。結婚すべきでない，望んでもいないと何度も思いました。彼は決してせかしたりせず，結婚するまで私の好きなようにして良いと言ってくれたし，今もそう言ってくれています。皆彼を愛していますが，誰よりも私が彼を愛しています。こんなに道理をわきまえ，穏やかで気安くウソのない人は見たことがありません[4]。

そして近い将来のスイスでの生活を思い描く。

あなたにもお目にかかれるでしょう。快適な国に住んで，愛する人，愛する値打ちがある人と暮らすでしょう。貞淑な妻に許される範囲で自由を享受するでしょう。友人たちとの付き合いや，手紙のやり取りや話したり書いたりする自由を尊重してもらえるでしょう。裕福とは言えないまでも必要な物がたっぷりあって，夫の境遇を改善出来た喜びが味わえるでしょう[4]。

1771年2月17日（日曜日），結婚式がゾイレンの村の教会で行なわれる。アトローヌ夫人宅で朝のうちに髪の毛のセットをしてもらいそこで昼食も済ませ，ゾイレン城にいったん戻る。弟のウィレムに贈られたインドサテンの純白のドレスに着替え，午後3時半，一行は馬車で教会に向かう。

日曜礼拝の後だったので教会の外にまだ人が大勢残っていたが，教会の中は静かだった。式が始まる。彼女が新郎に指示することもあった。派手ではないが，彼女にとって《大きな》[5]儀式が無事終わる。叔父の家に立寄って一休みしてからゾイレン城に帰る。前夜と同じく12人の親族による会食が始まる。そして大勢の人を集めた披露宴がそれに続く。宴は真夜中過ぎに終わったが，シャリエール氏はパンチの飲みすぎで気分が悪くなり，アニエスは明け方まで歯痛に悩まされる…

3月21日付の，ディティーに結婚を報告した手紙では，《体調さえ良ければ私の幸せに欠けるものは何もない》[5]と言っている。以前からの精神的な問題，憂鬱症に加えて頭痛や歯痛に苦しんでいたのである。当初3月末にスイスに向かう予定が，5月末に伸び更に最終的に7月出発になったのも主としてそのためだと思われる。

従って新婚生活はまずユトレヒトで始まるが，アヘンやキニーネを服用しロバの乳を飲み，刺絡を受けアンヌベーチェに看病されるありさまである。まことに《残酷な悲しみの種(ラバ＝ジョワ)》[6]というべきであろう。

結婚したら人は変わるという弟に，5月13日の手紙で彼女は反論する。

他の人と違って私の場合はそうではありません。考え方も言葉も行動も不自由になってはいません。名前が変わった，いつも一人で寝る訳ではない，それが変わったことのすべてです[6]。

　アニエスの結婚から2ヵ月後には家督相続者の弟ウィレムが，彼女とも親しいファジェル嬢と結婚する。この弟夫婦の間，そして彼らと父親の間には多少問題があったらしい。アニエスとその夫の間に問題があるとすれば，（彼女からすれば）夫が礼儀正しすぎたり考えすぎたりして（要するに他人行儀な所があって），しっくりいかない場合がある辺りだろう。しかし他の点はうまくいっているし，夫は最大限の気配りを見せてくれている…
　7月7日ようやく2人は出発し，ブリュッセルに立ち寄ってから7月19日にはパリに到着する。2ヵ月に及ぶパリ滞在の間に彼女は，旧知の画家ラ・トゥールに再度肖像画を描いてもらい，特にディティーやアンヌベーチェに贈るために彫刻家ウドンに胸像を作らせる。ヴェルサイユも訪れるが，ただパリの社交界に積極的に出入りした形跡はない。それには結婚後も続く憂鬱症や体調の問題が特に関係していたのではないだろうか。状況の変化でその好転を期待するのに，パリは最適な場所ではなかったかもしれない。その上，姉の身の上を気遣う弟から衝撃的な手紙が届く。

　　［…］でもあなたを少し叱らなければいけない，というかデルマンシュ氏との文通に少し慎重になるよう説得しなければなりません。彼があなたの手紙を悪用しているからです。自分の思い通りにならず虚栄心を傷つけられたので，思いやりに欠けるやり方で仕返しをしていると皆が言っています。あなたの手紙の一節らしきものをちらつかせ，あなたが本当に愛しているのは自分であり，自分の離婚話にも絡んでいる，自分という存在がいるからシャリエール氏との結婚をためらったり遅らせたりしたのだと思わせたがっているので

す⁽⁷⁾。

　また，ファジェル嬢をデルマンシュの息子の嫁にしたかったのに，弟ウィレムと結婚したのは残念だと彼女が書いてきた，と言いふらしているという。たとえそういう結婚を姉が考えたことはあっても，手紙に書くはずがない，とディティーは憤る。

> この人物はあなたが持ち続けた友情にも，あなたのような素直な人の信頼にも値しないと思います。あなたが結婚のための色々な準備に触れた後，《でもまだ私は結婚すると決めた訳ではありません》と書いたくだりを自分に都合よく解釈したようです⁽⁷⁾。

だが少し冷静に考えたらおかしな話だと弟も気づいている。

> 愛しているのが彼（デルマンシュ）で，その離婚話に何らかの役割を演じているなら，なぜあなたは，その結果が出るのを待たなかったのでしょうか⁽⁷⁾。

　才女だが世間知らずの姉を気遣うこの手紙の1週間後，病身の弟はスイスにいて彼女の到着を待ちながら，再びデルマンシュを警戒するようにという手紙を送る。その手紙の中で彼の妹の話も取り上げ，氷のように冷たいこの女性が，愛してもいないイギリス人とパリで一緒になって，狂気の沙汰を尽くしていると述べる。
　こういった手紙を受け取ったのは，ヴェルサイユで庭園や彫像，国王（ルイ15世）や王太子妃（マリー＝アントワネット）やプロヴァンス伯夫妻，《美しいものや好奇心をそそるもの》⁽⁸⁾を見てきた後だった。手紙を読んで動揺し落ち込む。弟との再会が意外に短くなりそうだと分かったこともあるが，何よりも特にデルマンシュの言動が原因であろう。それは悲しく不

愉快なことである。

> 私の気持ちについての彼の妄想は馬鹿げていて，怒るより憐れみを感じます。彼は何を言っているのか自分でも良く分からず話していて，手紙の正確な内容を忘れているし，特に私がその妻に対する態度を強く責めたことを忘れています。彼の離婚について話し合ったことはないし，ましてお互いの愛情について話したことなどありません(9)。

シャリエールとの結婚について話したら反対されたので，アトローヌ夫人もアニエスもおかしいと思ったが，思い当たるのはそのくらいである。デルマンシュが自分の妻の不満を言った時には，その態度を非難した。確かにファジェル嬢を彼の息子の嫁にと考えたことがあったが，肝心の息子にその気がなかった…いずれにしても今後は慎重にしたい。しかし絶交はしない。というのは，

> かつて，とりわけベルガルド氏との話があった頃に書いた手紙は大胆すぎるので，彼が意地悪しようと思えばいつでも悪用できるからです(9)。

かつて若い女性に慕われた男は，いざとなると怖気づいて親友を押しつけ自分は逃げた。しかし彼女の心が離れ別の男と結婚すると知った時になって，嫉妬し傷つき理不尽な振る舞いに出る…ディティーの伝える初老の元遊び人(リベルタン)の情けない言動は，そうした類いのものだったのかもしれない。

　1771年9月20日頃シャリエール夫妻は，パリを離れスイスに向かう。そして9月30日にはニューシャテルに近いコロンビエ村にある，シャリエール家所有のポンテの館に到着する。そこでは義父と彼の2人の姉妹が待っていた(10)。

第5章 結　婚　245

注
(1) II, 233
(2) 本書 p.214，p.219参照
(3) II, 234
(4) II, 235
(5) II, 238
(6) II, 239
(7) II, 242 - 3
(8) II, 246
(9) II, 247　「かつて…」が示唆しているのはこの約6年前，ベルガルド侯爵との結婚を考え"謀略〈コンプロ〉"をめぐらせた件である。（本書 p.29以下参照）
(10) Ph. Godet, "Madame de Charrière et ses amis", op.cit., p.183

5．スイスでの新生活

　シャリエール夫妻のスイスでの新生活は，静かなニューシャテル湖畔に立つ17世紀の古い館で始まった。義姉（40才）は申し分ない人柄だが，アニエスと同じ31才の義妹は性格にムラがあり，よくもめごとを起こす。義父は75才という高齢で，献身的な義姉が世話をしている。家の中の切り盛りをしているのはこの義姉である。

　1771年10月半ばにはディティーがやってくる。のんびりした性格が昔のままであり，よく２人で笑いあう。ゾイレン城修復の話をした時など，彼女が寝付くまで枕元にいてすっかり話し込む(1)。

　10月末にはデルマンシュが，スイスに住むことになったアニエスに敬意を表する手紙をよこす。11月初めの次の手紙はより個人的で，《親愛なアニエス》にあらためて友情を求めている。この魅力ある優れた女友達には多少の困難など乗り越える力がある，一般に女性の方が適応力があって結婚生活に幸せを感じやすいなどと言うのである。

　彼女は環境の変化が憂鬱症を好転させると期待していた。全体的に心身の状態は良く，その徴候も以前ほど強く出ない。それが始まるのは誰かが大声をあげたり，２人同時にしゃべったりした時だという。出来るだけ体を動かして憂鬱症を振り払うよう努めている…(2)

　年明けて1772年１月初め，彼女はデルマンシュにまとまった手紙を書いて，彼の妹の死にお悔みを言い，連隊が持てないという彼の軍隊での失望に遺憾の意を表し，そして《古い真の友人として》(3)彼の離婚に反対する。

　　　この短い人生で人を犠牲にして幸せになる価値がありますか？　第一そうなりたくても本当にそうなれますか？　［…］あなたにはいつも本当のことを言ってきました。いつも願ってきたのは，その賛同が名誉になる人たちに評価してもらうことです。あなたの妻にそ

の身分や財産や安らぎを返したら，子供たちを安心させたら，悪口を黙らせたら，友人たちにあなたを公然と称賛できる喜びを返したら，そうしたらとりわけ私にとって言いようのない喜びになるでしょう。一年前から言ったりしたりしてきたのは一時の気の迷いと見なされて忘れ去られ，和解は度量の大きさを示すと思われるでしょう。親族は悲嘆にくれ，甥や姪は頼れる人をなくし，家族は悲しみと不安の状態にあります。事態を更に悪くしないようお努めください[3]。

ただこうした忠告が本当にデルマンシュのためになるのか，彼女は自問自答もしている。

お身内のご不幸とご自身の辛い出来事に胸打たれて思わずペンを取りましたが，何度も議論されてきたことについてわれ知らず熱情に駆られ思いつくまま書きました。そういう熱情が失礼でないのか，この率直な意見が以前と同じく我慢してもらえるのか，ふと疑念がわきました。[…] さようなら。私の友情は新しい友情のように激しく，古い友情のように神聖です[4]。

彼はすばやく応じる。

我が名誉を傷つける訳にはいきません。子供たちを幸せにします。我々全員の害悪になりかねない腐ったしがらみを断ち切ります。あなたの見事な表現が効果を示さないのは，妊娠した娘に子供を産むなという言葉が効果を示さないのと同じです。あり得ないほどひどい親族や下劣なローザンヌの連中と決別します。あなたは３月にそういう連中とお会いになるようですが[5]。

彼女の友情にはとても感謝しているが，離婚についての忠告は場違いなもので何が問題なのか把握できていない，彼にとっては離婚が最良の解決策だというのである。

　　　　大変雑な言い方になりましたが，急いでいるので自分の精神状態を簡略に一気に描いて見せたかったのです[5]。

　連隊問題の方は「解決」した。連隊長ジェナーが自分に返金して連隊は彼が保持し続けることになった。ショワズール一味の陰謀には負けなかったと彼は強がるのである。
　この手紙の数日後，デルマンシュはアニエスの住むポンテの館を訪ねる。4年ぶりの再会である。

　　　　あなたに会えてとてもうれしく思いました。シャリエール夫人という身分がもたらす品格がとりわけお似合いです。それは優雅さ，闊達さであり，触れられていない乙女がもたらす敬意やプラトニックな感情とは別のものです。お分かり頂きたいことが表現出来ているのか分かりませんが，でも確かなのは，かつて気高い娘だったあなたが惚れ惚れするような大人の女性になっていてとても驚いたということです[6]。

いずれにしても会えてよかった，夫のシャリエール氏にも感謝したい，と再会直後の手紙で彼は言う。

　　　　私のすべての楽しい計画の中で，あなたは大切な関係であり，この白髪にもくだらない文章にも広い心で接してくれる人だと思います[7]。

この10日後の手紙は更に雄弁である。

> ああアニエス，あなたは安らぎへの穏やかな道を示して，何と心を軽くしてくれることでしょう。あなたの手紙に近づけるものはありません。まったく新しいジャンルです。人間でなく創造の精霊（ジェニー）の言葉です。あなたの文章を読むと，あなたには書く以外何もしてほしくないと思ってしまいます。あなたにお会いすると，あなたの手紙の相手皆に嫉妬してしまいます[6]。

こういう手放しのアニエス賛辞の一方で，自分の離婚問題に関し，妻の財産目録の作成が着々と進んでいるといったことも報告する[7]。

これはもはや「危険な関係」でなく「信頼の関係」であろう。自分にとっておそらく最良の決疑論者（カジュイスト）になったアニエスに彼は，同じ手紙の中で過去の告白をしている。同居中の庶出子ソフィーの母親ベニンヌについてである。

> ベニンヌは18年前から我が家の宝です。他の花の影に隠れた慎ましいスミレの花です。その働きぶりには5万フランの価値がありました。情愛が細やかで私心がなく，14才の頃から私を愛しながら身を任せずにいたけれど，他の女に私を取られるのが怖くて遂に身を任せました。私と妻との不幸な関係，その無益さや不愉快さの証人になりました。私は自分の置かれた立場で不幸を最小限にとどめたい，子供が出来たらうれしい，それは神様も悪だと見なさないと思うと彼女に言いました。用心深く控えめなベニンヌはじっくり考えた末身を任せたのです。

> そして日の光がその手を働き者にし
> 闇の中の喜びの後に　その人は

> 有益なことや良いことやまめな仕事に　動きまわった
> わたしを愛する　それ以外の見返りを　求めずに[6]

　この健気な女性は，離婚後のデルマンシュに良い後妻が見つかるよう願い，自分の夫と2人で所有地の管理に当たりたいと申し出たという。
　1772年3月彼は，ローザンヌ近郊のボワ・ド・ヴォーの所有地に次々と建物を建設中で，その現場の《山積みの石》[8]や《30人の石工》[9]に囲まれてアニエスに手紙を書く。『オデッセイア』に出てくる王女よりエスプリ豊かなアニエス，粗い毛織でなく繊細な絹織に包まれたアニエスは，庭仕事や洗濯などすべきではない。そんなことを続けたら，

> 赤ら顔になり，歯が抜け，髪の毛も抜けおちるでしょう。［…］きれいな女性は出来るだけ長くきれいなままでいるべきですし，才能ある人は健康を大事にすべき，少なくとも余人をもって代えがたいことにのみ健康をすり減らすべきです[8]。

　シャリエール夫妻のローザンヌ訪問については，自分は今あの嫌な町を離れボワ・ド・ヴォーにいるが，夫妻がローザンヌに着く頃にはパリに向かっているという。この町は才人を気取った人間や味気ない人間ばかりで，真の才人も本当にエレガントな女性もいない…
　3月24日から4月11日まで夫妻はローザンヌの夫の従兄弟の所に滞在する。デルマンシュは予告通りその前にパリに向かっていたが，途中立ち寄った《尊敬すべき素晴らしい老人》がいるフェルネーから彼女に手紙を書く。

> あなたにはここに来て頂きたいと思います，私が後にしたつまらないローザンヌではなくて。とても心が痛むと言わざるをえません。人生とは一体何なのでしょうか。ほんの数年前ならアニエスとロー

ザンヌで一緒にいられるというだけで、燃え盛る火もくぐり抜けたでしょうに(9)。

驚くべき時の流れの速さであり、慙愧にたえぬことも多い…快く自然なアニエスのエスプリ(10)を称賛してから、次のように願い出る。

> 私のことを褒めたりしたらあの連中はいきり立って、私はあなたの友人ではない、私は軽薄で口が悪くてウソをつくことさえあるなどと言うでしょう。それでも私は素晴らしい人間だと言い続けてください。あなたの心が揺すぶられないのを見たら、告げ口を恐れてそれもそうだと言い出すでしょうから(11)。

彼女より世間というものを知っていた彼は、何が分水嶺となって人の評判が一方に傾いていくのか、そのメカニズムも多少心得ていたのではないだろうか。しかし彼女が滞在している間、ローザンヌで彼の話が出た様子はない。ポンテの館に帰った後の手紙で彼女は、夫の親族たちとデルマンシュの話はしなかったとだけ短く報告しているのである。

　ローザンヌで会った人々、デルマンシュの従妹のヴィラルダン嬢、バンジャマン・コンスタンの母方の縁者シャンデュー夫人、魅力的なコルセル夫妻、《明るく学識に富み、自由闊達》(12)なジャンティー侯爵、エスプリ豊かなティソー氏などのことを彼女は語る。元ローザンヌ市長の娘であるデルマンシュ夫人にも会ったが、挨拶を交わす程度だったようである。

　ローザンヌという町の印象は悪くなかった。

> ローザンヌに夢中になるというほどではありませんが、でもこの町で楽しく過ごせました(13)。

ローザンヌよりヴォルテールのいるフェルネーに来てほしいというデルマ

ンシュに対し，彼女ははっきりこう言う。

> あれはエスプリ豊かな人ですが意地悪な人でもあります。書いたものは読みますが，香をささげて褒めそやしに行くつもりはありません[13]。

5月にはデルマンシュはパリからハーグに赴き，スイス訪問前のアトローヌ夫人に何かとアドバイスをしたりしている。（彼女は6月半ばから2ヶ月半，親友の嫁ぎ先のコロンビエールの村に滞在することになる。）

パリでは彼はアニエスを擁護し，《ありのままの》[14]彼女を知ってもらおうと努めたという。

> ある女性が言いました。「あの人（アニエス）は他の人にないようなエスプリに恵まれ，素朴で素晴らしい心根の人のようです。貴重な存在ですし，友達になれたらうれしいでしょうに。何故私の気に入らなかったのでしょう？」私は答えました。「それはつまり，あの人がフランスでは人に好かれないようにしようという気まぐれの誘惑に負けたのです。」[14]

シャリエール夫人におさまって落ち着いたアニエスより，離婚話が進行中ということに加え旅の途中ということもあるのだろうか，デルマンシュの方が気分の高揚を見せてより饒舌である。オランダからの帰途にはもう一度，彼もその欠点を認める78才の老人の住むフェルネーの村[15]に立ち寄る。その後は所有地ボワ・ド・ヴォー，その連隊駐屯地ユナングと場所を変えながら手紙を書く。そして，娘のソフィーや料理人や本や音楽に囲まれている幸せ，手紙が自由に書ける幸せについて語るのである。

一方アニエスは弟の忠告もあって，結婚後はかつて思い描いていたほどには自分に自由を認めない。もちろんこの自己規制は，希望を持って新し

い生活に順応しょうという蜜月の新妻が喜んで自らに課したものと言えるだろう。

注

(1) この後すぐ弟ディティーは転地療法のため，暖かい南に向かう。翌年の8月から10月にかけてもまたポンテの館に来て過ごしたが，更にその翌年の1773年，5月21日に滞在先ナポリで客死することになる。
(2) II, 253
(3) II, 262
(4) II, 263
(5) II, 263-4
(6) II, 265-6
(7) II, 264　離婚は7月16日に成立するが，その2ヵ月後，彼の（元）妻は急死する。
(8) II, 268
(9) II, 269-70
(10) 1週間前の手紙で彼女は，冷笑を事とするようなエスプリの示し方はすぐ飽きると述べていた。
(11) II, 270-1
(12) このジャンティー侯爵評のくだりでは，侯爵と違って《自分の言うことに自分で惚れ惚れする》類いの気どり屋，才人，口達者の輩をきびしく批判している。
(13) II, 275　ハーグからの手紙でデルマンシュは，彼女がローザンヌの人々に甘く，ヴォルテールにきびしいと指摘した。結局この5年後にアニエスは知人の案内で「フェルネー詣で」をすることになる。
(14) II, 277
(15) ヴォルテールがフェルネーに落ち着く前のレ・デリース（快楽荘）時代（1755-60），デルマンシュは彼の親しい演劇仲間の一人だったが，その後も親交は続いていたのである。

6．死の影，生の明かり

1773年春，最愛の弟ディティーの健康状態は急速に悪化しつつあった。しかし3月23日の弟宛ての手紙はいつも通りである。周囲の噂話をし，彼が不意にやってきた半年前のことを話し，近くまた会いたいことを伝える。贈られたトリュフの礼も忘れていない。ただ再会したら一番話したいのはレーデ家[1]の訃報についてだという。レーデ家で，娘の死を告げる太鼓の音（？）に気を失った母親がそのまま帰らぬ人になったという不吉な，衝撃的な話である。

この1ヵ月後（4月18日）の彼女の手紙の調子は，前日受け取った彼の手紙（奇しくもこの前の彼女の手紙と同じ3月23日付）を受けて一変する。ディティーの症状の深刻化を案じ，出来るだけ早く会いたい，正確な居場所が知りたいと言い，北に向かう旅は甦りの季節である春が感じられる旅になるだろうと励ますのである。

5月21日ついに，弟ディティーはナポリで死去した。29才だった。6月10日，この《恐ろしい知らせ》[2]を受けた彼女は，末弟ヴァンサンに宛てた4日後の手紙で，父親始めオランダの家族を気遣いながら，自分は最近2度もディティーに会えて幸せだったと言う。でも身の回りのものを見るとその姿が目に浮かぶ，亡くなった日は弟が来ると思ってベッドを一つ空けて待っていた日だと嘆く。亡くなる3日前に彼が書いた最後の手紙（5月18日付）は，筆が乱れ弱々しかったが，死を予見させるほどでもなかった。姉の方は5月22日，一緒に温泉に行って治癒に励もうという手紙を出しさえするのである…

6月21日付の末弟ヴァンサン宛ての手紙で，彼女は次のように訴える。

> 気持が落ち着いている時もあります。ディティーがここでしたことやしゃべったことを話す時は，特に気分良く明るく話せます。つい

亡くなったことも忘れているくらいです。[…] 体の具合は良くありません。[…] 夫を愛していなかったら，夫に愛されていなかったら，今どうなっているのか，この苦しみをどう耐えられるのか分かりません。この喪失が償われることは決してないでしょう[3]。

デルマンシュも彼女の最愛の弟の死を知って，7月初めお悔みの手紙を書いている。

悲しみを忘れて下さい，親愛なアニエス，気を紛らわせて下さい。弟さんを気の毒がらないでください。生きていれば，良いことより悪いことの方が，安らぐより苦労することの方が，楽しいことより心配なことの方がずっと多いのですから[4]。

それより自分を大切にしてほしいというのである。

ご自愛ください。万一のことでもあれば，あなたはずっと大きな絶望の種になるでしょう。弟さん以上に人とのつながりがあって愛されているのですから[4]。

自分の妹や元妻の死[5]がまだ記憶に新しい，この50才を越えた男は，1ヵ月前老年に向かう心境をこう打ち明けていた。

何故だか分かりませんが，最近よく死のことを考えます。自分の将来や野心や財産や日々の苦労や不誠実な連中や体の衰えが，そのことに関係していると思います。もがき苦しんで手紙を書きご機嫌伺いするなんて，何と馬鹿げているんでしょう！ …死ななければなりません。それではっきりします。こう考えないなら，自分の連隊を持っていないから私は幸せではない，となりかねません[6]。

そして，これからの自分の人生の指針を示す。

> 私に関心があるのは，性格が良く若々しい女性と結ばれ，その人に自分が忘れつつあることをすべて伝えることです。愛人などいらないし，ましてや財産などいりません[6]。

更に，

> 子供たちを賢明(フィロゾフ)にしたい，幸せにしたい，楽しませたいと思います。でもその子供たちに嫌われたら，彼らが遠く離れて行っても構いません。その時は他の子供を見つけてきて育てます。老境の思いは古い女友達に書き取ってもらいます。眠りに就こうとアヘンを口に含めば，死神(アトロポス)がその役目をはたしてくれるでしょう…[6]

このごった煮(オシュポ)，彼女のエスプリを磨くのに役立ち，自分にも《快いひと時をくれる》[6]ごった煮(オシュポ)に対し，アニエスが以前のようにすぐ反応することはない。このお悔みへのお礼は，実に1年後の1774年8月16日の手紙の中である。返事が出せる状態になかった，神経の病に苦しんでいること以外何も書けなかった，とその手紙では釈明している[7]。
…かけがえのない弟の死が，エスプリを発揮する類いの話題でないのは言うまでもない。死去する10日前弟は，自分の死が姉を苦しませないようまわりに配慮を願ったらしい。あらためてその事実を知った姉は《体中の血が動転した。》[7]そんな愛する弟を彼女は擁護する。ナポリでなくオランダにいるべきだったと言う人がいるが，それは違う。次の冬には確かにユトレヒトに帰っていたかもしれないが，今は海軍の中での評判も良く一目置かれる存在だったのだから…ぜひ父親に伝えてほしい，と彼女は末弟への手紙で訴える。

一目置かれたり有利な扱いをされたりするのが，その名前や父親の存在や仕事への熱意のおかげだと分かっていました。一度栄誉を手にしたらその自尊心も落ち着いて，華々しい外見などには関心をなくしていたでしょう。自分の権利でもない財産を求めたりしたのは，その健康状態のなせる技であり，彼のせいではありませんでした[8]。

*

　この弟の死をさかのぼること約１年の1772年６月末，デルマンシュは駐屯地ユナング（アルザス）から手紙を書いて，オランダ，フェルネー，ボワ・ド・ヴォー，そしてユナングというめまぐるしい自分の移動を説明していた。かわいい娘たちや料理や手紙や本や音楽が，彼の生活を彩っている。老いつつある男は，立ち止ればたちまち死に襲われるかのごとく時間を惜しんであわただしく動き回るのである。「若気の至り」で結婚した妻との離婚がついに成立し[9]，第２の人生の開始を控えて，生の明かりを求めいわば躁状態にあったと思われる。

　同じ時期，アニエスはオランダから訪ねてきた親友アンヌベーチェたちと一緒だった。この従妹とその夫は1772年の夏を彼女が用意したコロンビエの村の家で過ごしたのである。８月にはディティーも不意に姿を見せ，10月まで滞在する。親しい身内に囲まれて，あわただしくも幸せな時間だったに違いない。デルマンシュへの返事が９月末までずれ込んだのも理解できるだろう。返事の遅れを謝ってから彼を忘れた訳ではないと言い，そしてこう続けている。

　　その反対にあなたのことをよく考えます。あなたのことをいつも気持よく考えたいし，いつもあなたの行動や運勢に感心していたいのですが，でも喜んだり自慢したりするだけだったら，友人は余りに大きすぎる財産でしょう。この世のすべてにほろ苦い所と魅力的な

所が混じっています⁽¹⁰⁾。

《ほろ苦い》と言えば，その最たるものは結婚前に彼女の耳に入ってきたデルマンシュの言動ではないだろうか？⁽¹¹⁾　しかしそれには言及せず，彼女が取り上げるのは，離婚の際に彼が示した感情の吐露であった。

> 白状しますが，離婚の際に示されたこれ見よがしの感情や憐れみの情は，多少不愉快なものでした。私は思った通りに率直な感想を言いました。［…］でも急いでいたので，言いたいことを穏やかな言い回しにする余裕がなく，舌足らずになりました。［…］舌足らずというのは，気持ちのありようが悪いと，そっけなくきついものになりがちです⁽¹⁰⁾。

もし再婚するなら新妻との生活の平穏を第一に考えてほしい，と彼女は続ける。

> 結婚されるなら結婚契約にサインする前に，私の手紙をすべて，そうすべて返してください。若くて新しい妻は一番魅力的な恋人であり，それに比べて古い女友達は無に等しい存在です。端的に言って返却を求めます。こんなに長くあなたに友情を示した人間，こんなに率直に熱情をこめ心変わりしなかった人間，不在や遠距離や多くの反対やお説教にもめげず友情を示し続けた人間，そういう人間がその心の平安に関することを求めて無駄になるようであってはなりません⁽¹⁰⁾。

この手紙を書いている時，相手のデルマンシュに数回会ったこともある弟ディティーがそばにいた。やや大げさな姉の言葉に苦笑しながら，弟も手紙の返却を望んでいると彼女は付け加える。デルマンシュが姉の結婚前，

その手紙を皆に見せてその結婚に異議を唱えているという噂を伝えたのは，他ならぬこの信頼する弟ディティーだった。デルマンシュに対する不信感が拭いきれないのは無理からぬところである。だがそれだけではないであろう。それと同時にここには長い2人の関係への強い感慨，是非もなく総括しながらも思わず込み上げてくる感情，その「ルサンチマン」さえもが窺えるのではないだろうか…そして，手紙の返却を求めるが，もし再婚しないことになったら返却しないで構わない，誰にも見せないのは分かっているから，とも付け加えるのである。

*

　1772年秋，アトローヌ夫妻とディティーが相次いで去ったポンテの館で，アニエスの静かな田舎暮らしが始まる。弟への手紙ではオランダのゾイレンの生活と同じだと漏らす。ただローザンヌの義従妹に対しては，社交生活はないもののおおむね幸せであり，それはひとえに夫のお蔭だと述べている。

　　私はいつもこの世で一番やさしい妻，一番良い妻である訳ではありません。でも私くらい夫と気が合う妻はいないと思います。良く2人きりで差し向かいになりますが，退屈を感じたことがありません[12]。

3ヵ月後デルマンシュに宛てた手紙でも，以前この結婚が「不幸せ」なものになると予言した彼に当てつけるように，同じことを繰り返す。

　　まったく退屈していません。シャリエール氏は愛すべき人であり，私はとても愛しているので，そのそばにいて退屈などしようがありません。神経の病に苦しめられていなければもっと幸せでしょう

に[13]。

　神経の病や憂鬱症や偏頭痛は以前から重要な問題だったが，新妻にとってはさらに重要な問題があるだろう．義従妹にそれを打ち明ける．

　　　　妊娠しても良いと思いますが，その徴候がありません[14]。

子供のことはこの後長く懸念材料となり，温泉治療なども試みるが成果が得られることは結局なかった…
　このローザンヌの義従妹とはよく気が合ったとみえ，今までならデルマンシュ相手にしていたような話もする．（もっとも，厳しいヴォルテール批判の次のような話を，その友人デルマンシュにすることはあり得なかっただろうが．）

　　　　テーブルの上に（ヴォルテールの）『百科全書に関する諸問題』が置いてあります．（仮綴じの）ページを切って開かない項目があり，喜んで読む項目があり，我慢できずに本を投げ出したくなる項目があります．素直に笑うこともありますが，何というおしゃべり，何という虚言，何という意地悪，自分を崇めない不敬の輩や，自分を批判したり，不遜にも自分と同じくらいエスプリがあり，同じくらい名声を博したりした輩に対する，何という恨み，何という不寛容さ[14]。

＊

　1772年11月末，アニエスはデルマンシュに手紙を書いて，自分の幸せな蟄居生活や彼の娘のコンスタンスや9月に死去した彼の元妻の話をした後に，自分の手紙の返却を求めた2ヵ月前の手紙が届いていないのはおかし

いと言う。デルマンシュはすぐ返事を書き，確かにその手紙は受け取っていたが，不在だったのでその間厳重に保管されていた，今開封したばかりだと言う。

> 常に私の幸せと賛嘆の源であるお手紙が，あなたの心配の種になると考えるほど，あなたは不公平なのですか！ ［…］私の方こそみすぼらしい文章の返却をお願いしたい，つまりもっと大きな理由があります。手紙一杯の無秩序やあふれんばかりのうぬぼれ…(15)

こうして再婚相手への配慮といったアニエスが喚起したことには一切触れず，手紙の返却を断わってすぐ話を変え，シャイエ氏が訪ねてきて彼女の暮らしぶりを伝えたという話を始める。彼女にも来てほしいが，それはローザンヌの人々との関係から難しいかもしれないと言い，そして最後は自分の2人の娘の話で終わるのである。

若い女性の教育は彼女の関心事になりつつあった(16)。1773年2月の手紙では彼の娘たちを念頭に，女性の「隠しごと」について論じている。

> 強者が横暴だと弱者は本心を隠し，策略を弄するでしょう。［…］弱者にも意思や欲望があるので，欲しいものを手に入れたり怖れる事態を避けたりするために巧みに振る舞うのは自然なことです。クモや子供や女はライオンや男みたいには行動できません。若い娘に寛容に接すれば隠しごとは防げますが，寛容になりすぎたり甘すぎたりすると，彼女たちをダメにしてしまうと思います。そのままにしておくと取り返しのつかないことになります。本当のことを言わず隠しごとをするのが癖になり，陰謀の楽しみのために陰謀をたくらむことさえ増えます。［…］娘さんにウソをつかれたくなければ，その信頼を得る，そして策略を使わずにほしいものが手に入るようにしてあげなければいけません(17)。

ベルン滞在やサロン演劇評やブーガンヴィル著『世界周航記』他の読書以外は《冬眠》[18]状態のこの時期，つまり1772年から73年にかけては，特にこれといった計画もない。自分に会いたいと言われるが，会っても期待はずれになるだろう。

> 私の振る舞いも言葉づかいもそっけないほどシンプルになりました。エスプリは自他ともにもう重視していません。あなたがご自分のなさっていることに使う気のきいた言い回しや，いつも取る有利な立場は，まず私の注意を引きますが，その後批判を呼びます。その批判は細かすぎるように見えるでしょう。そうすると私はもう何も言わなくなり，あなたもうんざりするでしょう[19]。

デルマンシュはすぐ反応する。彼女の言葉は絶対的で《神託》[20]のようだと言いながらも，こう弁明するのである。

> はい，おっしゃる通り確かに私はいつも有利な立場を取ります。そんな有利な立場を与えてはいけませんし，真実で自然な立場を取らせてはいけません。[…] 私が心の中で感じているのは，何をするにしても私は自分の知識の光に従い，なすべき最良のことをするよう努めているということです[20]。

彼にしてみれば自分にとって最良の選択をしているのであり，エスプリをひけらかすつもりなど毛頭ない，そう取られるのは実に心外だというのである。彼女は自分の言うことが《細かい》というが，それは長所ではないだろうか。自分も瑣末な細部にこだわり，《シワ一つに注意》(バガテル)[20]して生きてきたと彼は言う。──ただ1773年のこの時点で，まとまった思想や哲学でなく，いわば「反・体系」の，ロココ風な瑣末な細部(バガテル)への執着は，やや時代遅れになりつつあったかもしれないだろう。

とにかく今や成熟した女性アニエスにとって，その鋭いエスプリは認めざるを得ないとしても遊び人であるデルマンシュは残念ながら心底からは信頼しきれないのである。弟ディティー宛の手紙では，レーデ母娘の悲劇(21)の次に話したいのは，ベルンで会ったフリッシング夫人(22)のことだという。この女性は自らの離婚を望んでフリブールから逃れてきて，《心酔し》(23)しているというアニエスにかくまってほしいと言ってきた。しかし彼女はそれを断わった。というのも，

> ふとデルマンシュの影が脳裏をかすめたからです。この話には彼が絡んでいると思うのです。夢見がちなこの女性の心に彼が夫として浮かんだのだと思いますが，彼がこの縁組に引かれている様子はありません。彼女にお金はありません。善良で美しく，夢見がちな性格です。自分の美しさを讃えられ，離婚を煽られ，彼に愛されていると勘違いしたようです(23)。

アニエスはこの女性ほど「夢見がち」ではなく，彼の言動を冷静に見ることができる。自分の言葉が《神託》(24)だと言われようが，我を忘れることはない。

> ご承知のように自分をひいきにしてくれる人には価値を見出します。自己愛からというより感謝の気持ちからですが，そこから自分の一番良いところが見せられるのです(25)。

これはこの頃ベルンで愛顧を得た後ポンテの館に招いたルボミルスキー公(26)についての感想だが，そのままデルマンシュにも当てはまるのではないだろうか。

注

(1) 従妹アンヌベーチェの嫁ぎ先。オランダの名家レーデ家は17世紀末，その一人の対アイルランド戦での功績により，イングランド王，ネーデルランド統領（シュタットハウダー）よりアトローヌ伯爵位を賜った。

(2) II, 306

(3) II, 308

(4) II, 310　1773年7月3日付

(5) 妹のジャンティー侯爵夫人は1771年，パリで死亡（享年40才）。元妻は離婚成立2ヵ月後の1772年9月19日死亡（享年57才）。

(6) II, 306　真偽は明らかでないが，コルシカ戦争での功績にも拘わらず，出世が旅団長どまりだったのは「ショワズール一派」の陰謀であり，そのため自分の連隊を持つに至らなかった，と少なくとも本人は信じていた。（本書p.248参照）

(7) II, 308

(8) II, 309

(9) 1770年に申し立てられた離婚は，1772年7月16日，ベルンで認められた。「若気の至り」とは演劇を通して知り合った年上の，ローザンヌ市長の娘との馴れ初めを指すのであろう（本書p.234参照）。またその「腐ったしがらみ」を断ち切る決意については，本書p.247参照

(10) II, 285　傍点部分は原文イタリック体。

(11) 本書p.242参照《あなたが本当に愛しているのは彼で，その離婚に絡んでいるなどと云々》（II, 242-3）

(12) II, 288

(13) II, 293　本書p.235参照

(14) II, 289

(15) II, 291

(16) 後に，カロリーヌ・ド・シャンブリエやアンリエット・ラルディーといった若い女性を愛情込めて指導することになる。結婚前には若い女性の教育への情熱を，マントノン夫人のサン＝シール女子学園を引き合いに出して述べていた。（本書p.229, p.233参照）

(17) II, 293-4

(18) II, 294

(19) II, 295

(20) II, 297

(21) 本書p.254参照

(22) この夫人の兄弟2人は，デルマンシュのオランダ時代の連隊の同僚だった。
(23) II, 298-9
(24) 本書 p.262参照
(25) II, 303
(26) ルボミルスキー家は17・18世紀のポーランドで重要な地位を占めた名門一族だった。

おわりに

　1773年7月初め，家督相続者の弟ウィレムがディティー終焉の地ナポリを訪れた後，姉夫婦のポンテの館に立ち寄りしばらく滞在する。彼が帰国の途に就いてから，その後を追うようにシャリエール夫妻も旅立ちスパ（現ベルギー）に向かう。この有名な温泉保養地は好天続きだった。アニエスはそこで父親をはじめ多くの親族と再会し，新しい知り合いを作り，カードやダンスに興じて最愛の弟を亡くした悲しみを紛らわせようとする。滞在は9月末にも及ぶ。10月になるとユトレヒト，ゾイレンに向かい，先に帰っていた父親に合流していっしょに数週間を過ごしている。

　翌1774年の夏も夫妻はゾイレンに来て滞在し，時々ハーグを訪れる。ハーグではネーデルランド駐在ロシア大使，ガリツィン公の邸で，ロシア訪問前のフランスの哲学者ディドロと数回面談している（その詳細は不明）。

　同じ1774年の8月初め，デルマンシュはアニエスがスパにいると知って北仏の駐屯地グラヴリンから駆け付けるが，彼女はすでにゾイレンに向かった後だった。8月5日の手紙で彼は，いったいどこに行けば会えるのかとぼやき，どういう経路でスイスに帰るのかとも聞く。そしてこう付け加えるのである。

　　　　日ごとに私は人生への愛を失くしつつありますが，でも日ごとにより明るくなり，（悲しいことですが）人の心が読めるようになり，そしていっそうあなたという存在が大切になってきています，あなたが変わらぬ精神と心の持ち主であるならば。そして男女を問わずデルマンシュ以上にあなたの友達にふさわしい人間はいないでしょう[1]。

　これに対してアニエスは8月16日の手紙で，父親が望めば2人は今頃スパで再会できていたのにと答える。ただ彼の旅は無駄足になった旅という

より，辛くなどない快適な旅だっただろうし，旅の終りのスパでは彼を歓迎する人が多くいたのだから，きっかけを作った自分はむしろ感謝してもらっても良いくらいだと言う。そしてこういう2人の関係と現在の心境を，アトローヌ夫人を引き合いに出してこう説明するのである。

> 私があなたの手紙を読んでいるのを見てアトローヌ夫人が言いました。「デルマンシュ氏がずっとあなたの崇拝者なのは素晴らしいことだと思います。」ええ，と私は答えました，お互いに離れていたのでその崇拝は続いたのですが，でも2週間一緒だったら…そう，と彼女は私の言葉を遮りました，そうすれば彼の考えも変わると言うのは認めます，特に召使や女中の体を心配して深刻な顔をしている今は。[…]これは今私がいかに無愛想な顔をしているかの良い説明です，それも一番私に好意的な人の口から出た！　これからも私は無愛想でしょう。それで良いと思っています。人々への軽蔑が増してはいませんが，人々の評判への無関心は増しています。つまり人々に注意を向けられたり，一目置かれたり，称賛されたりすることはもうどうでもいいのです。しかしこれまでになく人を傷つけたり人に非難されたりするのを恐れています[2]。

デルマンシュのエスプリは喜びをもたらす。しかしその一方でアニエスの方は，彼に褒められて自分が雄弁であり影響力があり彼の意見も変えられると思ったが，それは間違いだと悟った，もう熱弁は振るわないと言う。しかし，

> 友情は消えていません。もう同じ勢いで手紙を書いたりはしませんが，でもあなたに変わらず関心を寄せています[3]。

ただ過去の手紙の存在が書くことを抑える。

礼節にもとる点が心の中にあったとは思いませんが，でも大雑把に
　　言って分かっているのは，昔は思ったことを全部言ったし，軽率な，
　　口にすると愚かで滑稽なことをたくさん考えたということです⁽³⁾。

つまり，自分の書いた手紙を返してほしいと再度懇請するのである。

　　　結婚してから夫を傷つけるかもしれないことはすべてとても大事な
　　ことになったので，もうあまり自分からは手紙を書かないようにし
　　ます。というのは手紙を書けば，出来れば遠ざけたい色々な雑念が
　　また頭に浮かぶからです⁽³⁾。

1774年は，夏の間にスパとゾイレンの間で交わされたこれらの手紙が唯一残っているものである。
　1775年の夏もアニエスは父親の住むゾイレンで過ごす。その間に交換した手紙がやはりこの年で唯一残っているデルマンシュとのやり取りになる。
　デルマンシュは６月18日，北仏アルトワのエールから手紙を出している。ベルガルド侯爵⁽⁴⁾が彼女に会ったと伝えてきたこと，返却を望まれている手紙だが，この《才能の貴重なモニュメント》⁽⁵⁾は２人の《関係への敬意》⁽⁵⁾から，やはり大切に手元に保管しておきたいこと，死ぬ前にもう一度会いたい，アニエスへの愛着は変わらない，自分の愛はギャラントリーや優しさではなく敬意や共感から来ていること，シャリエール夫妻の幸せを願っていること，そして，ローザンヌを離れ先祖の土地ルーベックに近いここエールで，ありのままの人間を見て幻想を抱かず，従って不満を持たず人生のあらゆる関係を評価するが，しかしすべてむなしいこと…．
　　　　　　　　　　　　　　　　　　　　　　ア・コワ・ボン
　そして最後に自分の連隊にいた従軍司祭のエピソードを語る。説教が上手で温厚なこの司祭は，ブルゴーニュワインを飲みながら自殺について書かれた本を読む。「忌々しい本だ！」と言いながらも，もう一度読む。ある日，さしたる理由もなくベッドで胸を一突きして自殺した，「わが修道

院のために」と書き添えた財布をテーブルの上に残して。自分が同じ立場なら、「アニエスのために」と書き残すだろうが…(6)

　この手紙に彼女は答える。ベルガルド侯爵が自分のことを良く言ってくれたのは嬉しい。友達を忘れたり、友達に関心をなくしたりすることはあり得ない。われわれ２人の関係に《弔いをする》(7)など考えられない。手紙の返却については、もし返却されていたら今後もっと自由に手紙が書けたとは思うが、返したくないというならもうその話はしない。デルマンシュは辛辣な哲学者（フィロゾフ）ということになるだろうが、それで良いと思う。温厚で善良な人間だったらつまらないだろう。自殺した司祭については、時間がないので一言《気がめいる》(7)とだけコメントする。1775年７月12日から13日にかけて書かれたこの手紙が、アニエスからデルマンシュへの、（おそらく）最後の手紙になる。

　これをエールで受け取った彼は８月９日に返事を書いている。古い友情の絆は貴重な財産である、人生の中で男女を問わず真の友人を見つけるのは、正しい精神や丈夫な歯や良い目を授かるのと同じくらい幸せだと言ってから、次のように述べる。

> 　私に言わせれば友情というのは良いワインのようなものです。それをおいしくするには、しっかりした熟成とそれを入れるのに合ったビンが必要です。私にはあなたの友情が必要です。もう他の誰も信用していません。老化や体の衰弱が嫌になり、軽薄さや不実さが嫌になり、多くの欲求や動機が嫌になり…そして色々な人間関係を見ていて、いかに人間がこの世で独りぼっちの存在かが分かりました。父親と子供、夫と妻は余りに近すぎて、かえって友情は発展しません。離れていても自分の意志で戻ってきて、新しいものを持ちより身を寄せ合い、そしてまた遠ざかってこの感情がより高まるのです(8)。

老いつつあるデルマンシュが考える友情，長い時をかけてはぐくんだ異性間の友情，色々なことがあったにしても最後には自分のプライドをかけていわば「昇華」しようとしている彼のアニエスへの感情は，遺言のようにこう総括されるべきものだったのであろう。

　スイスに戻る彼女に，新しい衣を身にまとってジュネーヴやローザンヌやニューシャテルの舞台に備えるよう勧める。フランスでもスイスでも人は皆お芝居をしていて，自然な人間，思ったことを言い，ありのままをさらけ出す人間など3人といないから，とまるで同郷のルソーのような口ぶりである。

　年を取っても人間の本性は変わらない。ベルガルドが良い例である。ただ鋭かった感性が鈍り，怠惰に向かうのは避けられない。しかし自分はまだそうでないから苦しんでいる。アニエスの書いたものに敬意を払い夢中で読んでいるのもそのためだと思う，と最後に付け加えるのである。

＊

　翌年1776年の1月から4月まで，シャリエール夫妻はニューシャテルの町中に滞在して，食事や舞踏会やコンサートや観劇で過ごしている。それから夏は7月から9月までおそらく不妊治療のためと思われるが，（スイスの）ヴァレー地方のロエッシュ・レ・バンという湯治場に逗留する。コロンビエのポンテの館にいる時は，シャイエ牧師始め馴染みの人々ができて，次第に社交の輪を広げている。

　この年オランダでは訃報が続いた。9月1日に父親のディードリック＝ヤコブ・ヴァン・チュイルが69才で死去し，10月23日には義弟（妹ミティーの夫）が5人の子供を残し，43才で不慮の死を遂げた。

　デルマンシュは1776年12月12日，ローザンヌ近郊のファンテジーと名づけた自分の館からアニエスに手紙を書く。これが16年にわたって2人がやり取りした約250通の手紙の，（おそらく）最後の手紙になる。

彼はまずアニエスに送っていた自分の詩,『わが結婚について／ド・ヴォルテール氏に宛てて』[9]の説明をする。1ヵ月前ついに,ある未亡人[10]と再婚したのである。それから彼女の父親の死にお悔みの言葉を述べ,シャリエール夫妻をぜひファンテジーに招きたい,新妻にも会わせたい,それは不幸続きのアニエスには良い気晴らしになるだろうと言うのである。

＊

　デルマンシュの再婚相手は翌年男の子を産むが,3年後の1779年に死去する。彼は1783年,ディジョンのアカデミーの会員になっている。1785年,パリで死去する。63才であった。
　デルマンシュに手紙を書くのを「控え」たアニエスは,この後1784年から虚構の形で『ニューシャテルの手紙』,『ヘンリー嬢の手紙』,『ローザンヌの手紙』といった「作品」を続けて書き,手紙形式を存分に活用してその小説世界を構築していく。
　1786年にはデルマンシュの甥のバンジャマン・コンスタン[11]とパリで知り合って意気投合し,27才年下のこの青年と熱烈な文通を始める。まことに手紙という表現法は,実生活でも作品創造の上でもアニエスの生涯と切り離せないものだったと言えよう。

　旺盛な執筆活動を続けたシャリエール夫人は,こうして,とりわけ手紙形式の秀逸な小説群と,それに勝るとも劣らぬ多彩で内容豊富な手紙類を残して,1805年,65才で亡くなった。

注
(1)　II, 313
(2)　II, 314
(3)　II, 315　本書 p.2参照

(4) 本書 p.29 以下参照
(5) II, 316
(6) II, 317
(7) II, 318
(8) II, 319
(9) 1776年10月23日付。ヴォルテールの返事と一緒に印刷された。
(10) マリー＝カトリーヌ＝フィリピーヌ・ド・レモンヴァル。
(11) デルマンシュの弟の息子。1767年生まれで当時19才だった。その有名な小説『アドルフ』（1816年刊）の冒頭に彼女をモデルにしたと思われる女性が登場している。《17の時にある年配の女性の死に出会ったのだが，この人の精神には一風変わった独特のものがあって，それが私の精神を伸ばし始めていたところだった。この女性も，よくあるように，生涯の初めに未知の社交界に乗り出した時には，自分の心はしっかりしているし，才能も実に豊かなものだという自覚を持っていた。そしてこれまたよくあるように，型にはまった，だが守らなければならないしきたりに従おうとしなかったために，希望は裏切られ，青春は喜びもなしに過ぎ去って，ついに老年に達しながら，なおも自己をまげずにいたのである。[…]自分の精神だけを頼りに，すべてをその精神によって分析していた。一年近くもの間，私たちはとめどない会話をかわしながら，人生をあらゆる角度から検討し合ったが，いつも最後は死の話になった。そうやって彼女とともに死について語りぬいた後で，私は目の前で死が彼女を襲うのを見たのだ。》（B.コンスタン『アドルフ』（安藤元雄訳），集英社版世界文学全集9，1981, pp.154-5）

日本大学法学部叢書 第31巻
ある危険な関係
―アニエスとデルマンシュ―

著 者
玉 井 通 和
日本大学教授

2011. 3. 25 初版発行

発行者　井 田 洋 二
印刷所　㈱フォレスト
発行所　株式会社 駿河台出版社

101-0062 東京都千代田区神田駿河台3丁目7番地
電話 03（3291）1676　FAX 03（3291）1675
振替 00190-3-56669

乱丁・落丁本はお取り替えいたします

http://www.e-surugadai.com